잡초는 없다

잡초는 없다

윤구병

보리

삶의 길을 바꾸면서

나이 쉰 고개를 넘어서야 삶의 길을 바꾸었다. 대학 선생에서 농사꾼으로. 아직 열 살도 안 된 막내아들을 농사꾼으로 만들겠다고 결심하셨던 아버님의 소망이 마흔다섯 해가 되어서야 이루어진 셈이다. 어떤 때는 교육의 열매가 이렇게 오랜 세월이 지나서야 맺기도 하는가 보다.

교육 문제에 큰 관심을 가진 지도 어느덧 스무 해가 넘었다. 나는 교육에 무슨 깊은 식견이 있는 사람이 아니다. 그러나 다른 생명체와는 달리 사람은 교육이 없으면 이 땅에 살아남을 길도 없는 생명체로 태어나고 진화해왔다는 것만은 안다. 내가 아무 연고도 없는 변산에 내려와 '공동체 학교'를 준비하면서 '교사로서 거듭나기 위해' 농사일에 전념하는 것은 먼저 나 스스로 한 생명체로서 살아남는 길을 찾기 위해서라도 산살림과 들살림, 갯살림을 두루 몸에 익혀야 하겠기 때문이다. 그리고 이 일을 혼자 하지 않고 다른 분들과 함께 공동체를 이루어 살면서 하려는 까닭은, 공동체 주민들이 함께 살면서 익힌 삶의 지혜와 성숙한 사회의식을 지닌 교사로 거듭나지 않으면 아이들을 사람답게 교육시킬 길이 없다고 보았기 때문이다.

지난 세 해 동안 우리는 열심히 농사를 지었다. 그리고 틈을 내어 지난 이태 동안 여름학교와 겨울학교 과정을 시험삼아 열었다. 이 계절학교에서 아이들에게 음식 만들기, 바구니 엮기, 옷감에 천연물감 들이기, 뗏목을 엮어 계곡이나 바다에 띄우기, 채소 기르기 같은 일들을 가르쳐보기도 하고 지난 겨울에는 지식 교육과 생산 교육을 한 데 엮기 위해서 영어, 수학, 철학, 역사, 글쓰기, 토론 수업을 곁들여보기도 했다. 우리를 둘러싸고 있는 자연과 우리가 사는 집이 모두 학교고 운동장이고 교실이었다. 아이들이 그 안에서 열심히 손발을 놀리고 온몸을 놀리면서 삶에 필요한 여러 정보를 얻고 몸에 익히는 것을 보았다. 그러나 아직은 시작일 뿐이다. 제대로 틀이 잡히려면 앞으로도 짧게는 서른 해쯤 길게는 백 년쯤 걸리겠지.

아이들을 가르치면서 수업료를 받지 않는 것을 보고 이상하게 여기는 사람들이 있다. 그러나 사람이 후손을 가르치는 까닭이 제 핏줄을 이어가는 길을 찾고자 함이라면 그저 베푸는 것이 당연하지 않겠는가. 거미나 벌, 원숭이나 얼룩말이 어디 돈 받고 새끼 돌보던가. 자본주의 상품경제 사회에서 돈이 사이에 들어 아이들 교육을 제 길에서 벗어나게 하는 일이 하도 흔해서 도리어 우리가 이상한 사람들로 보일지 모르겠다. 그러나 지난 수천 년 동안 민중교육은 무상으로 이루어져왔고 그와 같은 교육의 길이 바른 길이라고 믿는다.

여기에 옮긴 글들은 대부분 농사일 하는 틈틈이 살림에 보태 쓰려고 이런 저런 지면에 팔았던 글들을 모은 것이다. 다듬지 못해 허술하고 설익어서 떫은 글이라 내보이기 부끄러운데도, 어쩌다 귀담아 들을 사람이 있을지도 모르니 내보자고 보리출판사 사람들이 우기는 바람에 주저하다가 내놓게 되었다. 내 삶의 길을 바꾸게 만들어준 모든 이들에게 고맙다는 말을 하는 것으로 머리말을 대신할까 한다.

1998년 4월 윤구병

차례

1장. 구구단 외우는 대신 들판으로 나가자

— 농사꾼 눈에 비친 우리 교육

학교보다는 일터가 더 좋은 배움터다

내가 학교에 있었을 적 일이다. 해마다 입학시험 철이 되면 학생들 면접시험을 보는데 그 때마다 거의 빼놓지 않고 되풀이해서 물었던 질문이 있다. 이를테면 '무엇 하러 철학과에 들어오려고 하지요?' 같은 질문이다.

이런 질문에 대다수 학생들은 미리 준비한, 그럴 듯한 대답을 한다.

"삶의 의미를 찾으려고요."

"나중에 철학 교수가 되려고요."

개중에는 다른 과를 선택하고 싶었는데 성적이 모자라서 어쩔 수 없었노라고 솔직하게 털어놓는 학생들도 있다. 그런데 가끔 뜻밖의 대답을 듣는 경우도 있다. 언젠가 아주 순박하게 보이는 시골 출신 학생에게

"철학은 왜 공부하려고 하지요?"

하고 물었더니 그 학생 대답이 걸작이다.

"포항제철에 들어가려고요."

"예? 철학 공부와 제철 회사에 들어가는 것이 무슨 관련이 있지요?"

"철학을 공부하면 철에 대해서 많이 알게 되잖아요."

웃자고 꾸며서 하는 얘기가 아니라 실제로 있었던 일이다.

이것은 극단의 예지만 고등학교를 졸업하면서 대학에 들어가는 학생들 가운데 많은 학생들이 자기가 선택하는 학과나 학문에 대해서 잘 모

르는 채로, 어떤 때는 부모나 선생이 권하는 대로, 또 어떤 때는 성적이나 그 밖의 사정으로 고르는 경우가 많은 것으로 알고 있다.

우리 사회에서 젊은이들을 기다리고 있는 직종이 얼마나 되는지 나는 잘 모른다. 어림짐작을 하자면 수만 가지로 나누어지겠지. 이 가운데 꼭 대학에 들어가야만 선택하는 데 유리한 직종은 손으로 꼽을 정도다.

에디슨이 초등학교 문턱을 넘어서자마자 쫓겨났다는 것은 누구나 다 아는 이야기이고, 요즈음 우리가 손을 꼽는 유명한 화가나 음악가나 위대한 발명가나 사상가 가운데 대학이 어떻게 생겼는지도 모르던 분들이 수두룩하다. 그 때는 대학이 없었거나 드물었기 때문에 그랬을 거라고 생각하는 사람도 있을 것이다.

그러나 15년 동안 대학 교수 노릇을 하면서 느낀 바를 한마디로 추스르자면 거의 대다수 학생들에게 대학은 하고 싶은 공부를 하는 데에 큰 도움을 주는 교육기관이 아니라는 것이다. 정말 삶의 지침이나 삶에 필요한 정보를 얻으려고 대학에 들어가려는 학생이 지금 몇이나 될까? 그리고 대학에 들어가면 그런 지침이나 정보를 얻을 수 있을까? 대학 선생들 가운데 그런 지침이나 정보를 줄 사람이 몇이나 될까?

우리 집 큰애를 예로 들어 이야기하자면, 이 아이는 분장이나 무대장치를 꾸미는 데 흥미를 느껴 어느 대학 연극영화과를 지망했다. 그런데 막상 대학에 들어가보니 그 분야에 대한 정보를 가르쳐주는 선생이 하나도 없었다. 아예 그런 과목의 강좌도 없었다. 실망을 느낀 이 아이가 그 뒤로 학교 생활에 정을 붙이지 못하고 방황하는 모습은 보기에 민망할 정도다. 학교에 들어간 지 오 년이 되는데 앞으로 얼마나 더 다녀야 졸업을 할지 아버지인 나도 가늠을 할 수 없다. 그렇다고 훌훌 떨치고 나와서 자기가 하고 싶은 공부를 할 용기도 못 낸다. 대학 간판이 없이도 삶의 길을 개척할 수 있다는 자신감이 그 사이에 많이 꺾인 탓도 있고, 대학 간판이 없으면 제대로 대접받는 직종을 선택하기 어렵다는 두려움 탓도 있을 것이다. 이 아이가 '서태지와 아이들'을 좋아한다. 어떻게 생각하면 그만한 또래 아이들이 좋아하니까 덩달아서 좋아하겠지 하고 단순한 유행으로 돌려버릴 수도 있지만 달리 생각하면 왜 하필이면 '서태지와 아이들'에게 그렇게 남다른 호감을 지니게 되었는지, 까닭이 그것만은 아닌 성싶다.

나는 어떤 계기로 '서태지와 아이들'을 두 차례나 만나본 적이 있다. 그래서 이 세 젊은이 가운데 한 사람은 고등학교를 다니다가 학교에서 가르치는 것이 자기가 배우기를 바라는 것과는 거리가 멀다고 여겨 스스로 그만두었고, 한 사람은 아예 대학에 갈 실력이 안 되어 시험공부를 하지 않았고, 또 한 사람은 더 공부하고 싶은 생각도 없지 않았으나 집안 형편이 어려워 진학을 포기했다는 사실을 알게 되었다. '서태지와 아이들'이 이런 이야기를 나에게 거리낌없이 했던 것으로 보아 다른 기회에 다른 사람에게도 털어놓았고, 따라서 우리 아이 또래의 청소년들도 이 사실을 알고 있었으리라고 본다. 그리고 그네들이 보여주는 노래와 춤 솜씨에도 빠져들었지만 학벌을 대단치 않게 여기는 그네들의 '나의 길을 가련다'는 꿋꿋한 의지에도 마음이 기울었던 것으로 보인다.

그 뒤로 이 젊은이들은 실제로 노래와 춤사위를 통해서 입시지옥으로 바뀐 학교 제도를 비판하고, 청소년다운 순수성과 열정으로 민족분단의 비극을 슬퍼하며 통일을 염원하는 간절한 소망을 피력함으로써 '신세대'나 이른바 '엑스세대'가 어른들이 염려하듯이 그렇게 비뚤어지지도, 불건전한 가치관을 가지고 있지도 않다는 것을 몸으로 보여주었다.

얼마 전에 나는 우리 나라에서 가장 좋다는 어느 대학원의 박사과정 학생들과 이야기를 나눈 적이 있었다. 농사를 짓다보니 씨 뿌리는 단순한 연장에서부터 원자력이나 화석연료를 대체할 수 있는 공해 없는 동력에 이르기까지 농촌 사정에 맞는 '작은 기술' '환경을 살리는 과학'에 관심이 많아져 그 젊은이들을 붙들고 혹시 그런 방면으로 연구를 하는 교수나 학생이 있느냐고 물었다. 그랬더니 모두 고개를 저었다. 배우고 싶어하는 학생들이 있을지도 모르지만 그런 쪽에 관심을 가지고 가르쳐 주는 교수가 없다는 것이었다. 고개가 끄덕여졌다.

실제로 나날의 삶에 필요한 지혜와 현실생활에 유용한 정보와 기술과 과학은 대학에서 배울 수 없다. 도리어 이런 진짜 공부는 당면한 문제를 해결해야 하는 현실 생활 속에서 이루어진다.

작업장이나 일터에서 땀 흘려 일하면서 삶의 보람을 찾으려는 마음가짐이 되어 있을 때 비로소 참 공부는 시작된다고 본다. 이 말은 농사꾼으로 살아온 지난 한 해 동안 내가 배운 것이, 교수로서 15년 동안 책상 앞에 앉아 책에서 얻은 것보다 훨씬 더 많음을 느끼기에 스스럼없이 하는 말이다.

할머니, 콩은 언제 심어요?

올해로 이태째 농사를 짓고 있다. 작년에는 대학 선생을 하면서 주말과 방학 때만 농사일을 거들었다. 그러다 보니 좋은 농사꾼도 좋은 교수도 되기 힘들었다. 둘 가운데 하나를 골라야 했다. 대학 교수를 그만두기로 했다. 우리 나라에서도 그렇고 다른 나라에서도 대학 교수는 많은 사람이 선망하는 직업이다. 그리고 농사일을 꺼리는 사람이 날로 늘어나고 있다. 모두가 되고 싶어하는 대학 교수를 그만두고 되기 싫어하는 농사꾼이 되겠다 하니 말리는 사람들이 많았다. 식구들도 말리고 주위에서도 말렸다. 농사 경험이라고는 아주 어린 시절에 시골에서 살면서 몸에 익힌 낫질 정도다. 그런데 이제 그 낫마저 손에서 놓아버린 지가 마흔 해가 훨씬 넘는다. 나이 쉰 살이 넘어서 농사를 짓겠다 하니 많은 사람들이 '저 사람 온전한 정신인가' 하고 고개를 갸웃거렸음직하다.

농사일이 힘들다는 건 세상이 다 아는 사실이다. 토요일도 일요일도 없다. 물론 방학도 없다. 겨울철은 농한기여서 한가하리라고 여길 사람이 있을지 모르나 지난 겨울에 시골에서 지내면서 거의 하루도 쉴 틈이 없었다. 땔나무도 해야 하고 보리밭 고랑을 덮을 낙엽도 긁어모아야 하고 이런저런 올해 농사 준비로 그야말로 눈코 뜰 새가 없었다. 시골 생활을 모르는 도시내기 가운데 이런 말을 하는 사람이 있다.

"토요일과 일요일은 좀 쉬지 그래요. 그리고 방학 때는 이곳 저곳 돌아다니기도 하고 손님도 맞고 그러면 조금 덜 고될 텐데요."

그런 말을 들을 적마다 속으로는 참 한가한 생각을 하는구나 여기지만 그냥 이렇게 대답하고 만다.

"글쎄요. 풀도 주말에는 자라지 않는다면 쉴 수 있겠지요. 그리고 해도 날을 정해서 비추고 비도 우리가 바라는 때 내려주면 그럴 수 있을지도 모르겠어요."

살갗이 조금 검은 쪽이기는 하지만 대학 선생으로 지낼 때는 얼굴이며 손발이 까마귀 사촌으로 여겨질 만큼 새까맣지는 않았다. 얼굴도 몸도 벙벙했다. 그런데 농사일에만 매달린 지 일 년이 가까워오는 요즈음 내 모습을 보면 아주 많이 바뀌었다. 언젠가 한번 서울에 올라갔더니 버스에서 내리자마자 경찰관이 붙들어서 파출소로 데리고 갔다. 오랜만에 나들이한다고 제법 갖추어 입고 길을 떠났는데 몸과 옷이 따로 놀아서 대뜸 수상하게 보였던 모양이다. 그런 경우를 당하면 옛날에는 따지고 삿대질을 했는데, 마음도 그새 바뀌었는지 황소처럼 눈만 껌벅이면서 고분고분 따라가 묻는 대로 대답하고 크게 기분이 언짢아하는 기색도 없이 나왔다.

이쯤에서 누군가 "그래도 후회가 없어요?" 하고 물으면 고개를 끄덕이겠지. 일 주일에 아홉 시간만 강의하는 대신에 하루에 열두 시간, 어떤 때는 열여섯 시간을 일하고, 나이 쉰이 넘어서 팔에 알통이 생길 만큼 힘드는 노동을 거의 날마다 하는데도 농사꾼이 된 게 더 좋다고 하면 의아하게 여길 사람들이 많을 것이다.

나는 철학 교수였다. '아하, 그러면 그렇지. 보통 사람이라면 그런 생각을 했겠어? 괴짜니까 그런 생각을 했겠지.' 하는 반응을 보일지도 모르겠다. 그러나 나는 내가 괴짜여서 이런 선택을 했다고 보지 않는다. 철학과 내가 선택한 직업 사이에 아무 관계가 없다고는 말하지 않겠다. 그러나 철학을 공부했기 때문에 그런 선택을 한 것은 아니다. 차라리 이렇게 물으면 어떨까?

"철학을 가르치는 일보다 시골에서 농사짓는 게 더 행복해요?"

그렇다. 적어도 내게는 이 길이 행복에 이르는 더 가까운 길로 여겨진다.

여러분 눈 앞에 높은 산이 있고, 그 산꼭대기에 행복이 있다고 상상해보자. 사실 이 말은 이치에 안 맞는 말이다. 순간순간 그날그날 행복이 이어져야 하고 그것이 쌓여서 행복한 삶을 이룬다고 믿기 때문이다. 그래도 오르는 산자락 구비구비에서 자라는 나무와 이름 모를 산새들의 울음소리 속에 행복이 있지 않고 고생고생해가면서 험한 산길을 허덕이며 오른 뒤에야 꼭대기에서나 맛볼 수 있는 것이라고 치자.

행복이 저 산꼭대기에 있다고 하면 누구나 지름길을 찾을 것이다. 그리고 그 지름길로 산꼭대기에 올라가려고 할 것이다. 그러나 지도 속에 그려 있는 산에는 지름길이 있고, 그 지름길을 잣대로 그을 수 있을지 모르지만 현실의 산에는 그런 지름길이 없다. 먼저, 산에 오르는 사람이 다 같은 신체조건을 타고난 것은 아니다. 나이도 다르고 힘의 세기도 다르고 좋아하는 길도 다르다. 넓은 계곡물을 훌쩍 뛰어넘을 힘이 있는 젊은이에게는 그렇게 해서 가로지르는 것이 지름길이지만 다리가 불편하거나 힘이 약한 어린이와 노인에게는 계곡물을 뛰어넘는 것이 지름길이 되지 못한다. 제 힘에 맞는 길을 찾아 조금 돌아가는 것이 지름길이다. 지름길로 여겨 숲에 들어섰다가 가시덤불을 만나 못 가는 수도 있고, 무리를 해서 가파른 바위벼랑을 오르다가 떨어져 다리를 다치는 수도 있다.

이렇게 행복이 있는 산꼭대기에 이르는 지름길은 사람마다 다 다르다. 그러니까 농사짓는 일이 행복에 이르는 에움길이고 대학에서 학생들을 가르치는 일이 지름길이라는 생각은 모두에게 통하는 진리는 아니다.

꽤 여러 해 전에 중학교에 다니던 어떤 여학생이 이런 글을 남기고 스스로 목숨을 버린 일이 있다.

　'난 일등 같은 것은 싫은데, 앉아서 공부만 하는 그런 학생은 싫은데, 난 꿈이 따로 있는데, 난 친구가 필요한데, 이 모든 것은 엄마가 싫어하는 것이지. 난 인간인데, 난 친구를 좋아할 수 있고 헤어짐에 울 수도 있는 사람인데…. 나에게 수단과 방법을 가리지 말고 이기라고 하는 분, 항상 나에게 친구와 사귀지 말라는 슬픈 말만 하시는 분…. 공부만 해서 행복한 건 아니잖아? 무엇이든지 최선을 다해서 이 사회에 봉사하고, 가난하고 불쌍한 사람을 위해 조금이라도 도움을 주면 그것이 보람 있고 행복한 거잖아? 난 로봇도 아니고 인형도 아니고 돌멩이처럼 감정이 없는 물건이 아니다. 밟히다 밟히다 내 소중한 삶의 인생관이나 가치관까지 밟혀 버릴 땐 난 그 이상 참지 못하고 이렇게 떤다. ……'

　글로 미루어보면 이 학생은 학과 성적이 무척 좋았던 듯하다. 그러나 일등만이 행복에 이르는 지름길이라고, 일등을 놓치지 않으려면 친구도 버리고, 꿈도 버리고 기쁨도 슬픔도 한 켠에 접어놓고 밤낮 없이 책상머리에 매달려 어떻게 해서든지 경쟁에 뒤떨어지지 말아야 한다고 채찍질하는 어른들의 우격다짐을 견디다 못해 그 고운 꿈 한 자락 꽃잎처럼 펼쳐보지 못한 채 시들었다.

　나는 이 글을 읽으면서 몹시 부끄러웠다. 나도 그 고운 꿈들을 짓밟는 어른 가운데 한 사람이었기 때문이다. 성적에 따라 학생들의 가치를 판단하고, 시험 볼 때 모르는 문제가 있어서 안타까워 두리번거리는 학생에게 호통을 치고, 학과 점수가 좋아야 일류회사에 들어가 안정되고 행복한 삶을 누릴 수 있다고 꼬여온 사람이기 때문이다. 나는 부끄럽지 않은 선생이 될 자격도 자신도 없었다. 그래서 곰곰 생각했다. 어떻게 하면 이제 얼마 남지 않은 내 삶을 떳떳하게 살아낼 수 있을까?

　생각하고 또 생각한 끝에 부끄러운 선생으로 남아 있기보다는 부끄럽지 않은 학생이 되기로 했다. 농사일은 어린 시절을 시골에서 보냈기 때문에 낯설지 않았다. 그리고 농사일이라는 게 심고 기르고 가꾸는 일이어서 다른 생명체를 살리면서 나도 살 길을 찾을 수 있을 것 같았다. 그런데 나는 농사일에는 거의 까막눈이다. 농사를 짓는 일에는 그야말로 유치원 학생이나 다름없다. 나는 대학 선생에서 유치원 학생으로 떨어져도(?) 되겠느냐고 스스로 묻고 또 물었다. 내 안에서 고개를 끄덕이는 사람이 있었다. 그래서 나는 농사꾼이 되었다.

여기서는 모두 새로 배워야 한다. 내 이웃에 살면서 농사짓는 어른들은 젊으나 늙으나 모두 내 선생님들이다. 그런데 이 선생님들은 내가 공부를 못한다고 나무라지 않는다. 그리고 일부러 어려운 시험문제를 내서 골탕을 먹이지도 않는다. 내가 몰라서 쩔쩔매면 자기 일 팽개치고 와서 도와준다. 나는 여기에 살면서 이제까지 한 문제에 정답이 하나밖에 없다고 생각해온 내가 얼마나 어리석었는지를 몸으로 깨닫고 있다. 이를테면 지난 봄에 콩을 심으려는데 언제 심어야 하는지 알 수 없었다. 그래서 동네 할머니께 물었다.

"할머니, 콩은 언제 심어요?"

물으면서 마음속으로 틀림없이 몇 월 며칠에 심는다는 대답을 해주실 줄로 믿고 달력을 쳐다보았다. 그러나 할머니 대답이 뜻밖이었다.

"으응, 올콩은 감꽃 필 때 심고, 메주콩은 감꽃이 질 때 심는 거여."

이 말을 듣고 나는 정신이 번쩍 났다. 그래, 책을 보고 날짜를 따져서 씨앗을 뿌리겠다는 내 생각이 얼마나 어리석은가! 지역마다 토양이 다르고 기후도 온도도 다르고 내리는 비도 바람길도 다른데, 그래서 지역에 따라 씨뿌리는 철도 거두어들이는 철도 다를 수밖에 없는데, 마치 몇 월 며칠이라고 못을 박아야 정답인 것 같고, 다른 풀이나 나무가 자라는 시기를 기준으로 대답하면 틀린 것으로 여겨온 내 교과서식 지식이 얼마나 잘못되었는가. 생각하면 할수록 적어도 내가 사는 곳에서는 그 할머니 대답 이상으로 '과학적인' 해답이 없었다. 우리 마을에는 감나무가 유난히 많다. 집 안에도 울 밖에도 온통 감나무 천지다. 늘 보는 감나무의 철맞이를 잣대 삼아 콩 심고 팥 심는 때를 가늠하는 시골 어른들의 이 지혜는 오랜 세월을 두고 해온 세심한 관찰과 경험이 쌓여 생겨난 것이다. 씨 뿌리는 시기를 몇 월 며칠 식으로 못박으려면 온 나라의 땅과 기후와 온도와 강우량과 바람길, 그리고 강과 들과 산을 모두 획일화해야 한다. 생명의 세계를 기계의 세계로 바꾸어야 한다. 그러나 이런 일은 하느님도 할 수 없다. 그뿐더러 그렇게 해놓은 결과는 너무나 끔찍할 것이다. 어느 한 가지 조건만 달라지더라도 생명을 가진 모든 것이 한꺼번에 목숨을 잃을 수도 있지 않은가.

생명과학의 세계는 물질과학의 세계와 아주 많이 다르다는 것을 깨닫는 것도 농사를 지으면서부터였다. 공장에서야 똑같은 재료와 틀을 써서 똑같은 물건을 산더미처럼 만들어낼 수 있다. 물건이 팔리느냐 팔리지 않느냐에 따라 덜 만들어낼 수도 있고 더 만들어낼 수도 있다. 토요일이나 일요일에는 공장 문을 닫을 수도 있다.

그러고 보니 현재 우리 학교 제도도 공장과 비슷하다. 저마다 다른 학생들의 소질과 소망과 능력과 취향을 무시하고 공부하는 기계로 만들어내는 경향이 없지 않다. 학생들은 미래를 꽃피울 소중한 씨앗들이고 그 씨앗들은 저마다 서로 다른데, 하다못해 한 콩깍지에서 나온 콩이라도 자라면서 달라지는데, 어쩌자고 꼭 같은 나사못으로 깎아내려고만 들까. 그리고 나도 무엇에 홀려 그런 일에 앞장서 왔을까.

농사일을 배우면서 적어도 나는 쓸모 없는 지식을 배우지 않는다. 벼락치기로 밤샘을 하여 달달 외웠다가 시험이 끝나면 온데간데없이 머리에서 사라지고 마는 그런 공부는 하지 않는다. 내가 배워 익히는 것은 모두 내 삶에 소중한 것들뿐이다. 논과 밭에서 저절로 자라는 풀들이 모두 잡초는 아니라는 것도 여기 와서 깨우쳤다. 농약과 제초제와 화학비료를 써서 한 가지 농작물만 생산해내는 농사 방법이 옳지 않다는 것도 직접 농사를 지어보면서 알아챘다.

이제 살 날이 얼마 남지 않은 어른이 이렇게 말씀하시는 것을 들었다.

"한평생 한눈 팔지 않고 농사만 지었는데 아직도 농사일에 대해서 아는 것보다 모르는 게 훨씬 더 많아. 해마다 농사일 새로 배우는 느낌이야."

농사일에는 박사이신 어른이 이런 말씀을 하시는데 뒤늦게 유치원 문에 들어선 나같은 풋내기야 무슨 말을 할 수 있으랴.

뒤늦게야 철학공부는 교과서를 보고 책을 보고 하는 게 아닐지도 모른다는 생각이 든다. 가장 큰 스승인 자연의 가르침을 온몸으로, 생각만이 아니라 기쁨과 슬픔과 아픔의 문까지도 활짝 열고 겸손하게 귀 기울일 때 비로소 지혜가 인도하는 행복의 길로 들어설 수 있지 않을까.

낡은 기술도 쓸모가 있다

꼬박 15년 동안 몸 담았던 대학을 떠나 풋내기 농사꾼으로 살면서 느끼는 점이 참 많다. 낫을 제대로 갈 줄 아나, 때 맞추어 김을 맬 줄 아나, 무엇 하나 제대로 하는 것이 없다. 농사일에 쓰이는 연장 이름도 아직 다 모르고 있다. 모르면 배워야지 하는 생각으로 게으름을 부리지 않고 지난 한 해 동안 부지런히 몸을 놀렸지만 농사라는 게 어디 한두 해 경험으로 익힐 수 있는 일인가? 한 해가 저물도록 미처 경운기 모는 법도, 쟁기질도 배우지 못하고 내년으로 미루고 있다.

요즈음 세상에는 기술자가 되어야 대접을 받는다고 한다. 살아오면서 기술다운 기술을 익혀보지 못한 터라 그럴싸하게 여겼는데, 웬걸, 시골에서 살다보니 그 말을 액면 그대로 받아들여서는 안 되겠다는 생각이 든다. 내가 보기에 농사꾼만한 기술자가 따로 없다. 우리 마을에 사는 예순이 넘은 어른들이 몸에 지니고 있는 기술을 예로 들자. 새끼 꼬기, 짚신 삼기, 가마니 짜기, 멍석 엮기, 지붕에 이엉 얹기, 토담 쌓기, 무명, 모시, 명주 같은 온갖 실 잣기, 베 짜기, 옷감에 물들이기, 약식, 약과, 강정, 산자 같은 온갖 한과 만들기, 식혜, 수정과, 술 담그기, 망치질, 톱질, 끌질로 짐승 우리와 사람 사는 집 짓기, 갖가지 김치에, 젓갈에, 장 담기, 벌이나 누에를 치고, 닭, 오리, 개, 소, 돼지 기르기, 쟁기질, 가래질, 써레질에 관리기, 경운기, 트랙터, 콤바인 몰기… 이렇게 늘어놓다 보면 한이 없다.

　도대체 그 많은 기술을 언제 어떻게 익힐 수 있었는지 입이 딱 벌어질 지경이다. 그 기술들도 따로 시간을 들여 익힌 것 같지는 않다. 밭농사 논농사를 하는 틈틈이 몸에 익혔음에 틀림없다. 이 기술들 가운데는 요즈음 사람으로서는 흉내도 낼 수 없어 그야말로 '인간문화재'를 따로 뽑아 보존해야 마땅한데도 계승자가 없어 사라질 형편에 놓인 정교한 기술이 한두 가지가 아니다. 놀라운 것은 그 많은 기술 가운데 사는 데 불필요한, 쓸모 없는 기술은 하나도 없다는 것이다. 그 모두가 살아가는 데 꼭 필요했던 기술들이다. 그리고 그 가운데 많은 기술들은 요즈음에도, 또 앞으로도 쓸모 있는 기술들이다. 그 중에는 영원히 낡지 않는 기술도 있다.

　학생들이 학교에서 받는 기술 교육은 농사꾼들이 몸에 익힌 기술에 견주면 교육이라고 할 나위도 없이 단순한 것이다. 그런데도 요즈음 사람들은 그 간단한 기능을 몸에 지니는 데도 힘이 들어 쩔쩔 맨다.

　내가 마을 어른들에게 "그 많은 기술 언제 어떻게 배우셨어요?" 하고 물으면 그 분들은 "배우고 자시고 할 것 뭐 있어. 그저 살다보면 몸에 익는 거지." 하고 심상하게 웃어 넘긴다. 무안해서 "저는 오십이 넘도록 살았는데도 몸에 익힌 기술이 하나도 없는데요." 하면 "도시에서 펜대 잡고 사는 사람들 다 그렇지 뭐. 농사짓고 살려니까 이런 기술도 필요한 거지, 농사 안 지으려면 뭐가 필요하겠어." 하고 만다. 이런 말을 들을 때 가슴이 찔리는 건 마음이 여려서만은 아닐 게다. 과민해서 그런지는 몰라도 그 말 속에는 귓전으로 흘려버리기에는 찜찜한 뼈가 들어 있는 듯하다. 어찌 들으면 '네가 쉰 살이 넘게 살았다고 하지만 제 손으로 제 앞가림할 기본 기술도 익히지 못한 주제에 어떻게 살았다고 할 수 있느냐?'는 꾸지람이 담겨 있는 듯도 하다.

　그런데 이 놀라운 기술들을 한두 가지가 아니라 수십 가지, 수백 가지 몸에 지닌 농사꾼들이 그 기술 덕분에 잘 먹고 잘 사느냐 하면 그렇지 않다. 우리가 컴퓨터 없이는 살 수 있어도 밥 안 먹으면 못 산다는 단순한 이치로 보더라도 고도의 기술력으로 나라의 기초 살림을 떠받드는 농사꾼이 누구보다 더 잘 사는 게 마땅할 것 같은데, 농사짓는 사람들은 우리 사회에서 누구보다 더 못 사는 축에 든다. 이러니 '기술입국'이라는 말이 자꾸 공허하게만 들리고 기술자가 잘 사는 세상이라는 말이 믿기지 않는 것은 당연한 일이 아닌가.

하기야 얼마 전까지만 해도 신문사나 인쇄소에서 대접받던 기술자였던 식자공들이 윤전기가 들어오면서 하루 아침에 직장을 잃은 사례나, 식자공을 잇는 기술자로 각광 받던 사진식자 전문가들이 컴퓨터의 등장과 함께 자취가 사라진 사례도 있으니까 기술도 기술 나름일지도 모른다.

그러나 어느 날 새 기술이 개발되면 어제까지 유용했던 기술이 그 기술을 지닌 전문가까지도 포함해서 휴지쪽처럼 버려지는 세상이 좋은 세상일까? 나는 그렇게 생각하지 않는다.

요즈음 내가 사는 시골에도 온돌에 불을 때고 사는 집이 없다. 연탄을 때는 집도 몇 집 안 된다. 그래서 옛날 같으면 겨울철이 오면 지게 지고 눈길을 밟으면서 먼 산에 나무하러 다녔던 사람들이 집 곁에 통나무가 굴러 있어도 무심히 비바람에 썩도록 내버려둔다. (아까운 땔감이 그냥 버려지는 게 아까워서 낡은 기술을 되살려 건넌방에 온돌을 놓았다. 기술이 시원찮아 방이 골고루 덥혀지지 않고 방 한쪽이 기울기는 했지만 그런 대로 잘 만하다.) 어디 그뿐인가. 내가 어렸을 적만 하더라도 새끼줄은 농촌에서 생명줄이나 다름없었다. 그래서 사시 장철 새끼 꼬는 모습을 언제 어디서나 볼 수 있었다. 그러나 지금은 동아줄보다 더 튼튼한 비닐끈이 지천으로 깔려 있어서 아무도 새끼를 꼬지 않는다. 가마니 대신 지퍼까지 달린 콤바인 포대가 나왔고, 멍석 대신에 훨씬 가볍고 질긴

화학 섬유로 된 곡식 말리는 천과 방수포가 집집마다 쌓여 있다.

그런데도 나는 어린 시절 기억을 되살려 볏짚으로 새끼를 꼬았다. 굳이 낡은 기술을 고집해서가 아니다. 곶감을 깎아 처마 끝에 매달려 하니 새끼줄이 없었다. 비닐로 된 새끼줄을 사려면 면소재지까지 가야 하는데, 바삐 걸어도 오가는 데 한 시간이 넘게 걸린다. 새끼줄을 꼬아 쓰면 반 시간이면 너끈한데 굳이 시간 버리고 돈 들여가며 비닐끈을 써야 할 이유가 없었다. 그래서 낡았지만 내 삶에 유용한 기술 쪽을 선택한 것이다.

그러고 보니, 농촌에서 농사짓고 살다보면 이런 저런 삶에 필요한 기술이 몸에 익는다는 마을 어른의 말씀이 빈말은 아닌 듯싶다.

구구단 외우는 대신 들판으로 나가자

곧 고추 모종을 해야 한다. 씨앗은 근처에서 유기농을 하는 분에게 구했다. 고추 모종을 빨리 한 분들은 벌써 비닐하우스 안에서 키운 모종을 다시 모판에 옮겨 심었다. 남보다 먼저 키워 빨리 시장에 내놓아야 제 값을 받을 수 있다고 여기기 때문이다. 경쟁 사회가 되다보니 시골에서 농사짓는 분들도 이렇게 철을 앞당기려고 기를 쓴다. 무리를 하다보니 모판에 전선을 깔아 지열을 높이고, 비닐을 이중으로 깔아 길러내야 한다. 봄볕이 땅을 녹여주기를 기다릴 틈이 없는 것이다.

도시에서 아이들을 기르는 부모님 심정도 마찬가지겠지. 조기 교육, 영재 교육을 시켜 어서어서 아이가 똑똑하게 커서 좋은 학교를 나오고 잘 살기를 바라는 마음을 이해할 수 있다. 자식 잘 되기를 바라는 부모 마음만큼 아름다운 마음도 없다. 살아 숨쉬는 모든 생명체는 너나없이 후손을 끔찍이 위한다. 그러나 자식 교육에 그처럼 힘을 쏟는 생명체는 사람밖에 없다. 당연한 일이지. 떡갈나무는 땅에다 도토리 열매를 떨어뜨리는 것으로 부모의 의무를 다 하는 셈이다. 닭은 알을 품어 병아리가 태어나도록까지만 돌보면 그만이다. 나머지는 새끼들이 다 알아서 한다. 타고난 본능에 의지해 후손들은 저마다 저 살 길을 찾으니까.

그러나 사람의 아이는 배워야 살 수 있다. 잘 배워야 잘 살 수 있지. 그런데 요즈음 교육은 아이들에게 살아가는 데 꼭 필요한 교육은 뒷전

마늘밭에서 쫑대를 뽑고 있다. 변산초등학교 6학년이던 호연이(맨 오른쪽)는
1998년 봄부터 친구들 네 명과 함께 변산공동체학교 중등 과정을 밟고 있다.

에 미루고 배워도 그만 안 배워도 그만인 것들을 더 열심히 가르치는 것
같다. 어려서 아이들에게 걸음마를 가르치거나 말하기를 가르치는 것은
꼭 필요하다. 그러나 학교도 들어가지 않은 아이에게 쓰기, 읽기를 가
르치고 셈을 가르치는 것은 아이에게 해롭다. 마치 벼 모가지를 뽑아놓
고 빨리 자라기를 바라는 것이나 마찬가지다.

　비닐하우스에서 자라는 고추 모종을 보면서 딱한 생각이 들었다. 저
렇게 키운 고추는 스스로 자기를 지키는 힘이 없어서 평생 동안 농부의
보살핌 속에서 비닐하우스 신세를 면하지 못하겠구나 하는 생각 말이
다. 고추 농사는 한 해 농사니까 그럴 수도 있을 것이다. 그러나 사람의
경우는 다르다. 아이를 부모가 평생 동안 돌볼 길이 없으니까. 그런데
도 마치 아이가 늙어 죽는 날까지 돌볼 수 있다는 듯이 아이를 지나치게

감싸고돌아 결국에는 그 아이가 혼자서 살아갈 힘마저도 빼앗는 듯이 보이는 부모님이 주변에 적지 않게 눈에 띈다.

자녀의 양육과 교육에는 다 같이 '기른다(育)'는 뜻이 담겨 있다. 기르는 일은 만드는 일과는 다르다. 인격, 사람다운 모습은 길러지는 것, 양성되는 것이지, 빚어지는 것, 형성되는 것이 아니다. 그러나 도시 생활을 오래 하다보면 도시 안에서는 모든 것이 만들어지니까 자녀들도 길러지는 것이 아니라 만들어진다고 생각하기 쉽다. 요즈음에는 시골에서도 생명체가 자라는 때를 기다리지 못하는 성급한 농사꾼이 늘고 있지만 그래도 생산 공동체인 농촌에서는 인공으로 길러내는 것들조차 '만듦'보다는 '기름'이 더 중요함을 일깨워주는 환경요소가 많아서 다행이다.

교실에서 열심히 구구단을 외우는 것보다 산이나 들판에 나가 새롭게 싹터 오르는 풀과 나무들을 보는 것이 훨씬 더 아이들 교육에 도움이 될 수도 있다는 사실을 깨우친 부모가 많았으면 한다.

'자연의 아들'과 '사람의 아들'

《실험학교 이야기》를 읽고서 '학교'라는 말이 주는 연상작용 탓인지 "학교를 언제 짓느냐? 초등학교를 짓느냐, 중등학교를 짓느냐? 학교 부지는 얼마나 되고 시설은 어떻게 꾸밀 것이냐?" 하고 묻는 사람들이 많다. 이런 분들에게 "실험학교는 학교 건물도, 운동장도 따로 없다. 산과 들, 바다가 모두 학교고 운동장이자 실험실이다. 그리고 특별활동이나 국어, 수학, 자연, 음악, 미술, 체육 같은 기존 교과과정에 포함된 모든 공부가 통합된 형태로 이루어진다. 여기서는 거의 모든 교과과정이 초등과 중등을 나누지 않고 이루어질 것이다." 하고 이야기하면 좀 어리벙벙한 느낌이 드는 모양이다. 당연한 일이다. 왜냐하면 이제까지 학교라는 제도화된 기관은 으레 건물, 설비, 운동장, 자격증 있는 교사, 나이에 따라 학년을 구분해서 그에 따른 단계적 학습과정을 거치게 하는 곳이라고 생각해왔기 때문이다.

그러나 학교가 오늘날처럼 제도화된 것은 그리 오래 전이 아니다. 우리 나라의 경우로 한정하자면 근대식 학교 교육의 역사는 백 년 정도이고, 이 학교 교육이 자리잡은 시기는 50년 안팎이라고 볼 수 있다. 그렇다면 학교 교육이 있기 전에 '학교'와 같은 기능을 맡은 기관이나 사람은 없었을까? 이 말에 얼핏 "물론 그런 것이 있었지요. 서당이 있었고 그 서당에서 훈장이 한문을 가르치지 않았습니까?" 하고 대답할 분도 있을 것이다. 이 대답이 틀린 대답은 아니다. 그러나 서당은 보편 교육이 이루어지는 곳도 아니었고, 훈장이 맡았던 일도 요즈음 교사가 감당하는 몫과는 사뭇 다르다.

사람이라는 동물이 이 지구 위에서 살아남기 위한 양육과 교육은 사람이 지구에 뿌리내리고 산 태고 적부터 오늘에 이르기까지 줄곧 있어왔고, 앞으로도 있어야 할 피할 수 없는 생존 조건이다. 따로 후손에게 교육을 베풀지 않는 생명체는 헤아릴 수 없이 많다. 심지어 양육에 관심을 갖지 않는 생명체도 부지기수다. 말하자면 많은 생명체들은 태어나자마자 제 앞가림을 제 힘으로 할 수 있는 능력을 지니고 태어나므로 따로 양육 과정이 필요없다. 개구리는 알을 낳고 그 위에 정액을 뿌려 수정시키는 것으로 부모의 의무를 끝낸다. 교육도 마찬가지다. 병아리는 먹을 것과 먹지 못할 것을 가리는 법을 어미닭에게 따로 배우지 않는다. 도토리는 따로 양육과 교육이 없어도 일정한 조건이 갖추어지면 떡갈나무로 자란다. 식물이나 곤충이나 물고기를 비롯한 거의 모든 생명체에게 양육과 교육은 개체로 태어나기 전에 이미 유전인자 속에 정보의 형태로 주어진다.

그러나 사람의 새끼들은 태어나자마자 제 힘으로 제 앞가림을 할 자족적인 개체로 설 수 없다. 양육과 교육 프로그램이 유전정보의 형태로 사람의 몸과 머리 속에 미리 입력되어 있지 않기 때문이다. 따라서 사람이 살아남으려면 반드시 일정한 기간 동안은 기르는 과정이 필요하고, 걸음마에서부터 말하기, 사람과 여러 사물들의 낯 익히기 따위를 배워야 한다.

이처럼 교육은 인간에게 사람답게 살기 위한 불가피한 과정이고, 이에 따라 언제, 어느 곳에 살든지 모든 부모들은 자녀 교육에 온갖 힘을 다 쏟아왔다. 그러나 자녀 교육을 전담하는 기구가 생기고 교육 전문가들이 나타난 시기는 비교적 짧아서 오늘날 우리가 보는 학교가 보편화

한 것은 200년도 채 안 된다. 그 동안 학교 교육은 산업 사회의 성장, 자본주의 시장경제의 확대, 종교와 이념의 전파를 위해 크게 기여해온 측면이 있다.

그렇지만 어떻게 처신해야 이웃과 편한 관계를 유지하면서 삶의 질을 높이는 데 기여할 수 있을지, 무엇을 어떻게 기르고 생산해내야 잘 먹고, 잘 입고, 잘 살 수 있을지, 우리 감각을 어떻게 개발해야 외부의 자연과 우리 안에 있는 자연(본성) 사이에 올바른 소통이 이루어질 수 있는지, 우리의 인지능력은 어떤 학습을 거쳐야 지속적으로 커나가고 강해질 수 있는지, 어떻게 살면 우리의 소질이 노래로, 그림으로, 춤으로, 글로, 기술이나 예술의 성과로 싱그럽게 꽃피어날 수 있는지, 과거와 현재와 미래가 연속된 흐름으로 자연스럽게 이어질 때 우리의 삶이 충만할 수 있다면 자연 속에서 과거와 현재와 미래는 어떤 연관 아래 파악되고 보존되어야 하는지, 그리고 인간 사회에서 과거 세대와 현재 세대와 미래 세대의 관계는 어떠해야 하는지… 이런 문제들에 대한 진지한 모색은 '학교'라는 제도 교육의 틀 안에서 거의 이루어질 수 없었거니와 이루어진다 해도 겉핥기로 스치고 말 뿐이었다.

이것은 제도교육을 담당하는 사람의 잘못이나 운영 잘못으로 생겨난 문제만은 아니다. 근본 문제는 '학교'라는 기구가 자연과 삶터에서 동떨어져 실험실 형태로 유지되어온 데에 있다. 인류가 수렵과 채취 경제의 단계를 거쳐 사육과 재배가 중심이 되는 농업경제로 들어와서도 이런 문제는 생겨나지 않았다. 농업은 '기르기'가 중심이 되는 삶의 길이다. 먹이와 옷, 집의 원료가 되는 풀과 나무, 그리고 짐승들을 길들이고 기르는 일은 사람의 힘만으로 되는 일이 아니다. 이 '기름'에는 햇볕과 공기, 흙과 물, 그리고 공기나 땅속에 있는 무기물과 유기물이 전체로서 참여한다. 사람을 기르는 교육과 양육에도 마찬가지 원리가 작용했다. 원시 공동체 사회와 농경 사회에서 사람의 아들은 크게 보아 자연의 아들이었다. 그러나 시장경제의 원리에 따라 산업 사회가 농경 사회를 대신하면서 기르는 일은 뒤로 물러서고 만드는 일이 앞장섰다. 그에 따라 사람도 '기르는 사람' '길러진 사람'에서 '만드는 사람'으로 바뀌어 왔다. 이 실험은 인류 역사에서 지난 200년에 걸쳐 이루어진 역사의 전환을 반영한 것이자 새로운 역사 창조의 원동력으로 작용했는데 이 실험의 중심기관이 '학교'였다. 그런데 그 결과는 어떤가? 자연을 떠나서, 햇볕과 공기와 물과 흙 같은 '사람 밖에 있는' 온갖 요소의 상호협력을 배제하고 사람의 힘만으로 행복하고 보람있게 사는 공동체를 건설할 수 있을까?

제도교육에 힘입은 도시 사회의 건설과 확대는 이런 믿음을 뒷받침하는 것으로 보였다. 그러나 산업 사회의 역사가 고작 200년인데도 인간의 생명과 삶의 질을 위협하는 여러 부작용이 도처에서 나타났다. 도시 사회에서 범죄율의 증가, 특히 청소년 범죄의 증가, 마약, 알콜 중독, 차가워진 인간 관계, 물과 공기의 오염, 도시에서 태어나고 자라는 아이들의 감각기관이 무디어지면서 그에 따라 자기표현과 창조력의 쇠퇴 현상이 어디에서나 눈에 띄게 드러나기 시작했다. 지난 200년 동안 자연과 삶터에서 격리시켜 사람의 힘만으로 아이들을 기르고 가르치겠다는 자신감에서 출발한 전대미문의 교육실험은 이제 막다른 골목에 이른 것 같다.

실제로 실험실 형태의 학교는 학교 부지가 아무리 넓더라도, 또 그 안에 들어서 있는 시설과 장비가 아무리 좋고 정교하더라도 아이들을 사람의 자식으로 길러내는 데는 알맞지 않다. 왜냐하면 사람의 자식은 사람의 자식이기에 앞서 먼저 '자연의 자식'이기 때문이다. 실험실 형태로 닫힌 '학교'의 기초형태가 사람 중심의 세계관으로 무장된 서구 기독교 교회에서 맨 먼저 싹텄다는 것에 주의를 기울일 필요가 있다. 중세 수도원이나 교회 공동체 안에서 싹튼 학교 교육의 근본 목적은 교리의 전파와 이념의 확산이었다. 그런 점에서 자연과 균형있고 조화롭게 교류하는 과정에서 살 길을 찾는다는, 수십만 년을 두고 이어내려온 인류사회 전체의 근본 교육 목적에서 벗어난 것이기도 했다.

우리가 꿈꾸는 실험학교, 공동체학교는 기존 학교처럼, 따로 건물과 운동장이 있고, 책상 걸상이 있고, 자격증 가진 교사가 나이와 학년에 따라 정해진 과목을 정해진 단계에 따라 가르치는 그런 학교가 아니라 아이들을 둘러싼 산과 들과 바다와 생산이 이루어지는 여러 삶터와 작업장 모두를 포함하는 큰 학교, 살아 숨쉬는 열린 학교가 되어야 한다. 이것은 앞에서 이야기한 대로 '자연의 아들'로 자라지 못하는 아이는 절대로 '사람의 아들'로 길러낼 수 없다는 믿음, 지난 200년 동안 겪어온 교육 실험의 실패에서 얻은 값진 교훈이 뒷받침하고 있다.

종살이를 가르치는 독서교육

말은 곧잘 하지만 글을 깨우치지 못하는 아이들이 더러 있다. 우리는 이런 아이들을 문맹이라고 부른다. 그리고 문맹률이 얼마나 높으냐에 따라 한 나라의 문화가 선진이냐 후진이냐를 가르기도 한다.

따지고 보면 글자를 아느냐 모르느냐에 따라 문맹이냐 아니냐를 가리고 그 사람이 유식하냐 무식하냐를 판가름하는 것은 큰 뜻이 없다. 인류 진화의 긴 역사에서 글자가 만들어진 시기는 몇천 년이 안 된다. 글을 익히지 않고도 사람들이 문화생활을 한 흔적은 어디에서나 찾아볼 수 있다. 우리 민족의 민중문화는 세계 어느 곳에 내놓아도 손색이 없을 정도로 뛰어나지만 그 문화가 글을 아는 사람 손에서 빚어지지는 않았다. 100년 전까지만 거슬러 올라가더라도 우리 조상들 가운데 까막눈이 아니었던 사람은 별로 없을 것이다.

실제로 작은 마을 공동체에서 태어나 그 안에서 자라고 그 마을 뒷산에 묻히던 좁은 생활 공간 속에서는 글이 따로 필요 없었다. 모든 정보 교환과 의사 소통과 감정의 교류는 말과 표정, 손짓, 발짓, 억양으로 이루어질 수 있었고 그것으로 충분했다. 말하자면 모두가 문맹이었고, 따라서 역설적으로 아무도 문맹이 아니었던 시기가 인류 역사의 대부분을 차지했다는 뜻이다.

문자의 발생에는 여러 가지 의미가 새겨져 있다. 사회가 국가 단위로 통합되고 지역 공동체 사이에 교역이 이루어지면서 글자를 만들 필요가 생겨났는데, 글자는 때로는 전제군주의 통치 편의를 돕기 위해서 만들어지기도 하고, 장사꾼들이 서로의 기억을 못 미더워해서 만들어내기도 했다.

경제가 자연경제의 울타리를 벗어나지 못하고, 통치자들이 백성들의 노동성과를 폭력으로 제 몫으로 삼거나, 장사꾼들이 다른 지역의 정보에 어두운 순박한 사람들을 속여 중간 이문을 크게 먹을 필요가 있었을 때까지는 글은 통치자나 장사꾼들 사이에서만 서로 의미가 통하는 암호문 같은 것이어서 일반 사람들이 모르면 모를수록 더 좋았다. 세종임금이 누구나 쉽게 깨칠 수 있고 그것으로 누구하고나 어렵지 않게 정보를 교환하고 의사를 소통할 수 있는 한글을 만들었을 때, 그 글자가 통용되는 것을 기를 쓰고 막았던 조선시대 사대부들의 반응을 보면 정보의 독점이 지배계급의 특권 유지에 얼마나 큰 도움이 되었는지, 따라서 자기들끼리만 이해하는 어려운 글자로 정보교류와 의사소통을 하는 것이 얼마나 절실한 것이었는지를 잘 알 수 있다.

시대가 바뀌어서 한 나라 국민이 모두 일정한 정도의 정보를 공유할 필요가 있다는 요구가 절실해지면서 모두가 쉽게 배우고 익힐 글자를 선택하고 따로 학교를 만들어 글을 가르치기 시작했는데, 그 일을 가장 먼저 시작한 나라는 영국이었다. 영국이 국민들에게 열심히 글을 가르치고 책읽기를 권장한 이유는 뻔하다. 글을 몰라도 농사는 지을 수 있지만 장사는 하기 힘들다. 또 글 모르는 사람을 채찍질하여 쟁기를 끌게 할 수는 있지만 기계를 만들거나 그 기계로 필요한 물건들을 만들게 하기는 쉽지 않다.

나라 안을 식민화하고 내친 김에 해외에도 식민지를 만들려면 막강한 군대나 경찰도 필요했겠지만, 이런 물리력만으로 윽박지르려면 통치 비용이 너무 높아진다. 그래서 문화 통치가 필요한데, 문화 통치를 빠르게, 손쉽게 하는 데는 글자를 가르쳐서 통치집단의 뜻에 맞는 행동을 이

끌어내는 것보다 더 좋은 방안이 따로 없다.

이런 기초 상식에 바탕을 두고 독서교육을 해야만 제대로 된 책읽기를 가르칠 수 있다고 본다. 무엇 때문에 글을 배우고 책을 읽어야 하는지에 대해서 교사가 명확하게 알지 못하면 독서교육은 자칫 종살이 훈련에나 도움을 주는 꼴이 되기 쉽다.

피아제의 말을 빌리면, 초등학교 시기는 이른바 '구체적 조작기'에 든다. 비판하는 안목을 갖추고 책읽기를 하기에는 너무 어린 시절이라고 할 수 있다. 이 시기 아이들에게 책읽기는 거의 다 강요에 따른 고통스러운 훈련 과정에 지나지 않는다. 그럴 수밖에 없다. 왼뇌와 오른뇌가 균형 있게 발달해야 하는 시기이고, 그렇게 하자면 손발을 부지런히 놀리고 온몸을 자유롭게 움직여서 뒹굴고, 뛰놀고, 춤추고, 노래하고, 깎고, 두들기고, 빚어내고, 만들고… 이렇게 온 감각기관과 운동기관을 다 써서 바깥 사물과 접촉해야 하는데 책상머리에 붙어 앉아 정신, 그것도 주로 아직 채 덜 여문 왼뇌를 혹사해야 하니 죽을 맛일 수밖에.

더구나 우리 나라에서는 정보를 독점하려는 특권층의 못된 버릇이 천년이 넘게 이어 내려온 데다 식민지와 반식민지 상태에서 이른바 지식층이 외국말 질서에 오염될 대로 오염되어 우리말 질서를 존중하지 않는 글쓰기를 도리어 자랑삼고, 그것을 무슨 유식한 것처럼 들이대고 있다. 이 바람에 말의 질서와 글의 질서가 하늘과 땅 사이로 멀어져버려 글읽기가 곱절로 어려울 수밖에 없다. 그렇지 않아도 지식층의 지식을 통한 특권 유지의 욕망 때문에 말과 글 사이가 성글어지는 게 세계의 추세인데, 학교에서 이 잘못된 글 버릇을 마치 바른 것으로 여겨, 말하듯이 쓴 글을 교사가 소중히 여기지 않고 글맛이 없다고 타박하기 일쑤니 이런 풍토에서 올바른 독서교육이 이루어지기를 어떻게 기대할 수 있겠는가.

감각교육과 표현교육이 중심이 되어야 할 초등교육에서 아이들 인지 발달 단계에 맞지 않는 관념교육이 더 큰 비중을 차지하고 있으니 자연스러운 독서교육의 길은 좁을 수밖에 없다. 자연스러운 독서교육이란 아이들이 감각을 통해서 구체적으로 외부의 감각 영상들을 받아들이고, 그것을 기초로 자기표현을 할 때 그 개별 체험에 보편 형식을 주어 일반화하는 준비작업이기도 하고, 다른 개별 체험을 보편 형식을 통해 간접 방식으로 자기 것으로 만들게 하는 과정이기도 하다. 이 과정에서 아이들 삶의 체험과 너무나 동떨어진 책을 억지로 읽힐 때에 생기는 문제도 있고, 아이들이 쓰는 말의 질서(사실 아이들이 쓰는 말의 질서는 때묻지 않은 우리말 질서에 가장 가깝다.)와 동떨어진 글의 질서에서 생기는 문제도 있다.

독서교육의 첫단계로 어른이 쓴 글보다는 같은 또래나 언니들이 쓴 글을 읽어 버릇하도록 이끄는 것이 자연스럽다. 서너 살짜리의 가장 좋은 선생은 대여섯 살 난 언니들이라는 말을 떠올리면 왜 그런지 잘 알 수 있을 것이다. 이런 뜻에서 '새롬이와 함께 일기 쓰기'나 '엄마의 런닝구' 같은 책도 좋고, '윤복이의 일기'('저 하늘에도 슬픔'이라는 제목으로 나와 있다.)나 '현복이의 일기' 그리고 이호철 선생이 지도한 학생들이 쓴 글 같은 것도 좋겠다. 우리 나라 작가들이 일반으로 아이들의 말이 갖는 형식 틀을 모르고, 쓰는 말의 빈도수에도 주의를 기울이지 않아 어른들의 말버릇을 말끝만 바꾸어 그대로 옮기는 일이 많은데, 이런 책들은 아이들의 감성과 사고의 발달에 도움이 되지 않는다.

이에 곁들여 아이들에게 이야기, 특히 옛 이야기들을 많이 들려주는 것이 좋다. 청각 체험이 어떠냐에 따라 시각 체험의 결이 달라지는 경우가 많은데 재미있게 주의를 기울여 듣는 체험이 쌓이다보면 스스로 그 즐거움과 귀에 솔깃한 이야기의 근원을 확인하고 싶은 마음이 들기 마련이다. 이런 점에서 서정오 선생이 스무해 남짓 아이들을 가르치면서 겪은 체험을 바탕으로 쓴 《옛 이야기 들려주기》는 모든 교사들이 반드시 정독을 해야 할 책이고, 아이들을 위해서 쓴 《옛 이야기 보따리》 시리즈(보리출판사) 같은 책도 꼭 읽혀야 할 책들이다.

서정오 선생이 쓴 옛 이야기 책들을 읽히고 들려주는 것이 소중한 까닭은 이런 책들을 통해서 아이들이 가장 자연스러운 우리말 질서를 익힐 수 있고, 이야기 속에 담긴 우리 고유의 생각과 느낌, 문화 전통을 아무 부담 없이 자연스럽게 흡수할 수 있기 때문이다. 옛 이야기는 오랜 세월에 걸친 민중의 집단 지혜를 반영하고 있을 뿐만 아니라 형식과 내용이 아이들에게 맞도록 끊임없이 다듬어진 것이어서 듣거나 읽기에 가장 좋은 교육 자료라 할 수 있다. 다만 그 동안 요즈음 아이들의 감각에 맞게 쓴답시고 글재주를 부려 군더더기를 꾸며서 끼워 넣은 것들이 많아 재미도 교육 효과도 반감이 된 것들이 대부분이었는데 서정오 선생은 이 약점들을 모두 극복해내서 이 분야에서 가장 뛰어난 업적을 쌓았다 할 만하다.

어떻게 하면 아이들에게 많은 책을 읽힐 수 있을까에 관심이 많은 교사들에게는 쓸데없는 관심을 버리라고 일러주고 싶다. '양보다 질'이라는 뜻에서만이 아니라 많은 독서 시간은 그에 비례하여 감각 체험 시간을 그만큼 많이 빼앗아가기 때문이기도 하다. 단 한 권의 책을 읽고도 삶의 방향을 바꾼 사람들이 얼마나 많은가. 몇 해 전에 아이들의 '논리적 사고' 능력을 높인다는 구실로 아직 '형식적 조작' 능력도 생기기 전인 초등학생들을 대상으로 《논리야…》 시리즈 같은 책들이 마구잡이로 권장될 때 나는 그 해독을 지적하고 논리에 연관된 책 백 권을 강제로 아이들에게 읽히는 것보다 《몽실언니》 같은 책 한 권을 읽히는 것이 아이들의 사고를 깊고 폭넓게 만드는 데 훨씬 더 큰 도움이 된다고 이야기한 적이 있다.

독서교육에는 교사들의 세심한 배려가 필요하다. 간접 체험으로 직접 체험을 대신하려는 '그림자 삶'의 태도를 아이들에게 심어주지 않기 위해서도 중요하고, 주인으로 커야 할 아이들을 누군가, 무엇인가의 종으로 길들이지 않아야 한다는 뜻에서도 중요하다. 그래서 글의 유용성과 해독을 먼저 안 나라들에서는 독서교육에 관심을 갖는 교사들이 꾸리는 단체나 공식 단체들도 많고, 독서교육에 대한 자료 교환도 활발하다.

우리 나라는 읽은 책의 권수로, 또 비치된 장서의 양으로 독서 수준을 가늠하려는 무분별한 경향이 없지 않은데, 다시 한 번 되풀이하거니와 한 권의 책을 읽혀도 좋으니 제대로 된 책을 읽혀야 한다. 제대로 된 책이라는 말이 잘 잡히지 않을 수도 있는데, 다시 말하자면 한 권의 책을 읽히더라도 주인이 쓴 글을 읽혀야 하고 손님이나 종이 쓴 글은 읽히지 말아야 한다.

꾸며 쓴 글은 대체로 죽은 글이고 고작해야 손님이나 종의 처지에서 쓴 글이라고 보아도 틀림없다. 글을 꾸미는 것은 남에게, 주인에게 잘 보이려고 그런다. 한때는 글쓰는 사람들이 권력자들 밑에서 종살이를 하고, 요즈음에는 돈에 팔려 읽는 사람의 비위에 맞추며 본심을 숨기고 그럴 듯하게 꾸미는 일이 비일비재한데, 하도 교묘하게 꾸며서 꾸몄는지도 모르게 꾸미는 재주를 가진 사람도 한둘이 아니다.

아이들 가운데도 백일장 같은 데서 꾸민 글을 써서 상 받는 맛을 들인 아이들이 있는데, 그래도 아이들 글은 꾸며낸 죽은 글인지 본심이 드러난 살아 있는 글인지 쓴 말투를 보고 쉽게 구별할 수 있다. 아이들에게 또래 아이들이 쓴 글을 먼저 많이 읽혀야 한다는 말에는 주인이 쓴 글을 읽어야 스스로도 주인 의식이 생긴다는 뜻도 담겨 있다.

내 책임은 없는가

　글쓰기연구회 회원 한 분이 전교조 회원 가족과 후원회 선생님 가족들을 모시고 변산에 왔다. 미리 연락이 와서 저녁 시간을 비워 두었던지라 밤에 변산 막걸리를 마시면서 즐겁게 이야기를 나누었다. 이튿날 오전에 이분들이 우리 집을 찾아왔다. 대접할 것이 마땅치 않고 또 마침 식구들이 오랜만에 김밥을 싸 들고 산행을 가고 난 뒤 혼자 집을 지키던 터라 아이, 어른 합해서 스무 명 가까운 사람들을 반갑게 맞을 형편도 못 되었다.

　그래도 그냥 보내기는 아쉬워서 정성들여 가꾼 당근을 여남은 뿌리 뽑아 물에 씻어 맛보라고 권하고 아이들에게는 제사상에 놓으려고 추녀 끝에 매달아 말리던 곶감을 따서 하나씩 권했다. 내 딴에는 우리 식구들의 허락도 없이 크게 마음 내서 '죽은 입에 들어가는 것보다는 그래도 자라는 어린것들 입에 들어가는 것이 더 나으려니' 하고 선심을 쓴 것이다. 그런데 반응이 뜻밖이었다. 이제 서너 살에서 예닐곱 먹은 아이들까지 한결같이 안 먹겠다고 머리를 저었다. 민망해진 부모들이 반은 달래고 반은 맛만이라도 보라고 위협해도 곶감을 혀끝에 대보려 하는 놈도 없었다. 억지로 입 가까이 대면 무슨 끔찍한 벌레라도 보는 것처럼 질겁을 하고 울음을 터뜨리는 애도 있었다.

　이거 큰일이다 싶었다. 돌이켜보면 우리 어렸을 적에도 비슷한 경험이 없지는 않았다. 어쩌다 가게에서 사 먹는 눈깔사탕이나 캐러멜의 단맛을 보고 나서는 그 동안 일껏 맛있게 먹던 식혜나 수정과나 조청을 넣어 만든 강정 같은, 집에서 만들어준 군것질거리들이 시시하게 여겨져 '가게에서 파는 것은 맛있는 것, 집에서 어머니가 만들어주는 것은 맛없는 것'이라는 생각으로 굳어버리고, 이 굳어진 생각은 '조미료가 듬뿍 든 음식점 음식은 맛 좋은 음식, 집에서 해먹는 정갈한 음식은 맛 없는 음식'으로까지 이어졌다. 그러나 나이가 들면서 인공 감미료나 첨가물로 단맛을 낸 과자류나 화학 조미료를 써서 양념 맛을 대신한 음식보다는 어려서 맛보았던 한과나 어머니가 끓여주시던 된장국 맛이 제맛이라는 일깨움이 생겨 옛 맛을 되찾고자 하는 마음으로 이어졌다.

그런데 지금 자라는 아이들은 태어나자마자 우유나 이유식에서부터 군것질거리에 이르기까지 도무지 자연의 맛이 무엇인지 모르는 채로 인공 첨가물이 가미된 음식만 먹고 자란다. 따라서 지금 곶감이나 대추에 도리질을 하는 아이들이 언젠가 전통 음식을 그리워 하리라는 보장도 없다.

우리 공동체 식구 가운데 가장 어린애가 네 살 난 여자애인데 이 아이도 일 년 전까지는 도시에서 자랐다. 그런데 시골에서 산 지 일 년이 채 안 되는 이 아이의 입맛이 지금은 크게 바뀌었다. 우리는 손님들에게 가게에서 파는 과자나 음료를 사 오지 못하게 한다. 어쩌다 모르고 사 오는 경우에도 어린애들에게는 주지 않는다. 그 대신 집에서 군것질거리를 만들어 먹인다. 지금 우리 집 꼬마애는 못 먹는 것이 없다. 겨울인데도 마늘밭에서 돋아나는 이름 모를 풀들을 뽑아 식탁에 올려놓고 "이러다 토끼나 염소가 되는 것 아니야" 하고 우스갯소리를 하면서 쌈 싸먹는 일이 잦은데 꼬마애도 이 이름 모를 풀들을 곧잘 먹는다. 감, 곶감, 대추, 호도, 보리개떡, 밀개떡, 쑥버무리… 무엇이든지 가리지 않고 먹는다. 가끔 주책없는 손님들이 아이들을 위한답시고 가지고 오는 과자나

빵도 먹지만 일부러 찾거나 사 달라고 조르는 일은 없다. 어쩌면 아직 텔레비전 광고를 보지 않은 덕도 있고 가게 앞을 자주 지나다니거나 학교에 갈 나이가 안 되어 인공 감미료의 달콤한 맛을 보지 않은 덕도 있을지 모른다.

그러나 우리는 이 아이가 자라서 어쩌다 인공의 맛에 한때 빠지더라도 언젠가 어릴 때 맛보았던 자연스러운 맛을 그리워하고 되찾을 것이라고 믿는다. 그러나 곶감을 보기만 하고도 몸서리를 치던 그 어린 손님들을 지금 그 상태로 내버려두면 그 아이들은 어쩌면 영원히 자연스러운 맛을 즐길 기회가 없을지도 모른다는 생각이 든다.

자연의 맛을 모르는 아이들이 어찌 자연을 사랑하고 자연 속에서 자연스럽게 살아갈 수 있으랴. 이 아이들의 감각을 자연으로부터 멀어지게 한 데는 도시 생활 환경 탓도 크지만 모든 탓을 밖으로 돌려버릴 수만은 없다. 의식주에서부터 여가나 취미생활이나 사회활동에 이르기까지 우리의 생활양식 전체를 다시 도마 위에 올려놓을 필요가 있다.

지금 이 순간 밥상에는 어떤 음식이 놓여 있는가? 집안 구석구석 아이들 손이나 몸이 닿는 곳에는 무엇이 어떻게 놓여 있는가? 집안의 환기장치는 계절의 변화를 민감하게 느끼도록 되어 있는가? 우리 집에서 나는 냄새에는 어떤 것들이 있는가? 아이들 눈 높이에서 본 살림살이의 모습과 색깔은 어떠한가? 텔레비전이 꼭 필요한가? 아이들 책꽂이에 꽂혀 있는 책의 양은 얼마인가? 치워 버려도 좋을 책이나 장난감은 없는가? 아이들을 데리고 가게에 가는 것이 좋은가? 외식을 시키는 것은? 아이들을 많이 걷게 하고 충분히 뛰어놀게 하는가? 나는 아이에 대해서 어떤 고정관념을 가지고 있는가? 그런 생각은 어떻게 해서 굳어졌는가? 도시에서 살더라도, 또 주말에 아이와 함께 보낼 시간이 한 달이나 두 달에 한 번밖에 주어지지 않더라도 아이들은 주말마다 산이나 들이나 바닷가에서 뛰놀 기회를 마련해주려면 어떻게 해야 하는가? 학교나 직장이나 마을 단위로 '자연을 즐기는 아이와 어른들의 모임' 같은 것을 만들어 번갈아가며 한두 부모가 여러 아이들을 맡아서 놀다 올 길은 없는가? 따지고 보면 되살펴야 할 것들이 끝없이 이어질 것이다.

그러나 이 어느 것 하나 소홀히 할 것이 없다. 모두 우리 후손들의 사람다운 삶을 좌우하는 갈림길을 정하는 문제이기 때문이다. 지금부터라도 늦지 않다. 거듭 되풀이하는 말이지만 좋은 세상이란 별 게 아니다. 있을 것이 있고 없을 것이 없는 세상이 좋은 세상이다. 아이들 세상도 마찬가지다. 없을 것, 없어야 할 것이 아이들 주변에 있으면 없애야 한다. 있을 것, 있어야 할 것이 없으면 만들어내야 한다. 그럴 책임이 우리 집에서는 어른인 나에게 있다. 그러지 못하게 하는 방해물이 밖에 있으면 그것과 맞서는 과정에서 싸움이 시작된다.

까막눈의 넋두리

풋내기 농사꾼인 내 눈에는 아직 곡식이 아니거나 채소가 아닌 풀은 모두 잡초로만 보인다. 그래서 웃지 못할 실수를 저지르는 일이 자주 생긴다. 마늘을 심었는데 지난 2월부터 마늘밭에서 '잡초'가 움돋기 시작했다. 그래서 부랴부랴 왕겨를 깔았지. 꽤 두툼하게. 그렇게 깔아놓으면 햇볕을 받지 못하니 그놈들이 자라지 못하고 시들어버릴 줄만 알고. 그런데 웬 걸, 소용이 없었다. 그 두터운 왕겨 더미를 뚫고 마늘보다 잡초들이 더 무성하게 자라는 거다. 자세히 보니 그 '잡초'들은 두 종류였다. 까딱하면 마늘 농사 아닌 잡초 농사를 짓겠다 싶어 어서 뽑아내야겠다고 마음은 급한데 차일피일 미루다보니 드디어 마늘밭인지 잡초 밭인지 모를 지경이 되었다. 더 두면 큰일날 것 같아 뽑기 시작했다. 뽑고 보니 '잡초'가 산더미 같았다.

그런데 나중에야 알고보니 그 풀들이 예사 잡초가 아니었다. 하나는 별꽃나물이고 또 하나는 광대나물이었다. 모두 맛있는 나물이자 약초였다. 그걸 모르고 심지 않은 것이라 하여 잡초로만 알아 함부로 뽑아 썩혀 버렸으니 굴러온 복을 걷어찬 셈이 되었다. 농사짓는 꼴이 이렇다. 이러면서도 딴에는 '자연은 아이들의 가장 큰 스승이다.' 뇌까리며, 아이들에게 산살림, 들살림, 갯살림의 소중함을 일깨우자는 뜻을 세우고 '공동체'니 '실험학교'니 하고 있으니 지나가던 소가 웃을 일이다.

농사일에만 까막눈이 아니다. 산에 가도, 갯가에 나가도 깜깜하기는 마찬가지다. 담치와 홍합을 가려볼 줄 몰라서 도시에서 온 아이들에게 담치를 가리키며 "이것이 홍합 새끼란다." 하고 으스대는가 하면 파래와 청각과 모자반을 구별하지 못하고 "파래에도 여러 종류가 있단다." 하기 일쑤다. 그러니 김과 우뭇가사리 정도는 생김새가 워낙 다르니까 어렴풋이 가려볼 줄 알지만 감태나 염주말에 이르면 그냥 '바닷풀'이다. 개펄에 구멍들이 수없이 많은데 이건 대합 구멍이다, 이건 바지락 구멍이다 가려보기는 커녕 게 구멍과 조개류 구멍도 구별 못 하는 형편이다. 갯가에 가면 볼볼거리는 그 흔한 갯강구조차 이름을 안 지 며칠 안 되니 할 말 다 한 셈이지.

기왕 얘기 나온 김에 하나 더 털어놓자. 그 많은 나무 이름을 어찌 다 기억할 수 있을까마는 그래도 시골에서 자란 사람은 적어도 느티나무와 팽나무는 구별할 줄 안다. 마을 앞 동구밖에 서 있는 당산나무가 느티나무 아니면 팽나무니까. 내가 아이들 여름학교 터로 구한 산골짜기에도 우람한 당산나무가 하나 서 있다. 이 동네 칠팔십 되신 어르신들의 증조할아버지 때부터 그 나무 그늘에서 놀던 추억담이 전해오니 몇백 년은 좋이 되었을 나무다. 그 오랜 세월을 살아왔는데도 온전하게 아름다운 모습을 지니고 있어서 요즈음 들어 내가 신령님으로 모시는 나무인데 어느 분이 이름을 물었다. 태연히 '느티나무'라고 대답했지. 그런데 곁에 있던 젊은이가 씨익 웃더니 "선생님, 이 나무는 느티나무가 아니고 팽나무구먼요." 해.

자, 이쯤 되면 참 큰일났다. 올 여름에는 자연으로부터 가르침을 받고자 엄마, 아빠 손을 잡고 찾아오겠다고 벼르는 아이들이 한둘이 아닌데 그 아이들이 산에 자라는 이 나무, 저 나무, 길섶에 피어 있는 이 들꽃, 저 들꽃, 갯가에서 볼볼거리거나 바위에 붙어 있는 이런저런 바닷가 생물들을 가리키며 "이게 뭐예요?" 하고 물으면 무어라고 대답하지?

에구 낯뜨거 생각하고 여기저기 부탁해서 수목 도감, 야생화 도감, 자원 식물 도감, 버섯 도감, 조류 도감, 해양 생물학 관계 책자… 뭐 뭐해서 잔뜩 쌓아 놓았지만 우리 나라에서 나온 이 도감들이란 게 모두 사진으로 된 것이어서 아무리 들여다보아야 이 나무가 저 나무 같고, 이 풀이 저 풀하고 어떻게 다른지 알 수 없는 게 태반이다.

사진이야 거울 못지 않게 정직한 건데 사진을 탈 잡아 까탈을 부리면 어떻게 하느냐고? 하기야 그렇게 생각하실 분들이 많을 것이다. 사진도 사진 나름이라는 말은 않겠다. 왜냐하면 사진기도, 필름도, 또 사진 찍는 솜씨도 어지간히들 좋아져서, 또 원색 인쇄 기술도 그만하면 어디 내놓아도 빠지지 않을 만큼 발달해 있어서 이 사진이 어떻고 저 사진이 어떻다라고 탈 잡을 건덕지는 없으니까.

그러나 사진에는 생명체를 재현하는 데 어쩔 수 없는 큰 한계가 있다. 물론 사진은 정직하다. 그러나 정직함은 기계가 지닌 정직함이지 그 이상은 아니다. 기계 눈인 카메라 렌즈는 살아 있는 사람의 눈과는 달리 관심에 따라 개체만 도려내보는 힘이 없다. 따라서 자연 상태에서 생명체를 사진기에 담을 때 사진에 꼭 필요한 부분만 나오지는 않는다. 간단히 말해서 쓸데없는 배경까지 덩달아 찍힌다는 거지. 배경이 없어야 개체가 또렷이 드러날 텐데 사진으로 된 도감 치고 이 한계를 극복한 것이 하나도 없다. 날고 기는 사진 기술을 가지고 있어도 이 한계는 극복될 수 없다.

사진으로 된 도감이 가진 한계가 하나 더 있다. 생명체를 가까이서 찍을 경우에 예외는 있지만 초점이 고르지 않다. 살아 있는 사람 눈은 개체를 볼 때 끊임없이 초점을 움직여서 전체를 선명하게 볼 수 있는데, 기계 눈인 카메라 렌즈는 초점이 고정되어 있어서 어느 한 곳에 초점을 맞추면 나머지는 초점거리에서 벗어나 뿌옇게 흐려져버린다.

사진이 지닌 이런 한계 때문에 사진 도감은 안 된다, 제대로 도감을 만들려면 모든 생명체를 하나하나 세밀화로 그려야 한다. 그래야 생명체가 지닌 본디 모습을 제대로 알 수 있다고 여겨 보리출판사에서 몇 해 전부터 풀과 나무, 곤충과 물고기, 새와 짐승들을 세밀화로 그려내는 작업을 계속하고 있고, 그 성과가 '세밀화 그림책'으로 엮여 선보이고 있지만 이 작업이 완성되려면 앞으로 십 년이 걸릴지 이십 년이 걸릴지 모른다. 세밀화로 강아지풀 하나 정교하게 그려내는 데 우리 나라에서 그 방면에 가장 뛰어난 화가가 잡아먹는 시간이 자그만치 3주일이나 걸리는 것을 직접 옆에서 지켜보았다.

아무튼 서툰 목수 연장 나무라기 식으로 투정만 부리고 있을 수는 없는데, 자연 경관을 보고 아름답다고 감탄하고 서 있다고 해서 자연으로부터 무얼 배울 수 있는 것은 아닌데, 온전한 길잡이가 있어야 하는데, 큰일은 큰일이다. 요즈음처럼 그 많은 생명체들을 하나하나 애정어린 눈길로 관찰하고, 코로 냄새 맡고, 혀로 맛보고, 일일이 먹어보아 약초와 독초를 가리고 조리법을 개발해낸 우리 조상들이 위대해 보인 적이 없다. 엄두가 안 난다고 해서 그냥 주저앉을 수야 없지. 꺼내놓은 이야기가 있는데, 그것이 허풍으로 끝나지 않으려면 지금부터라도 자꾸 묻고 배워야 하겠다. 학문이 별건가? '배우고 묻고(學問)' 하는 것이 학문인데. 그 동안 진짜 학문에는 게으르고, 시덥지 않은 관념놀이에만 정신이 팔려 오랜 세월 허송해온 것이 무척 후회스럽다.

우리 아이들만은 나처럼 자연에 까막눈이 되지 않도록 올바로 이끌고 싶다. 자연이란 그저 아름다운 경치가 아니라 생명체들이 자라고 열매 맺고 뛰노는 커다란 삶터고, 사람도 생명계의 한 구성원인 만큼 이 커다란 생명 공동체에서 그야말로 '한살림'을 하지 못하면 제대로 살아남을 수 없다고 여기기 때문이다.

2장. 묵은 밭을 다시 일구며

— 실험학교 터를 일구는 사람들

항아리와 장독대

지난 해 한 여름부터 쌓기 시작한 장독대가 올 4월 초에 마무리되었습니다. 변산 부안 김씨 재실 한 귀퉁이에 쌓기 시작한 것인데, 장독대 터는 원래 쓰레기장으로 십여 년이 넘게 주변에서 생긴 온갖 쓰레기를 거기에 다 버려 지저분하기 짝이 없었던 데다가 재실에 사는 사람들의 위생에도 문제가 있는 곳이었습니다. 오죽하면 농약병만 하더라도 몇 백 개가 거기에 버려져 있었을까요. 그 음습한 곳을 정리해 태울 것은 태우고 땅에 묻을 것은 묻고 따로 모아 처리할 것은 처리하고 장독대 터를 닦는 데 처음 변산으로 이주했던 젊은이들의 고생이 많았습니다.

산자락을 조금 깎아 음습하고 움푹 파인 쓰레기장을 메우고 판판하게 터를 닦고 보니 아래 위 합해서 100평 남짓 되는 공간이 생겼습니다. 여기에 장독대 터를 만들기로 했습니다. 이 공사는 아름다움을 느끼는 타고난 심미안을 지닌 전관유 군이 맡기로 했습니다. 산자락에서 나온 돌 섞인 황토흙을 체로 쳐서 짚을 썰어 넣고 밟아 장독대 벽을 쌓아올리기 시작했습니다. 여름에 시작한 공사는 가을까지 이어졌습니다. 또 농사짓는 틈틈이 전주로, 줄포로 숨쉬는 옛 항아리들을 모으러 다니느라 일의 진행이 더디었습니다. 서울이나 다른 대도시 변두리로 살길 찾아 떠난 이농민들의 빈 집에 덩그렇게 남아 깨질 날만 기다리고 있던 장독들이 한두 개씩 모여 500개가 넘었는데 장독대 일은 마무리되지 않아

쌓다 말고 겨울을 맞았습니다. 장독대를 둘러싼 흙담 가운데 일부는 강회와 진흙을 섞어 마감질까지 해두었습니다.

그런데 나중에야, 한 겨울 추위에 짚을 섞은 토담과 강회 섞은 겉흙 사이가 들떠서 다시 손 볼 수밖에 없는 때가 와서야, 흙일은 가을이 깊어지기 전에 끝내야 한다는 사실을 알았습니다.

겨울 추위는 흙담마저 가만히 내버려두지 않았습니다. 속살까지 얼어붙었던 흙이 봄비에 녹으면서 부풀어올라 담을 밀어내자 흙담 곳곳이 맥없이 무너져내렸습니다. 한 군데는 두 번이나 무너져내려 세 번을 다시 쌓아야 했습니다. 그 때마다 전 군은 고집스럽게 다시 달라붙어 새로이 흙담을 쌓아올렸습니다. 이 일은 가을까지 이어졌습니다. 서리가 내리고 땅이 얼어들기 시작할 때쯤에 내년 봄으로 다음 작업을 미루었는데 한 겨울 추위가 닥치자 담벽에 진흙과 섞어 바른 강회가 부슬부슬 떨어지기 시작했습니다. 한 겨울에 내린 눈이 녹아 흙에 스며들어 추위에 다시 얼자 땅이 부풀어올랐습니다. 군데군데서 토담이 무너졌습니다. 무너진 것을 다시 쌓아올렸더니 이번에는 봄비가 내려 또 허물어뜨렸습니다. 무너진 데를 다시 쌓아올리고 마무리되지 않은 작업을 하느라고 4월 초순까지 전 군은 눈 코 뜰 새가 없었습니다.

드디어 장독대가 완성되었습니다. 그 동안 재실 마당과 밭에 앉혀 두었던 장독들을 옮기기 시작했습니다. 이 일은 식목일 연휴를 맞아 일손을 도우려고 온 보리출판사 식구들과 일손도 도울 겸 취재도 할 겸해서 거제도에서 온 대우조선 노보 편집부 식구들이 맡았습니다. 어떤 것은 두 사람이 옮겨야 하고, 어떤 것은 네 사람이 달라붙어야 하는 이 숨쉬는 옛 항아리들을 장독대에 올리느라고 애들을 무척 많이 썼습니다. 500개가 넘는 항아리 가운데 300개 가량을 옮겨서 빼곡이 쌓았는데 이 항아리들에는 앞으로 여러 가지 자연식품들이 담길 것입니다.

우리가 지난 해 큰 항아리들을 하나 둘 모으기 시작할 때의 동기는 단순했습니다. 도시로 살길을 찾아 떠난 뒤에 폐가가 되어 허물어져가는 집을 지키다가 몇 해 지나지 않아 이런저런 이유로 깨어져 없어질 이 항아리들은 본디 농민들의 소중한 재산이었습니다. 한 섬들이 항아리는 쌀 한 섬을 주고 구했던 것이고, 닷 말들이 항아리는 쌀 닷 말을 옹기장이에게 퍼주고 장독대에 놓았던 것입니다. 그런데 대도시에 가면 이 항아리들이 들어설 자리가 없습니다. 짐을 옮기는 데도 어려움이 있습니다. 아깝지만 버리고 가는 수밖에요. 그런데 광명단을 섞어 반짝반짝 윤이 나는 요즈음 옹기들과는 달리 천연유약인 잿물만 입혀 구운 이 숨 쉬는 항아리들은 한 번 깨지고 나면 다시는 구워낼 수 없는 소중한 문화유산들입니다. 쓸모가 없어서 다시 구워내지 않기도 하지만 구워낼 기술을 지닌 사람이 남아 있지 않고, 또 그런 사람이 있다 할지라도 장작을 몇 날 며칠씩 때어서 구워내야 하는데 수지가 맞지 않아 구워낼 엄두를 낼 수 없습니다. 따라서 한 번 없어지면 그것으로 그만입니다.

처음 항아리가 100개로 늘어나고 200개로 늘어날 때는 이제 그만 모아야겠다는 생각도 했습니다. 그 많은 항아리를 모아 어디에 쓰랴는 생각이 들어서였습니다. 그런데 그게 아니었습니다. 모아놓고 보니 하나둘 쓸모가 생기기 시작했습니다. 처음 농사지으러 변산에 들어오면서부터 길러내는 모든 농작물에 제초제나 농약을 쓰지 않고 화학비료도 주지 않기로 결심을 하고 농사를 짓기 시작했던지라, 돋아나는 풀들과 악전고투를 하면서 길러낸 농작물의 이파리 하나 뿌리 하나에 땀이 배어 아깝지 않은 것이 없었습니다. 고구마 넝쿨을 걷어 효소를 담고, 시장에 내다 팔 수 없는 조그마한 감들을 따서 식초를 담고, 바랭이풀과 싸우면서 길러낸 고추대에 매달린 끝물 고추를 따 염장해서 고추김치를 담고, 가뭄이 들어 제대로 여물지 못한 콩을 추수하다 떨어진 콩 한 톨까지 모아 간장과 된장과 고추장을 담고… 이러다보니 빈 항아리가 하나씩 둘씩 채워져 어느새 항아리 백여 개 가까이 가득하게 되었습니다.

이 항아리에 가득 찬 여러 가공식품들 가운데 일부는 변산 식구들이 먹고 일부는 이웃에게 나누어줄 것입니다. 우리는 이웃에게 나누어줄 차례를 생각했습니다. 변산 식구들이 아직은 자급자족 체제를 갖추고 살지 못하므로 알게 모르게 남의 덕에 사는 측면이 많습니다. 우리가 입고 있는 옷, 신고 있는 신발에서부터 농기구, 그릇, 전기와 전화에 이르기까지 모두 남의 덕을 입고 있습니다.

'우선 우리의 생활에 꼭 필요한 것들을 생산해내는 분들에게 빚을 갚고, 남는 힘이 있으면 어려운 분들 차례로 돕기로 하자. 나이 들어 의지할 데 없는 노인들, 어려서 부모 잃은 아이들, 정신과 신체에 큰 장애를 입어 사회에 정상으로 적응해서 살기 힘든 이들과 함께 사는 방법도 연구하기로 하자. 그러려면 어지간히 소득도 있어야 하는데 아다시피 유기농이나 자연농법을 이용해서 곡식이나 남새를 길러 내더라도 그것만으로는 먹고 살기도 빠듯하다. 땅을 살리고, 그 땅에서 건강한 농작물을 길러내어 이웃과 나누고 싶지 않은 농민이 어디 있으랴마는 농산물이 제 값을 받지 못하고, 유기농과 자연농법을 이용해서 농사를 지으려면 제초제, 화학비료, 농약, 항생제가 섞인 사이비 유기질 비료를 이용해서 농사짓는 것보다 몇 곱절 더 힘이 들기 때문에 젊은이들이 없는 농촌에서 노인들 일손만으로 이 일을 감당하기 힘들다. 우리도 마찬가지다. 현재 하는 방식으로 농사를 지어 일차 생산물을 그대로 시장에 내놓을 경우에 이웃에 도움을 줄 수 있기는커녕 우리 입에 풀칠하는 데도 바쁠 것이다. 이래저래 우리가 지은 농사에서 생기는 일차 생산품들을 가공해서 부가가치를 높일 궁리를 해야 하는데, 그렇다고 큰 식품공장을 세워 대량생산 체제를 갖출 수는 없는 노릇이다. 그렇게 하려면 비용 문제뿐만 아니라 공장제 생산에 따르는 인적, 물적 관계의 변화와 거기에 뒤따르는 여러 부작용도 함께 감당해야 한다. 어차피 항아리를 모아 장독대 위에 놓은 뜻도, 또 흙으로 빚은 항아리에 걸맞은 장독대를 쌓으려면 토담을 치고 바닥도 살아 있는 흙을 이용해 마감하자고 고집한 것도, 사람들이 버려서 쓸모 없는 것으로 남은 '여분'을 알뜰하게 이용하여 쓸모 있는 것으로 바꾸자는 생각에서 비롯한 것이니까 농사를 짓고 거기에서 생산된 것을 가공하는 데도 이 뜻을 잊지 말자.' 이렇게 다짐합니다.

올해는 남은 항아리에 몸에 이로운 산야초들을 채집하여 효소와 술도 담고, 콩 농사도 더 부지런히 지어 간장과 된장도 더 담고, 가까운 바다에서 나는 고기들 가운데 사람들이 거들떠보지 않아서 값이 안 나가는 고기들을 항아리들에 담아 그늘지고 온도가 일정하게 유지되는 곳에 오래오래 위생적으로 보관하면서 곱게 삭여 맛있는 젓갈도 만들려고 합니다. 그러다보면 지성이면 감천이라고 우리가 마음에 두고 있는 새로운 공동체와 실험학교를 이루어낼 재원도 마련될 수 있으리라고 봅니다.

비닐 이야기

비가 내리고 들일을 쉬는 틈을 타 이 이야기를 씁니다. 새해 들어 오월까지 가뭄이 들 것이라는 일기예보를 비웃기라도 하듯이 유난히 봄비가 잦습니다. 사실 저희 변산 식구들은 지난 해부터 지금까지 틈틈이 읍내나 대처를 다녀온 때를 빼고는 신문이나 텔레비전을 보는 일이 없습니다. 하다못해 뉴스나 일기예보를 보기라도 해야 할 것 아니냐고 혀를 차는 분도 있지만 뉴스라는 것이 늘 도회 사람들의 관심사로 가득차 있습니다. 어쩌다 농촌 사정을 비춘다 해도 어떤 사람은 외국에서 들여온 무슨 과일을 비닐하우스에 키워 떼돈을 벌었다더라, 또 어떤 사람은 꽃 농사를 지어 큰 소득을 올렸다더라는 별난 사람들의 별난 농사 소개가 대부분이라 보는 시간이 아깝기 일쑤이고, 일기예보라는 것도 미리 들어서 크게 도움을 얻는 일이 별로 없습니다. 올해처럼 잘못된 일기예보를 믿고 긴 가뭄에 대비해서 밭에 우물을 파고 가뭄에 견디는 작물을 심은 사람은 공연히 큰 손해를 입는 일도 종종 있으니까요.

말머리가 길어졌는데 이번에는 비닐 얘기를 할까 합니다. 도시에서 오래 살아온 저는 비닐 공해가 도시 사람들의 문제인 줄만 알고 있었습니다. 비닐봉지, 비닐팩, 비닐포장, 비닐끈…. 그러나 농사를 지으면서 땅을 죽이는 것은 다만 제초제나 화학비료나 농약만이 아니라는 것을 알았습니다. 얼마 전에 몇 년 묵혀놓은 산비탈 밭 500평을 샀는데, 땅을 소개해준 분은 밭을 묵혀두었기 때문에 아마 아카시아 뿌리가 온 밭을 다 얽고 있을 것이고 칡넝쿨이 그물처럼 덮고 있을 것이라고 걱정을 하시더군요. 몇 해만 더 묵히면 야산으로 바뀔 것이 뻔한데 그 밭을 그렇게 묵혀둘 수밖에 없었던 것은 그럴 만한 사정이 있다는 것이었습니다. 산비탈에 있어서 경운기를 쓸 수가 없으니 쟁기로 밭을 갈고 지게로 거름이나 수확한 곡식을 날라야 하는데 일손이 없고, 있다 해도 거의 모두가 예순이 훨씬 넘은 노인네들뿐이어서 그런 밭은 가꿀 힘이 없다는 얘기지요. 그래서 그런지 우리가 터잡고 사는 이곳에도 묵정밭이 곳곳에 눈에 띕니다. 개중에는 아예 가시덩굴과 칡넝쿨이 우거져 못 쓰게 된 땅도 많습니다. 전국 각지 어디나 마찬가지겠지요. 이런 땅을 보면 마음이 아프지만 저희로서는 은근히 반갑기도 합니다. 밭을 망치지 않으려고 공짜로 땅을 내주는 것도 반갑고, 여러 해 묵는 동안 그 동안 뿌렸을지도 모르는 제초제나 화학비료나 농약의 독성이 얼추 빠져나갔을 터이니 유기농을 하려는 저희 뜻에 맞는 땅이어서도 반갑습니다.

이번에 산 땅 500평도 묵은 지가 꽤 여러 해 되어 소개해준 분의 걱정대로 밭이 아카시아 뿌리와 칡넝쿨과 가시덩굴 투성인지라 다시 제 모습을 찾게 하는 데 땀깨나 뺐습니다. 한 가지 실수한 게 있기는 해요. 아카시아 뿌리를 뽑아내는 데 진땀을 쏟았는데 알고보니 아카시아 뿌리는 공기 중의 질소를 고정시켜 땅을 다시 거름지게 한다는군요. 그런데 정작 더 큰 문제는 비닐이었습니다. 쓰다 만 비닐을 대강대강 걷어서 밭가에 쌓아놓은 것도 산더미인데 미처 걷어내지 못해서 밭에 깔린 비닐은 태산입니다. 겉에만 깔린 게 아니라 밭 속에도 갈기갈기 찢어진 비닐조각이 널려 있어요. 태워도 문제고 안 태워도 문제입니다. 공기를 오염시키느냐 땅을 오염시키느냐 선택은 둘 가운데 하나밖에 없으니 어찌해야 할지 난감합니다. 그러나 이곳에 사는 어른들은 태연합니다. 대강 끌어 모아 밭둑에 쌓아놓고 불을 지르면 그만이라고 여기고 있습니다.

어디 그뿐인가요. 농사짓는 분들의 비닐 숭배는 대단합니다. 비닐을 깔지 않으면 농사를 못 짓는 줄 알고 있을 정도니까요. 고추 모종을 낼 때는 검은 비닐을 땅에 씌워야 하고, 고구마 순은 흰 비닐과 검은 비닐이 반씩 줄쳐진 것을 써야 하고, 마늘밭에는 구멍이 몇 개 뚫린 비닐을 써야 하고, 더덕씨 심는 비닐은 이렇게 생겼고, 담배밭에 까는 비닐은 저렇게 생겼고, 관리기로 비닐을 깔 때는 이렇게, 경운기로 깔 때는 저렇게…. 이렇게 해서 봄 여름 가을 겨울 할 것 없이 사시 장철 비닐은 온 땅을 뒤덮어 바람 불면 펄럭이고 햇빛 나면 번쩍이고, 비 오면 후두둑 후두둑 가랑비가 와도 소나기 소리를 냅니다. 우리 나라 농학자란 농학자는 죄다 비닐 농사법 개발에 몰두해 있는 것 같습니다.

제초제와 화학비료와 농약과 항생제 섞인 유기질비료까지 안 쓰겠다고 고집을 피워 농사를 짓는 저희를 보고 걱정이 되어 속으로 '농사를 짓겠다는 것인지, 취미 생활을 하겠다는 건지' 웅얼거리시는 마을 어르신들도 비닐마저 쓰지 않겠다고 하니 아예 '미친놈들'로 여기는 듯합니다. 저희가 생각해도 저희들이 미친 년놈들인 것 같습니다. 소를 앞세우고 쟁기를 지고 다니는 분도 한 해에 몇 번 만나기 힘든 시골에서 노상 지게를 지고 산비탈을 오르락내리락하니 그렇게 보일 수밖에 없습니다.

그래도 소득이 아예 없지는 않습니다. 다른 분들은 제초제와 농약으로 범벅이 된 고춧대를 밭에 세워놓은 채 겨울을 나는 동안 저희는 제초제, 농약을 쓰지 않은 고추를 따서 열심히 햇볕에 말려 '태양초'를 만들었고, 가을 서리가 내리기 전에 고춧대를 뽑아 아직 거기에 매달려 있는 풋고추들을 빙 둘러앉아 알뜰하게 따서 옛날에 빚은 숨쉬는 항아리에 소금에 절여 간직했다가 일부는 삭인 염장 고추로 팔고, 일부는 고추 김치를 담아서 팔았더니, 염장 고추와 고추 김치 판 소득만 해도 삼백만 원이 웃돌았으니까요. 더 큰 소득은 이렇게 해서 벌어들인 돈이 아닙니다. 죽어가던 땅을 되살려내어 살아 있는 음식을 우리 밥상에 올려서 살아 있는 우리 몸과 하나가 되게 하고. 비록 모든 이에게 고루 베풀지는 못했을망정 멀리 사는 이웃에게도 마음에 부끄럽지 않은 음식을 제공하여 '맛있다'는 칭찬을 받은 것이 더 큰 소득이지요.

비가 개면 다시 지게를 지고 산길을 걸어야 합니다. 이미 구해놓은 더덕씨가 어서 땅에 묻히기를 기다리고 있으니까요. 아쉬운 것은 옛날 모내기할 때 쓰던 실끈을 구할 수 없어서 눈에 띄는 비닐끈으로 밭둑과 밭고랑의 넓이를 재서 더덕밭을 일구어야 한다는 것입니다. 소를 먹이고 쟁기질을 배울 때까지, 제가 소가 되고 제 손에 든 괭이와 삽이 쟁기 노릇을 하겠지요.

피사리

40여년 만에 농사일다운 농사일을 처음 해본 작년까지만 해도 나에게 우리가 심지 않은 풀은 '잡초'에 지나지 않았고, 이 '잡초'는 원수의 사촌쯤으로 여겨졌습니다. 올해 들어 처음으로 '잡초'로 알고 무자비하게 뽑아 내던져 버렸던 풀들이 약초와 나물이었음을 뒤늦게 깨닫고 나서부터는 '이 세상에 잡초는 없다.' 생각하고 저절로 밭에서 자라는 여러 가지 풀들을 거두어 마흔 가지 가까운 효소를 담으면서 '풀들과 사이좋게 지내는 길'을 찾기 시작했습니다. 쑥, 억새, 칡순, 조뱅이, 소루쟁이, 명아주, 엉겅퀴, 살갈퀴, 한삼덩굴, 개모시풀, 달개비,… 하다못해 지난 해 너무 지긋지긋해서 체머리가 흔들리던 바랭이까지 단지와 항아리 속에서 지금 효소로, 술로 익어 가고 있습니다.

풀들을 원수가 밤에 몰래 와서 뿌리고 간 '가라지'로 여기지 않고 하느님이 우리의 편식 습관을 고쳐주고 일손을 덜어주려고 심어주신 약초와 나물로 여기기 시작했다니, 사실이 그렇다면 농사가 일이 아니고 놀이가 아니겠느냐고 지레 짐작할 분들이 있을지도 모르겠습니다. 그러나 사이가 좋아졌다 나빠졌다 하는 것은 사람들 사이에서만 일어나는 일은 아닌 듯합니다. 마늘을 뽑아낸 자리에 자란 바랭이는 베어서 효소를 담아보니 맛이 그럴 듯해서 이뻐 보이더니, 당근과 감자를 심어놓은 자리에 당근보다, 감자보다 더 빨리 자라서 당근밭과 감자밭을 바랭이밭으로 둔갑시켜놓는 놈은 어찌 그리 미운지요. 하물며 이놈들은 이미 고추밭을 망쳐놓고 콩밭을 반쯤 망쳐놓은 죄가 있는 놈들입니다. 꼬박 며칠에 걸쳐 '이놈들, 이 나쁜 놈들, 애써 퇴비를 만들어 당근과 감자 먹으라고 주었더니 곁에서 다 가로채 먹고 당근과 감자순이 발 디딜 틈조차 남겨놓지 않으니, 네 놈들을 그냥 두었다가는 올 겨울 반찬 걱정도 걱정이려니와 동네가 창피해서 견딜 수가 없다. 이 밉고 또 미운 놈들아.' 마음속으로 앙심을 다지면서 죄다 긁거나 뽑아 던졌습니다.

피도 마찬가지지요. 지난 해 가을 논에 나가보니 다른 논에는 피가 하나도 없는데 우리 논은 그야말로 피바다였습니다. 마을 어른마다 만나면 한마디씩 '피사리를 제대로 못하겠거든 고집 피우지 말고 제초제를 뿌릴 것이지.' 하고 혀를 차시는데, 그 때마다 얼굴이 벌개졌습니다. 오죽했으면 일손 도우러 멀리서 온 손님들에게 가위 하나씩 들려 벼모가지 위로 올라온 놈만 목을 싹둑싹둑 잘라 눈가림을 하려 들었을까요. 올해는 장성 한마음공동체에 가서 우렁이를 10여만 원어치 사다가 논에 풀어놓았더니 논에 풀이 보이지 않아 마음을 놓고 있었습니다. 우렁이가 그 힘든 김매기를 대신해주니 이 아니 기쁠쏜가 하고요. 그런데 웬걸. 9월 초에 나가보니, 하느님 맙소사. 피들이 벼포기 사이로 고개를 치켜들고 팔을 벌려 만세를 부르기 시작하는데, 3·1운동 때 파고다와 종로 거리를 메웠던 태극기 물결이 저랬을까 싶었습니다.

작년에야 뒤늦게 논농사를 시작한 데다 물정을 모르고 일머리가 잡히지 않아 그랬다는 변명이라도 있었지만 올해까지 피농사를 지으면 내년에는 농사 그렇게 지으려거든 논을 도로 내놓으라고 할지도 모를 일이었습니다. '우렁이 믿기를 정말 우렁각시 믿듯이 한 게 잘못되어도 단단히 잘못되었구나.' 이래서 지난 9월 8일부터 11일까지 꼬박 사흘과 한나절을 피사리하느라고 허리 펼 틈이 없었는데, 그러다 보니 어렸을 때 피사리하다가 "아이고 허리야." 하고 나도 모르게 소리를 지르면 "아

그덜한테는 허리가 없는 뱁이여. 이놈아, 허리는 무신 놈의 허리. 아이고 잔등아 해야제." 하고 우스개 반 꾸지람 반으로 나무라시던 집안 어른들 말씀이 다 머리에 떠오릅니다.

허리와 다리가 뻣뻣해지고 자고 나면 손등이 붓고 손가락을 오그리기 힘드는데, 이럴 줄 미리 알았다면 일찍이 논고랑 한 번 헤쳐가면서 뿌리가 얕을 때 피를 뽑아주었을 걸 하고 뒤늦게 후회해본들 무얼 하나요. 곁에서 피사리하던 유 군도 어지간히 힘드는지 "이 피가 벼로 바뀌게 하는 방법은 없을까유?" 하고 묻는데 "그려 그려, 우장춘 박사보다 유광식 박사가 더 유명해지겠구먼." 하고 눙치는 것으로 죽을 맛을 숨기는 수밖에요.

이래저래 한편으로는 풀과 화해하고, 또 한편으로는 풀과 전쟁을 치르다보면 하루가 가고, 한 달이 가고, 한 철이 지나는 듯합니다.

묵은 밭을 다시 일구며

  시골에 묵혀놓는 밭이 늘고 있습니다. 처음에는 소로 쟁기질을 할 수 없는 밭만 묵히더니, 요즈음은 경운기가 들어갈 수 없는 산비탈에 있는 밭은 거개가 묵힌 채로 버려져 있습니다. 일손이 없어서 그렇고, 일손이 있더라도 시골에 노인들뿐이라서 힘에 부쳐 괭이질이나 지게질을 할 수 없어서 그렇지요. 이렇게 묵은 밭을 보면 전에는 가슴만 아프더니 지금은 가슴에 아픔 반, 반가움 반입니다. 먼 옛날 우리 할아버지 할머니들이 구슬땀 흘려가며 애써 일구어놓은 밭이 쓸모없이 버려지고 있다고 생각하면 가슴이 아프고, 그래도 저 땅은 이제 제초제나 농약이나 화학 비료 때문에 죽어가지 않고 되살아나고 있구나, 살아 있는 저 밭 땅 밑에서 지렁이나 두더지 같은 것이 마을을 이루면서 살 수 있겠구나, 살고 있겠구나 생각하면 반가움이 앞섭니다.

  우리가 사는 마을에도 묵은 밭이 늘고 있습니다. 몇 해씩 묵혀놓은 밭도 많지요. 그 밭들을 보면 아픔보다는 반가움이 앞섭니다. 우리 손으로 그 밭을 다시 일굴 수 있기 때문이지요. 그리고 그럴 경우에 도조를 내지 않거나 내더라도 조금만 내고 거저 일굴 수 있기 때문입니다. 밭을 거저 내주는 분에게도 손해되는 일은 아니지요. 그대로 두면 칡넝쿨과 가시덩굴이 우거져 영영 버린 땅이 되어버릴 터인데, 누군가 농사를 지으면 온전한 모습으로 남기 때문입니다.

변산 마을의 상수원인 저수지 건너편 산비탈에 500평 밭이 있다.
멀리 산모퉁이를 돌아가면 당산나무가 있다.

　우리가 온전한 밭보다 묵은 밭을 더 반기는 까닭이 있어요. 변산에 들어온 우리 식구들이 모여서 맺은 언약이 있지요. '땅이 살아야 거기에서 사는 생명체들이 건강을 지키고 살 수 있는데 사람도 생명체인지라 죽은 땅에서는 살 수가 없다. 앞으로 농사를 짓되, 땅을 죽이는 제초제나 농약이나 화학비료 쓰지 말고, 또 항생제가 섞인 사료를 먹여 키운 돼지나 소나 닭똥으로 만든 사이비 유기질 비료도 쓰지 말고, 퇴비와 부엽토를 써서 농사를 짓자.' 는 언약이었습니다. 그런데 제 모습을 갖춘 온전한 밭 치고 유기농법이나 자연농법으로 농사를 짓는 분들이 되살려낸 땅을 빼면 땅 밑에 지렁이 한 마리 사는 땅이 없어요. 그러니 그 밭에서 키워낸 곡식이나 남새가 온전할 리가 없지요. 산비탈에 몇 해씩 묵혀 놓은 땅은 그 동안 자연의 힘으로 되살아나 땅 밑에 미생물들이 다시 살기 시작하고, 그 미생물들을 먹이로 지렁이들이 꿈틀대고 있으니, 조금 힘은 들어도 잘 일구어 농사를 지으면 건강한 식품을 얻을 수 있으리라는 기대가 생깁니다.

올해 들어 산 속에 있는 묵은 밭 두 뙈기를 구했습니다. 하나는 1,600평쯤 되고, 또 하나는 500평쯤 되는데 하나같이 몇 해씩 묵어서 반쯤은 다시 산으로 바뀐 땅들입니다. 아직 땅이 풀리지 않은 이월부터 이 밭에 매달렸습니다. 500평 땅은 산중턱에 있는데 일부는 묵힌 지가 몇 해 되지 않아 그래도 밭 모양이 조금은 제대로 남아 있었어요. 그 밭을 가득 채우고 있는 망초대를 뽑아내면서 초나라가 망할 때 온 산과 들에 망초대가 하얗게 차일을 치듯이 피었다는 옛 이야기가 머리에 떠올랐습니다. 그 말을 들을 때는 자연에 이변이 일어나 망초꽃이 늘어나면 나라에 불길한 일이 생기는 줄로만 여겼는데 낑낑대며 망초대를 뽑고 있으려니, 아하 그렇겠구나 하는 생각이 절로 들었어요.

땅을 묵혀놓으면 그 땅에서 제 철을 만나는 것들이 있는데, 그 가운데 으뜸은 다북쑥과 명아주와 바랭이와 망초 들이지요. 묵히는 햇수가 늘어남에 따라 억새풀과 칡넝쿨과 가시덩굴들, 그리고 요즈음에는 아카시아가 차례로 이사를 옵니다. 초나라가 망하기 전에 중국 땅이 온통 창과 칼이 맞부딪치는 전쟁터로 바뀌고, 그 전쟁통에 힘깨나 쓸만한 젊은이들은 모두 낫과 삽을 들었던 손에 칼과 창을 쥔 채로 전쟁터로 내몰렸을 터이니, 산과 들에 누가 있어 논을 갈고 밭을 일구었겠어요. 여러 해 이어지는 전란에 버려진 밭과 논에서 잡초들이 무성히 자랐을 터이고, 그 가운데 한 대에도 수십 송이 수백 송이 하얀 꽃을 피우는 망초들이 숲을 이루었을 터이니, 헐벗고 굶주린 데다 전쟁에서 죽고 상한 사람들과 곡식이 자라지 않는 황무지로 가득한 나라가 망하지 않는다면 어느 나라가 망하겠습니까.

묵은 밭을 일구는 데도 차례가 있다는 사실을 나이 쉰이 넘은 올해 들어야 처음으로 깨우쳤습니다. 그 동안 무엇을 하며 살았는지, 내 머릿속에 들어 있는 그 알량한 토막 지식들이 얼마나 부질없는 것이었는지 한숨이 절로 납니다.

남 말 하기가 좀 껄끄럽기는 하지만 실제로 일어났던 일이니, 그 일을 거울삼아 묵은 밭 일구기 차례를 말할까 합니다. 사실 마을 어르신들은 이미 어렸을 적부터 알고 있는 기초 지식인데 도시에서 살다가 뒤늦게 농사를 짓겠다고 들어온 우리들만 모르고 저지른 잘못이어서 마을에서는 쉬쉬해야 할 이야기입니다. 지난 삼월에 우리 식구 가운데 유 군이 묵은 밭 한 떼기를 얻었지요. 도조를 내지 않아도 되니, 그냥 갈아 먹으라고 동네 어르신 한 분이 선심을 써서 얻은 땅입니다. 그런데 그 땅이 무척 오래 묵은 것이어서 개망초와 칡넝쿨이 우거질 대로 우거진 데다가 밭 가운데는 중동을 베어낸 커다란 감나무 그루터기가 있어서 힘깨나 빼야 제 모습을 되찾을 수 있는 밭이었습니다. 힘이 좋은 데다 몸을 아끼지 않기로 이름난 유 군이 마음을 다부지게 먹고 그 땅에 매달렸지요.

맨 먼저 유 군 눈에 거슬린 것은 감나무 그루터기였나 봅니다. 그 감나무 뿌리가 사방으로 뻗어 있어서 밭고랑을 만들 때 거치적거리기 십상이라 아예 이 감나무 그루터기를 뽑아낼 작정으로 황새괭이와 삽을 들고 며칠을 매달렸는데, 결국 땅만 이리저리 파헤쳤을 뿐 성과가 없었습니다. 문제는 그 뒤부터였지요. 어찌 어찌 냇물에 돌을 깔고 아직 봄 갈이를 하지 않은 이웃 논을 길 삼아 경운기를 그 밭에 들이댔는데, 경운기 쟁기날이 칡넝쿨에 걸려 밭을 갈 수 없게 된 것입니다. 뒤늦게야 칡넝쿨을 걷어내려니 칡넝쿨 가운데 적지 않은 부분이 감나무 그루터기 옆에서 파낸 흙덩이에 묻혀 제대로 걷어낼 수가 없었습니다.

차례를 지켜 일을 했으면 하루 이틀이면 해냈을 일을 일 주일 남짓 걸려도 깔끔하게 마무리짓지 못한 것은 유 군 탓이라고 할 수 없습니다.

본 것이 없으니, 이런 단순한 일조차 제대로 배울 길이 없었던 것은 유군만이 아니지요. 묵은 밭을 일굴 때는 먼저 땅 위로 솟아오른 명아주대나 쑥대나 억새나 개망초대를 뽑아내야 합니다. 그리고 나서 따로 감고 올라갈 나무가 없으면 땅으로 뻗으면서 넝쿨이 뻗어가는 사이사이 버팀대를 마련하려고 뿌리를 내리는 칡넝쿨을 걷어내야 합니다. 뿌리 하나에서 여러 방향으로 뻗어가는 칡넝쿨을 잔뿌리 잘라가며 걷어내는 일은 크게 힘드는 일이 아니지요. 이렇게 해서 모든 칡넝쿨이 한 곳으로 모이는 곳을 따라가다 보면 칡뿌리가 있는데, 그 뿌리를 캐내고 나면 그 다음에 남는 일은 아카시아 나무를 베고 뿌리를 캐내는 일입니다. 산비탈 밭에는 가시덩굴이 칡넝쿨과 뒤엉켜 일이 까다로울 때가 있는데 이것도 차례에 따라 걷어내면 됩니다. 감나무 뿌리 캐기는 맨 마지막에 손을 댔어야 했지요.

일의 차례를 무시하고 덤벼드는 풋내기 농사꾼이 혼난 경우가 어찌 이것뿐이겠습니까. '일에는 차례가 있다.' 이 말은 어려서부터 동네 어른들로부터 귀에 못이 박히도록 들어온 말입니다. 그러나 건성으로만 들었던 이 말이 이다지도 무겁게 다가설 줄이야 어찌 알았겠어요.

묵은 밭을 일구면서 내 마음의 밭은 그 동안 얼마나 묵혀놓았을까 생각합니다. 의식이 싹트기 시작한 때부터만 헤아리더라도 마흔 해 가까이 묵혀놓았던 것 같습니다. 말이 밭이지 온갖 덩굴식물과 가시로 뒤엉켜서 어디서부터 갈피를 잡아야 할지 모를 정도로 제 모습을 잃었지요. 옛 어른들은 '선농일체(禪農一體)'라고 하여 농사짓는 일을 참선하는 것과 다름없는 일로 보았는데, 이제라도 몸 부지런히 움직여 열심히 농사를 지으면 덩달아 마음의 밭도 제 모습을 찾을 길이 열릴까요.

우리 변산 식구들이 신문도 텔레비전도 보지 않고 사는 지가 해를 넘긴 터라 나라가 돌아가는 판세에 대해서는 가끔 읍내에 나가 어쩌다 사 보는 신문이나 풍문을 통해서 알 뿐이지만, 개망초가 하얗게 피어나는 묵은 밭이 해마다 늘어가는 모습을 보면 불길한 마음을 지울 수가 없습니다. 어쩌자고 젊은이는 모두 '무한경쟁'의 살벌한 싸움터인 도시로만 끌고 가고 시골에는 환갑이 넘은 늙은이들만 죽을 날을 기다리고 있게 한단 말인지. 사람의 몸이 기계로 바뀌지 않는 한, 시멘트 가루나 컴퓨터 칩이나 석유를 먹고 마시면서 살 수는 없는 법인데. 기초 생산 공동체인 농촌과 어촌과 산촌을 지킬 젊은이가 없고, 그 안에서 자라는 아이들이 없다는 것은 우리 사회에 미래가 없다는 징조입니다. 이 불길한 징조를 아랑곳하지 않고 세계화니 정보통신의 시대니 하여 차례를 밟지 않고 성급하게 장밋빛 환상으로 나라 살림을 망치는 이들이, 비록 항우를 버금하여 힘이 산을 뽑고 기세가 세상을 덮을 정도로 큰 권세를 누린다 한들 어찌 이 나라를 구할 수 있겠습니까.

묵은 밭 이야기를 하는 김에 묵은 이야기지만 지난 번 국회의원 선거 때 있었던 일을 되새겨보고자 합니다. 서울에서 있었던 일이지요. 따지고보면 서울에서만 있었던 일이 아니겠지만 내 인상에 깊이 새겨졌던 일이 그 일이니 그 일만 이야기하기로 하지요. 서울 어느 지역에서 가장 진보적이라는 정당에서 내세운 후보에게 표를 던졌던 사람들은 결과로 보아 가장 수구적인 인물을 국회의원으로 당선시키는 데 도움을 준 것으로 드러났습니다. 뜻만 앞섰지 일의 차례를 헤아리지 못한 탓이지요. 그이들이 급한 김에 벼 모가지를 뽑아 일찍 추수를 하겠다는 어리석은 농부의 성미를 억누르고 일에는 차례가 있다는 옛말을 귀담아듣고 가슴에 새겨 가장 진보적인 정당에 몸담고 있지는 않으나 그 나름으로 우리 사회의 민주화를 위한 싸움에 앞장섰던 사람을 먼저 뽑는 데 힘을 모았더라면 나라 살림이 펴는 데 그만큼 도움을 주었으리라고 생각합니다.

어쨌거나 나부터라도 부지런히 일해서 묵은 밭 잘 가꾸어 몸에 해롭지 않은 음식을 내 밥상에도 올리고 이웃집 밥상에도 오르게 하는 일이 나라 살리는 일에 조금이나마 도움을 주는 길이겠지요.

'서울 사람' 땅

　제주도에서부터 휴전선 근방에 이르기까지 '서울 사람' 땅이 없는 곳이 없을 것입니다. 우리가 사는 변산에도 '서울 사람' 땅이 제법 많이 있습니다. 투기 바람이 불 때 서울 사람들에게 땅을 판 사람들은 비워둔 채 놀리고 있는 그 땅을 얻어 농사를 짓습니다. 그런데 이 '서울 사람' 땅이 사람의 심성을 거칠게 만들고 농토를 죽이는 데 단단히 한몫 하고 있다는 것을 아는 사람은 그리 많지 않을 줄 압니다.

　우리가 사는 변산에도 전문으로 '투기 영농'을 하는 사람들이 있습니다. 이 사람들은 승용차로 전국 각지를 누비면서 그 해 온 나라 밭농사 상황을 점검한다 합니다. 그리고 난 뒤에 다른 사람들이 많이 심지 않는다 싶은 것, 이를테면 쪽파나 대파나 양파 같은 것을 몇만 평, 몇십만 평 단위로 심습니다. 자기 땅이 그렇게 많지 않으니 남의 땅을 빌려 심는데, 이 사람들이 가장 눈독을 들이는 땅은 투기 목적으로 사놓고 놀리는 부재 지주의 땅 이른바 '서울 사람' 땅입니다. '서울 사람' 땅은 어차피 땅 값이 오르면 팔아서 시세 차익을 얻고자 산 땅이니 소작료는 받아도 그만, 안 받아도 그만, 그저 땅이 제 모습만 지니고 있으면 그만이지요. 그러니 조건이 좋을 수밖에요. 어디 그뿐인가요. 같은 마을 사람 땅을 얻어 농사를 지으려면 이래저래 걸리는 것이 많습니다. 비닐 문제만 해도 그렇지요. 같은 마을 사람 밭을 빌려 붙이면 밭에 깔아놓은 비닐을 대강대강 걷거나 어떤 때는 그마저 귀찮아 비닐 깔린 밭을 그대로 트랙터로 갈아버려 땅을 버려놓을 생각은 엄두도 낼 수 없습니다. 그런데 '서울 사람' 땅은 그렇게 해도 된다는 게 어느덧 투기 영농을 하는 사람들의 상식이 되어버렸습니다.

이번에 우리가 산 1,200평 땅이 바로 그 '농사 투기꾼'에게 걸려들었습니다. 앞서 밭주인이 투기 영농하는 사람에게 빌려주었는데, 이 사람들이 그 밭에 구멍 뚫린 비닐을 덮고 마늘을 심었지요. 마늘을 뽑는 시기에 장마가 시작된 데다가 마늘 뽑는 시기마저 놓쳐 마늘을 호미로 뽑을 때부터 비닐이 찢겨나가기 시작했습니다. 내년부터 거기에 유기농으로 농사를 지을 마음을 먹고 있는 우리로서는 여간 조마조마한 게 아니었습니다. 걸레처럼 찢겨나간 저 비닐이 땅속에 묻혀 곡식이 자라는 걸 방해하면 어쩌나 싶어서였지요. 그런데 우리가 다른 곳으로 밭일을 나간 사이에 기어코 불행한 사태가 빚어지고 말았습니다. '농사 투기꾼'이 그 밭을 투기 목적으로 산 '서울 사람' 땅으로 알았는지, 비닐을 걷어내는 품삯을 아끼려고 비닐이 깔린 채로 트랙터로 갈아버리고 만 것이지요. 이런 변이 있나. 남의 밭을 망쳐도 분수가 있지. 비닐 땅에 다음 농사를 어떻게 지으라고 이 지경으로 만들어놓나 싶어 동네 이장에게 알아보았더니, 우리 동네 밭치고 그렇게 비닐을 걷지 않고 트랙터로 갈아버린 것은 우리 땅이 처음이랍니다.

억장이 무너졌지요. 물어물어 우리 밭을 전 주인에게 빌려 마늘을 간 사람을 찾아냈습니다. 그 사람에게 땅 속에 묻힌 비닐을 다 캐내서 밭을 원래 상태로 돌이켜놓지 않으면 그 밭에다 올해 다른 농사를 할 생각을 말라고 으름짱을 놓았습니다. 오가는 말이 험해지면서 나중에는 '우리는 무법자니까 고발하려면 하고 마음대로 하라.'는 말까지 나오더군요. 그리고 비닐을 걷어내기는 내되, 그 대신에 독한 제초제를 뿌려 한 4～5년 농사가 안 되더라도 원망을 하지 말라는 공갈도 곁들였습니다. 우리가 농약과 제초제를 쓰지 않고 농사짓는다는 걸 알고 협박을 하는 것이지요.

나중에 만나보니 본디는 순박한 농민이었는데 목돈을 잡으려고 '서울 사람' 땅을 빌려 투기 영농을 하면서 이렇게 심성이 거칠어지고, 그 거친 심성이 애꿎은 우리 땅까지 망쳐놓는 지경에까지 이른 것입니다. 농사를 짓지 않는 사람에게 농토를 지니게 한다는 것은 이래저래 큰 죄악입니다. 땅도 죽이고 사람다운 마음가짐조차 없애버리는 '서울 사람' 땅. 언제쯤 온 나라에 암세포처럼 번져 있는 이 '서울 사람' 땅이 농사짓는 '우리들의 땅'으로 바뀌게 될는지요?

토종 찾기

지난 1월 말경에 충북 무너미라는 곳에서 농사를 짓는 이정우 선생한 테 이런 이야기를 들었습니다. 유기농법에서 한 걸음 더 나아가 자연농 법으로 농사를 짓는 것이 바람직한데 이웃에서 자연농법으로 농사를 짓 는 분이 자꾸 실패를 하더라는 것입니다. 후꾸오까 마사노부 씨가 쓴 《생명의 농업》을 읽어보면 일본에서는 자연농법이 성공을 거두는데 왜 우리 나라에서는 안 될까 하고 의아하게 생각하다가 마침내 '탓은 씨앗 에 있다.'는 결론을 내렸다고 합니다. 일본에는 다른 잡초(?)와 어울려 살아도, 또 사람 손길이 일일이 돌보지 않아도 끄떡없이 자랄 힘이 있는 토종 씨앗이 있어서 풀을 잡아주지 않아도 저절로 농작물이 자라 열매 를 맺지만, 우리 나라는 토종 씨앗을 소중히 여기지 않고 개량된 씨앗으 로만 농사를 지어 버릇했기 때문에 도무지 다른 풀들 등쌀에 온전하게 자라는 작물을 보기 힘들다는 것이었습니다. 그럴싸하다고 생각했습니 다.

실제로 제가 사는 이 변산 지역에도 토종 씨앗을 찾아보기 힘듭니다. 농사짓는 분들은 해마다 농업진흥청이나 종묘상에서 보급하는 개량종 씨앗을 사다가 논과 밭에 뿌립니다. 비닐하우스에 모종판을 만들어 거 기서 길러내어 모종을 하는 것도 많습니다. 왜 해마다 씨앗을 사느냐고 했더니, 집에서 받은 씨앗은 소출이 적어 쓸 수가 없다고 합니다. 어쩌다 좋은 씨앗이 있어서 그 해 농사가 잘 되면 그 씨앗을 받아 다시 뿌려보는 경우가 있는데 한두 해 지나면 온갖 잡종 성분들이 다 나타나 들쭉날쭉 고른 소출을 기대하기도 힘들고 눈에 띄게 병충해에도 약해 농사를 망치기 일쑤라는 것이지요.

이거 큰일이라는 느낌이 들었습니다. 종묘상에서 배급하는 화학약품 처리가 된 일대교배종만 판을 치면 참 뜻의 유기농법도, 또 거기에서 한 걸음 더 나아간 자연농법도 기대하기 힘들기 때문입니다. 그래서 부랴부랴 토종 씨앗을 찾았는데 모두들 고개를 절레절레 흔들었습니다. 아직도 원시농업을 하고 있을 외딴 섬이나 중국 북간도 땅에나 토종 씨앗이 남아 있을까 그 나머지 땅에서는 어디에 가도 토종 씨앗을 얻기 힘들 거라는 이야기였습니다. 그분들 말씀은 아마 토종 찾기를 포기하라는 뜻이었을 것입니다. 그러나 그 말을 듣는 순간 제 귀가 번쩍 뜨였습니다. '참 그렇구나. 북간도에서 구하거나 섬을 찾아가면 되겠구나.'

지난 여름 연변에서 만나 뵙고 겨울에 우리가 초청해서 석 달 동안 한국에 머물다 간 송춘남 선생에게 당장 전화를 했습니다. 그쪽 조선족 시골 분들에게 부탁해서 개량종 아닌 토종 씨앗을 소량이나마 여러 종류 구해 보내달라는 부탁 전화였지요.

3월 초에 씨앗이 왔습니다. 봄배추, 상추, 쑥갓, 부추, 집미나리, 큰고추, 작은 고추, 늦은 양배추, 가지, 참외, 무, 긴 오이, 작은 오이, 토마토, 동부, 강낭콩, 시금치…. 앞으로 무명씨와 볍씨 같은 것도 구해달라고 부탁했습니다. 우선 이 씨앗들을 소중히 싹틔워 열심히 가꾸고 시간이 나면 외딴 섬들도 찾아가서 토종 씨앗들을 구할까 합니다. 곁들여서 토종 돼지, 토종 닭, 토종 오리 같은 가축들도 찾고, 힘이 닿으면 뭍에서는 찾기 힘든 농사에 이로운 토종 곤충들도 모셔올까 합니다.

잘못된 근대화의 물결 속에서 나날이 개량되어 가고 있는 사람들 속에서 토종을 찾는 일도 게을리하지 말아야겠지요.

웬 삼무(三無)식품?

우리가 공동체학교 터로 잡은 변산 지역에 올해는 유난히 눈이 많이 내렸습니다. 특히 내가 나들이하는 날에는 꼭 눈이 내리기 시작해 몇 센티미터씩 쌓였다가 돌아올 즈음에는 다 녹아 있기 일쑤였습니다. 그래서 변산에 공동체학교를 세우겠다는 뜻을 세우고 들어온 우리 식구들은 내가 없는 동안에는 집안에 갇혀 지내게 됩니다. 그렇다고 해서 일이 없는 것은 아닙니다. 일손이 서툰 데다가 일머리도 잡히지 않아 늘 허둥대며 이것저것 눈에 보이는 대로 일을 찾아 하지만 그래도 쌓인 일거리는 산더미입니다. 농한기고 뭐고 없는 셈이지요.

지난 가을 그 고생을 하면서 지었던 고구마 농사(시골분들은 고구마 농사는 농사로 치지도 않지만)는 캘 때부터 상처를 많이 입힌 데다가 갈무리를 잘못하여 거의 다 썩혀버리고 말았습니다. 썩어가는 고구마를 살려내려고 변산 식구들이 한 고생은 이루 말할 수 없습니다. 깎아서 얇게 썰어 말려보기도 했습니다. 그런데 말릴 데가 마땅치 않아 비닐하우스 안에 짚을 깔고 그 위에 말린 것은 밤사이에 비닐하우스 천장에 맺혔던 이슬이 떨어져 죄다 곰팡이가 펴서 버렸습니다. 썩어가는 부위를 도려내고 가마솥에 삶아 말린 것도 햇볕이 안 드는 날이 많아 썩고 말았습니다. 엿기름과 함께 조청처럼 고았던 것은 너무 묽게 되어 맛이 시큼한 쨈처럼 되었습니다. 산더미처럼 쌓인 고구마가 푹푹 썩어가는데 막을

땅을 파고 비닐하우스를 지어 임시 저장고를 만들었다.
항아리마다 언제 어떤 재료로 어떻게 담았는지 자세히 기록해둔다.

방도가 없으니 눈오는 날이면 고구마 썩은 부위를 도려내고 생으로도 먹고, 쪄서도 먹고, 졸여서도 먹고, 조청으로 만들어서도 먹고, 먹어도 먹어도 한이 없습니다.

나중에야 고구마는 상처없이 캐서(그러려면 변산처럼 돌이 버글버글한 땅에다는 아예 고구마 농사 지을 생각을 말아야 한다는 결론이 납니다. 함평 같은 부드러운 황토 땅이 알맞다는 걸 뒤늦게야 알았지요.) 얼지 않게 상온이 유지되는 지하 저장고나 방 윗목에 바람이 잘 통하도록 대발 같은 것으로 둥우리를 만들어 담아놓아야 오래 간다는 것을 알았습니다. 눈 오는 날 격포 채석강 같은 관광객이 많이 오는 지역의 횟집을 찾아다니면서 생고구마를 깎아 맛을 보여주고 한 포대씩 들여놓도록 행상을 하기도 해서 그 지긋지긋한 고구마 악몽에서는 얼추 벗어났습니다. 이렇게 눈 오는 날 썩은 고구마 도려내기, 말린 고추 닦아서 꼭지 따기, 밀린 빨래하기, 고장난 탈수기 분해해서 말끔히 씻고 또 씻어서 새 것보다 더 위생적으로 만들어 효소 거르기… 해서 정신없이 일들을 하고 있는데, 외출에서 돌아온 나는 투정부터 합니다.

"꼭 내가 나가 있는 동안에 이놈의 눈이 쌓여서 힘든 일은 뒤로 미루어진단 말이야. 오늘은 길이 녹았으니 또 내변산에 가서 구들장을 캐오거나 항아리 나르러 줄포에 가야겠지."

무슨 이야기인지 어리둥절할 분들이 있을 것입니다. 수몰된 지역이나 도시로 떠나는 집안에서 가장 먼저 버리고 떠나는 것이 장독대에 푸짐하게 자리잡고 있던 커다란 항아리들이라는 말은 한 적이 있습니다. 그리고 워낙 덩치가 커서 자리를 많이 차지하는 데다가 이삿짐 옮기는 동안 깨지기도 쉽고, 이사 가는 곳이 도시일 경우 둘 곳도 마땅치 않아 버림받는다는 이유도 설명했습니다. 이 '숨쉬는 독'을 한 해 사이에 500개가 넘게 모았는데, 이 항아리들 안에 삼무(三無)식품들이 가득가득 찰 무렵이면 공동체학교의 기금이 생길 것이라는 꿈에 부풀어 있습니

다. 웬 삼무식품이냐고요? 글쎄, 내가 한번 붙여본 이름인데 내부에서
도 말들이 많더라고요. 기왕 이야기가 나온 김에 간단하게 설명하지요.
우리도 유기농법과 자연농법으로 농사를 지어 청정한 무공해 농산물을
생산하자고 단단히 뜻을 모으고 그 뜻을 실천에 옮기고 있으니 '무제초
제' '무농약' '무화학비료' 해서 '삼무'이고, 앞으로 항아리에 젓갈을
담으면 지하에 오래 보관하여 잘 삭히는 것은 물론이고, 그 안에 화학조
미료나 방부제나 발색제 같은 것을 쓰지 않을 터이니 '무공해 옹기'
'무화학첨가제' '무조기숙성' 식으로 해서 또 '삼무' 아니겠어요?

　눈 녹은 다음에는 꼭 힘든 일이 나를 기다리고 있다는 이야기를 하다
가 항아리 나르는 일이 먼저 입밖에 튀어나왔는데 그보다 더 힘든 일은
구들장 캐서 나르는 일입니다. 내변산 지역에 댐공사가 한창이어서 그
곳에 살던 주민들이 떠나고 난 집터에 다른 것은 다 없어졌는데 구들장
은 남아 있습디다. 어차피 돈도 없고, 요즈음 산에 가서 나무해 때는 사
람도 없고 해서 토담집을 지어 구들을 놓으면 가까운 산에 지천으로 깔
려 있는 삭정이만 주워 모아도 땔감 걱정은 없겠다 싶어 구들장을 찾는
데 그게 쉽게 눈에 띄지 않아요. 그래서 생각한 끝에 내변산 허물어진
집터에서 구들장을 캐 나르는 일을 하자고 뜻을 모은 것이지요. 그런데
캐는 일이나 나르는 일이 쉽지 않아요. 일 톤 트럭이 있어서 지게에 져
나를 수고는 덜 수 있지만 그 무거운 돌들을 캐서 차에 올리고 내리는
일이 뼛골 빠지는 일이더라구요.

　풋내기 농사꾼들이 머리를 굴려봐야 경험 없고 모르는 것 투성이니
뾰족한 생각이 떠오를 리 없고, '아무튼 몸으로 때우자.' 그리고 '남들
이 버리는 물건, 도시에서 버림받은 사람들 다 모아 한 살림을 이루자.'
이런 결심으로 일을 하고 있으니 힘이 드는 거야 당연한 일입니다.

　얼마 전에는 눈이 십 센티미터 가까이 쌓인 날 산길을 걸어 산 속에
묵혀놓은 땅 고르기 작업을 했습니다. 경운기도 들어올 길이 없어 지게

지고 쟁기 맨 소를 앞세워 농사짓던 땅이어서 일손이 없어 버려둔 곳을
구해 자연농법을 시험해본 참입니다. 그 이야기는 따로 할 기회가 있겠
지요. 요즈음 사는 형편이 이렇습니다.

저 왔어요

쌀, 보리, 밀, 콩 같은 주곡을 중심으로 농사를 짓겠다고 고집하는 데다 제초제, 농약, 화학비료, 항생제가 섞인 유기질비료까지 쓰지 않고 곡식을 기르니 애시당초 돈이 되는 농사와는 거리가 멉니다. 게다가 앞으로 발효 식품을 일정한 온도로 저장할 냉암소도 지어야 하고 대장간, 목공실, 도자기 가마, 죽염 가마 같은 것도 만들고, 함께 살 흙집도 지어야 합니다. 돈 없이 그 일을 어떻게 다 하려고 하느냐고 걱정하는 사람이 많지요. 개중에는 후원회를 구성하자고 발 벗고 나서는 이들도 있습니다. 온라인 계좌번호를 알려주면 돈을 부치겠다는 고마운 분들도 계시지요. 그러나 한마디로 거절했습니다.

아다시피 변산은 관광 지역입니다. 후원을 한 분들이 검은 안경 끼고 승용차 타고 반바지 입고 변산 관광 온 길에 우리 사는 곳에 들러 구경하고 가겠다 하면 논밭에서 일하다 일손을 놓고 맞아야 할 터이니 그 일에 매달리다 보면 농사일은 언제 할 것이며, 밭과 논머리에서 구슬땀 흘리며 일하시는 마을 어르신들 눈에 구경꾼 안내나 하고 있는 우리 모습이 어떻게 비칠 것이며, 내 손으로 이루지 못하고 남의 힘 빌려 하는 살림과 학교가 어떻게 주체성을 찾고 자립할 수 있겠나 싶어서였습니다. 그 대신에 '노동 후원회' 라면 꾸려도 좋겠다는 생각이 듭니다. 낮에 함께 땀 흘려 일하고 저녁에 모여 앉아 이야기 나누면서 며칠을 같이 살다보면 일손도 덜고 후원하는 분들도 몸으로 하는 보시니 더 생색이 날 것 같아서지요.

올 여름에 우리 집 전화는 아침저녁으로 조용할 날이 없었습니다. 아침 일찍 들에 나가고 저녁 늦게 들어오는데도 전화벨이 저렇게 요란하니, 낮 시간에는 얼마나 혼자 몸살하랴 싶습니다. 그 전화 가운데 구경 오고 싶다는 전화가 태반이지요. 이 눈 코 뜰 새 없이 바쁜 농사철에 '구경'이라니 참 한가한 사람도 많구나 하는 생각에 한숨이 절로 납니다. 그런 전화 받다가 사나흘, 또는 한 주일 일손 도우러 가면 안 되겠느냐는 전화를 받으면 그 마음씨에 끌려 우선 만나보고 싶어집니다.

처음 일손 도우러 왔다가 지금은 수시로 제 집 드나들듯이 하는 분들이 여러 분 있는데 그 가운데 식구처럼 된 분이 몇 분 있습니다. 그 중에 한 분이 어떤 중앙 일간지에 사진 기자로 있는 '철우' (우리끼리 붙인 이름이고 본명은 따로 있습니다.)라는 사람인데, 처음에는 사진을 찍으러 온 줄 알고 잔뜩 긴장하고 드러내놓고 박대를 했지요. 그런데 알고보니 그저 일하러 왔다는 겁니다. 산비탈을 깎아 하우스 짓는 일을 같이 하느라고 손에 물집이 생겨 터져도 묵묵히 일만 하더군요. 신문사 일이 끝나는 주말 늦은 시간에 밤길을 달려와서 잠을 제대로 자지 않고 꼬박 하루 종일 땡볕에서 밭일만 하다가 다음날 꼭두새벽에 서울로 돌아갑니다. 그런 지 두 달이 넘었어요. 지난 번에는 부인과 딸과 함께 와서 나란히 콩밭을 매고 갔지요. 그렇게 일 주일에 하루도 쉬지 못하면 몸이 상하지 않겠느냐고 만류를 해도 막무가내로 옵니다.

어떤 때는 꼭두새벽에 왔는데도 저녁에야 얼굴을 마주치는 때도 있습니다. 우리 식구들은 저마다 어느 밭일이 급한지 먼저 알아서 거기 가서 일하는데 나는 재 너머에 가서 일하느라고 온 줄도 모르고 하루해가 저문 뒤에야 만나서 "저 왔어요." 하면 나도 "또 왔어?" 하고 손을 잡거나 어깨를 툭 칩니다. 그것으로 그만이지요. 속으로는 이런 젊은이들이 있어서 나라 꼴이 앞으로도 막돼먹지는 않겠구나 하고 즐거워하지만 밖으로 드러내 내색을 하지는 않습니다.

그런 젊은이들이 늘고 있어서 가끔 처지는 어깨에 다시 생기가 뻗칩니다. 이번에는 군인 한 사람이 휴가를 오듯이 여기 와서 보냈습니다. 하루 먼저 가라고 등을 떠밀어도 귀대날 새벽에 길을 나서더니 "무사히 귀대했습니다." 하고는 전화를 끊더군요. 이 땡볕에 중노동을 견디며 묵묵히 땀흘려 일하고도 생색을 내지 않는 이 젊은이들이 가꿀 미래라면 믿어도 된다는 마음이 절로 듭니다.

손님들

중앙일보에 대문짝만 하게 기사가 난 뒤로 여기저기서 편지도 많이 오지만 찾아오는 손님도 적지 않다. 잊을 수 없는 손님들 몇을 적어본다.

김철환 기자 : 동아일보 사진부에 근무하는데 중앙일보에 기사가 난지 얼마 안 되어 연락도 없이 찾아왔다. 만나자마자 취재에는 일체 응하지 않는다고 헛수고 말고 당장 떠나라고 면박을 주었다. 그랬더니 사진기는 가지고 오지 않았노라고 그냥 일하다 가겠노라고 한다. 말을 들어보니 진실해보인다. 마침 산비탈 땅을 곡괭이와 황새괭이로 평평하게 만들어 하우스를 옮기던 작업을 하던 터라, 그 일을 시켰는데 옷이 온통 땀에 빨래를 할 지경인데도 말이 없다. 사흘인가 나흘을 그렇게 중노동을 하다 돌아가더니 그 뒤로도 두 주일에 한 번씩 나타난다. 토요일 오후까지 신문사 일을 하고 저녁 늦게 차를 달려 새벽에 도착해서 우리들 곤한 잠을 깨울까 봐 차에서 한숨 눈을 붙이고 우리가 일어나는 아침 다섯 시쯤 집으로 들어온다. 그리고 하루종일 일하고 이튿날 새벽 세 시나 네 시에 다시 서울로 떠난다. 딸 지수를 제대로 키우기 위해서 머지않아 시골에서 살아야겠는데 그러려면 미리 일도 배우고 몸도 농사꾼으로 만들어야겠다면서.

김승도 군 : 원광대 원불교학과 4학년 학생인데 일손 도우러 왔다 돌

아간 동료의 말을 듣고 찾아와서 힘든 일을 하고 가더니 그 다음에는 생각나면 불쑥 들러 일을 돕고 간다. 올 여름에는 조촐하게 열었던 여름 숲속 야영 생활에 참여한 글쓰기연구회 선생님들의 아이들을 끝까지 책임지고 애를 썼다. 서울내기인데도 어디에서 살아도 될 만큼 몸과 마음이 열려 있다. 김 군의 따뜻한 배려로 아이들은 일과 놀이가 하나라는 걸 느낄 기회가 있었다고 믿는다. '낫을 들고 우물터 가에 있는 풀들을 베어내고 버려지다시피 한 우물가에 돌을 쌓고 물길을 새로 내고… 하는데 아이들은 구슬땀을 흘리면서 아무 불평 없이 즐겁게 일했다. 뗏목 만들기, 나무에서 못 빼기, 망치질, 그리고 오솔길을 가로막고 있는 풀과 나뭇가지들을 낫으로 베어내면서 산길 뚫어 너럭바위에 가는 길 내기 같은 일에서 아이들이 보여준 모습은 '아이들은 일하기 싫어한다.'는 편견을 고쳐주는 훌륭한 증거였다. 아이들이 이렇게 일과 놀이를 하나로 느끼는 데에 김 군의 공과 사랑이 컸음은 두말할 나위가 없다.

박경임 씨 : 광주에서 나서 제주도에서 식당 일을 하다가 귀농운동본부에 귀농 희망자로 등록하여 변산에 온 서른일곱 살 난 처녀다. 귀농운동본부가 1박 2일로 귀농희망자 현장실습 일정을 잡아놓아 그런 식으로는 현장실습이 이루어지기 어렵다. 적어도 3박 4일 정도 시간을 가지고 오지 않으면 우리로서는 사람을 맞을 수 없다고 다시 연락해 그 조건을 받아들여 온 분인데, 일 주일을 머물다 갔다. 조용하고 겸손하게, 그러나 일손이 필요한 곳에는 늘 앞장서서 팔을 걷어붙였다. 제주도 식당 일을 할 분을 물색해놓고 다시 오겠다고 했는데 한 주일 동안에 식구와 다름없이 되었다.

이명순 씨 : 장성에서 태어난 선머슴애 같은 처녀다. 일 주일 동안 일해주고 가겠다고, 먼저 이곳에 와서 휴가를 땀 속에서 보낸 한소영 양 이야기를 듣고 전화하노라고 연락하고 오더니 일 주일이 넘어도 가지 않고 아직 머물고 있다. 비가 오면 일손이 급해질 테니 하루 이틀 더 머

물어 일해주고 가겠다고 하더니, 비가 내려 갈 길을 막은 것이다. 심장이 좋지 않아 땀이 머리에서만 흐르는데도 쉴 사이 없이 낫을 휘두르고 풀을 뽑았다. 쉬는 시간에도 사람들을 시원하게 웃게 만들어 같이 있으면 시름을 덜게 된다.

그 밖에도 많은 분들이 떠오른다. 단체로 온 분들 가운데 인상에 남는 분들은 '초록바람' 식구들, '역사와 산' 식구들이다. '초록바람' 식구들은 머무는 시간은 길지 않았지만 돌덩이처럼 굳은 땅을 파고 수도관을 묻어 우리에게, 사람 힘만으로도 만리장성을 쌓는 게 불가능한 일은 아니었겠구나 하는 사람의 힘에 대한 확신을 심어주었다. '역사와 산' 식구들은 3박 4일 동안 머물면서 일체 우리 식구들에게 피해를 끼치지 않는다는 마음으로 밑반찬에서 생활에 필요한 모든 것을 스스로 마련하여 외딴 산 속에서 살면서 넓은 저수지에 쌓인 부엽토를 물에 잠긴 것까지 알뜰하게 긁어내고, 떠나는 날에도 흐트러짐 없이 시키지 않았는데도 풀을 베어 길을 닦고 땀투성이 몸으로 떠났다. 변소도 스스로 마련하여 대소변 문제를 해결하고, 세숫비누, 빨랫비누, 그릇 닦는 데 쓰는 비누까지 한 번도 쓰지 않고 바닷가에서는 파도에 떠밀려온 쓰레기까지 힘닿는 데까지 치우고 갔다.

온 사람들 가운데 우리를 실망시킨 사람들도 있었다. 누군지 밝힐 수는 없으나 온다고 연락한 날을 하루 넘겨 이튿날 아침 아홉 시 반에 오겠다더니 깜깜한 밤에야 나타나 잠자리 문제로 우리 식구들 애를 먹이고 한 나절 일손을 돕고 가겠다고 했으면서도 일은 하는 둥 마는 둥 덥고 힘들다고 살그머니 집으로 돌아와 빈둥거리면서 냉장고를 뒤져 먹을 것을 챙겨 먹고, 주인 없는 집으로 알고 허락 없이 장거리 전화를 해대다가 점심 먹고 가라는 말도 듣지 않고 도망치듯 가 버린 일행도 있었다.

내가 회원으로 있는 어느 단체 식구들에게도 그런 경향이 없지 않다.

오래 사귄 사람들이라 흉허물없이 편한 마음이 되어서인지 여기 올 때 각오가 제대로 되어 있지 않아 그저 구경 삼아 왔다가 하루 이틀 머물다 가버린 분들이 있다. 앞으로는 그 단체 식구 중에도 적어도 3박 4일 넘게 일정을 잡고 함께 땀흘려 일할 각오가 바로 서지 않은 사람들은 받아들이지 않을 작정이다. 마뜩찮은 모습을 보인 다른 사람들이 더 많은데도 특별히 그 단체 회원들을 지목하여 이렇게 쓰는 것은 그 단체 사람들은 내 친혈육보다 더 마음으로 아끼는 사람들이기 때문이다.

일을 모르는 사람들에게는 일이 보이지 않는다. 그래서 시키는 일이 아니면 할 줄 모른다. 시키지 않아도 스스로 할 일을 찾아내 할 수 있게 될 때 자율에 바탕을 둔 창조 노동이 가능하고, 이런 창조 노동이 하나로 뭉칠 때 큰 살림의 기틀이 마련된다고 본다.

시골로 이사온 서울 사람

지난 3월 초에 어떤 분이 긴 편지를 보내왔다. 초등학교 6학년과 3학년에 다니는 딸과 아들이 있고 남편은 일류 대학과 대학원에 다닌 외국 보험회사의 부장이어서 남부러울 것 없는 생활을 하고 있는 사람이었다.

이분이 서울을 떠나고 싶다는 것이었다. 이분 편지 가운데 다음과 같은 사연이 적혀 있었다.

"……저와 아이들은 공해로 인한 각종 피부병 알레르기 질환에 시달리고 있답니다. 그래서 서울을 벗어났다가 서울에 돌아오는 게 끔찍하게 여겨지기도 합니다. ……제 생각은 지금의 생활을 버리고 그곳에 가는 것이 우리 가족 모두에게 좋을 거라고 여기고 있습니다. 아이들은 제가 어릴 때(시골에서 자라던) 이야기를 해주면 자기들도 시골에 가서 살고 싶다고 야단들입니다. 공부는 산 지식, 필요한 지식만 배우고 필요하지 않은 것은 안 해도 되는 그런 곳에서 꼭 살고 싶다고 그럽니다. ……"

이분이 3월 중순쯤 남편과 함께 찾아와 우리가 터잡고 있는 곳 둘레를 살펴보더니 당장 이사를 해야겠다고 야단이었다. 와서 살 만한 빈집도 없거니와 너무 서두르는 폼이 미덥지 않아서 시덥잖은 반응을 보였더니, 빈 집이 없으면 집을 지어서라도 들어오겠다고 한다. 그러더니

경민이네는 우리살림연구소에 부탁해 전통 한옥을 새로 지어 이사를 왔다.

나중에는 딸과 아들까지 데리고 와 산과 들과 바다와 우리들의 살림터까지 둘러보고 가더니 당장에 집 지을 땅을 좀 알아보아 달라고 성화를 부렸다. 아이들 때문에 하루라도 빨리 시골에서 살고 싶다는 이분에게 우리가 꿈꾸는 실험학교는 아직 청사진만 있는 데다 일반 제도교육 기관처럼 무슨 건물이 있고 운동장이 있고 아이들만 전담해서 가르치는 선생님이 있고 그런 게 아니라, 아이들이 마을에서 살아가면서 일과 놀이를 통해서 스스로 삶의 길을 깨우치고 책과 선생님보다는 자연을 스승 삼아 배우는 곳으로 생각하고 있노라고 했더니, 자기 뜻도 아이들을 그렇게 기르는 것이 바른 길로 이끄는 것으로 믿는다는 것이었다.

고집이 대단해서 꺾을 수가 없었다. 별수없이 내가 이 마을에 들어와 형님으로 모시는 분께 찾아가 사정 이야기를 하고 그분께서 땅을 선뜻 내놓아 그 자리에 집을 짓게 했다. 전통 한옥으로 짓기 시작한 그 집은 우여곡절 끝에 9월초에 완공되었다. 지난 여름에 우리가 소규모로 시험 삼아 연 자연학교에서 한 주일 동안 우물터를 만들고, 못질과 망치질을 배워 뗏목을 만들고, 사람이 다닌 지 오래 되어 풀과 나무로 뒤덮힌 산길을 낫으로 다시 내고, 흙을 주물러 그릇을 빚던 그 집 아이들은 전학 온 지 며칠 지나지 않았는데도 벌써 마을에서 동무를 사귀어 요즈음 학교 시간만 마치면 산과 들로 뛰어다니기 바쁘다. 아이들도, 어머니도, 그리고 주말이면 서울에서 먼길을 내려오는 아이들 아버지도 무척 행복한 표정이다.

아이들 아버지는 아직 생계 대책이 서지 않아 곧 합류할 수는 없으나 차츰 가까운 곳으로 직장을 옮겼다가 이삼 년 뒤에 생활 기반이 이 곳에 잡히면 자기도 내려와 농사를 짓겠다 한다.

지난 해까지만 해도 우리는 농사 경험이 없는 도시 분들이 가족 단위로 이사 오겠다는 이야기를 하면 극구 말리는 편이었다. 처녀 총각들이야 며칠 동안 살아보고 힘겨우면 떠날 수도 있고, 소득이 당장 없어도 딸린 식구가 없으니 오래 견딜 수도 있지만 식구가 딸린 경우에 확실한 생활 기반이 마련되지 않으면 꿈만 먹고 살 수는 없기 때문이다. 그래서 우리가 여기에서 공동으로 노력하여 어느 정도 밖에서 오는 분들을 맞을 준비를 갖출 때까지 기다리라는 말로 여러 가족을 돌려보냈다. 그러나 경민이네(경민이는 이사온 집 딸 이름이다.)처럼 가난하게 살더라도 아이들을 자연의 품 속에서, 그리고 늘 따뜻하게 지켜주는 마을 어른들과 이웃들 사이에서 기르고 싶다고 막무가내로 우기는 사람들이 있다면 기를 쓰고 막을 필요가 없다는 쪽으로 생각이 바뀌었다.

마을 안에 아이들이 많아지면 그 아이들을 잘 기르고 가르쳐야 한다는 의무감이 커지고, 그렇게 되면 한 해 늦추어 마련하려는 '공동체학교'에 필요한 여러 교육환경도 한 해 앞당겨야 한다는 쪽으로 바뀌어, 서른 해를 내다보고 하는 이 마을 공동체 되살리기 운동이 5년이나 10

년쯤 앞당겨질 수 있지 않을까 하는 생각도 든다.

　이제 우리 식구가 된 '서울 아이'들이 어제는 산길에서 꽤 흉측하게 생긴 곤충을 보더니 아무렇지도 않게 "이게 뭐예요?" 하고 묻기에 "송장메뚜기야." 하고 대답해주고 반응을 보았다. 징그러워할 줄 알았는데 도리어 이름이 재미있다는 표정을 짓는다. 그래, 송장메뚜기도 좋은 동무가 될 수 있지.

잡초는 없다

　아이들이 방학을 기다리고, 도시 직장인들이 휴일이나 여름 휴가철을 기다리듯이 농사일에 눈코 뜰 새 없는 우리는 비오는 날만 기다린다.

　우리 어렸을 때 공사판에서 날품을 팔던 아저씨들이 즐겨 불렀던 노래 가사에도 있듯이 '우리가 놀면 놀고 싶어서 노나. 비 오는 날이면 공치는 날이지'. 요즈음처럼 땡볕에서 밭에 나가 사는 날이 계속되다 보면 비 오기를 기다리는 마음은 더 절실하다. 밭에 심어놓은 곡식이나 야채가 목말라하거나 땅 속에서 비를 기다리는 씨앗들을 생각하면 더 그렇다.

　지난 여름에 우리 변산 공동체 식구들은 여름 내내 아침을 걸렀다. 아침에 배를 비우는 것은 건강에 도움이 된다는 생각에서 그런 것은 아니다. 그나마 시원해서 일하기 덜 힘드는 때가 아침 이른 시간이거나 해가 뉘엿뉘엿해지는 저녁 무렵인데, 아침 밥상머리에서 그 서늘한 때를 허송하는 게 영 아까웠기 때문이다. 아침에 우는 새도 배가 고파 운다는데, 한창 때라서 돌이라도 삭일 위장을 지닌 젊은이들이 스스로 그런 결정을 하는 데는 대단한 결심이 필요했을 것이다. 올 여름에는 아마 상황이 바뀔 듯싶다. 지난 여름에는 '잡초'들과 전쟁을 했는데 올해는 그러지 않아도 된다는 생각이 든다.

　'잡초'들과 날마다 땡볕 속에서 싸워야 할 상황이 빚어졌던 것은 우리가 가꾸는 농작물들이 '잡초'와 공존할 수 없었기 때문이다. 만일에 '잡초'라고 여겼던 것이 농사의 훼방꾼이 아니라 자연이 사람의 수고를 덜어주려고 땅에 뿌려준 고마운 먹이라면 어떨까? 따로 가꾸지 않고 거름을 주지 않아도 잘 자라는 약초나 나물의 일종이라면? 올 이른 봄에 겪었던 '잡초' 사건이 기억난다. 마늘밭을 온통 풀밭으로 바꾸어놓은 그 괘씸한 '잡초'들을 죄다 뽑아던져 썩혀버린 뒤에야 그 풀들이 '잡초'가 아니라 별꽃나물과 광대나물이었다는 사실을 알고 얼마나 후회했는지 모른다. 정갈하게 거두어서 나물도 무쳐 먹고 효소 식품으로 바꾸어도 좋을 약이 되는 풀들을, 내 손으로 그 씨앗을 뿌리지 않았는데도 돈 아났다는 이유 하나만으로 적대시하여 죄다 수고롭게 땀 흘려가며 뽑아서 버렸으니 어리석기도 하지.

  정말 '잡초'가 두렵다면 '잡초'와 공존할 수 있거나 '잡초'를 이겨낼 농작물을 심고 가꾸면 된다. 밭에 보리와 밀을 심었더니 '잡초' 걱정이 덜하다. 그렇다고 한 해 내내 밀 보리 농사를 지을 수는 없으니 다른 방법도 강구해야겠지. 논에 오리나 우렁이를 풀어놓아 '잡초'를 먹고 자라게 하는 농사법도 유기농을 하는 분들 사이에 차츰 자리를 잡아가고 있는 듯하다. 우리도 올해는 논에 우렁이를 길러 벼농사 겸 우렁이 농사를 하기로 했다. 또 한 가지 방법은 논이나 밭에서 자라는 '잡초'들을 하나하나 눈여겨보아 그것이 정말 잡초에 지나지 않는 것인지, 그렇지 않으면 나물과 약초인데도 몰라서 그냥 '잡초'로 치부해버리는 것인지 판가름하는 것이다. '잡초'로 알았던 것이 잡초가 아니라면 땡볕을 무릅쓰고 풀이 돋아나자마자 호미로 긁어내는 수고를 할 필요가 없다.

  지렁이가 우글거리는 살아 있는 땅에서 저절로 자라는 풀들 가운데 대부분은 잡초가 아니다. 망초도 씀바귀도 쇠비름도 마디풀도 다 나물거리고 약초다. 마찬가지로 살기 좋은 세상에서는 '잡초 같은 인생'을 찾아보기 힘들다.

우리 식구 종현이(1)

변산에 종현이라는 젊은이가 와 있다. 특수 학교에 보내면 다른 애들
보다는 선생님 말귀를 아주 잘 알아듣지만 일반 학교에 보내면 늘 뒷전
에 서서 놀림감이 될 단순한 아이다. 올해 나이가 스물둘이다. 작년에 5
년 뒤면 장가가겠다고 했으니 이제 이 아이 소망이 이루어진다면 4년
뒤에는 장가를 들 나이가 된다.

이 아이의 형은 동생이 단순한 작업을 통해서라도 도시 사회에 적응
하기를 무척 바랐던 같다. 그래서 가장 단순한 작업을 하는 이곳저곳에
보내본 적이 있는 모양이다. 그러나 번번이 적응을 못해서 약초 기르는
마음씨 착한 분에게 보냈다. 그러나 혼자 약초를 기르는 분인지라 그때
그때 옆에 붙어서 아주 단순한 일만 하나하나 시킬 수도 없어 이 아이가
짐스런 존재가 되었다.

형은 내가 쓴 《실험학교 이야기》를 보고 장애인에게 관심이 있다는
걸 알았나 보다. 어느 날 찾아와서 이 이야기 저 이야기 나누던 끝에 동
생을 데리고 있으면서 단순한 일을 시켜보지 않겠느냐고 했다. 변산은
농사짓는 곳이고 옛날부터 농촌에는 몸과 마음이 정상이 아닌 사람도
잘 어울려 사는 전통이 있었고, 또 식구도 여럿이어서 그러자고 했다.

종현이는 일을 잘 하는 편이다. 고구마를 캘 때 다른 사람보다 상처를
내는 비율이 높고, 콩대를 맬 때는 어떻게 할지 몰라서 낫만 들고 서 있
는 일이 있지만 풋고추를 따는 일이라든가 닭모이를 주는 일 같은 것은

즐겁게 잘 한다.

지난 추석에는 종현이가 대구에 있는 집에 다니러 갔다. 도중에 길을 잃을까 봐 변산 전화번호와 대구 전화번호를 적어주고 부안에 나가 전주 가는 차표를 사주면서 대구 가는 차를 잘 알아서 타고 무사히 잘 다녀오라고 했다. 누군가 바래다주었으면 했지만 그럴 짬이 아무에게도 없었다. 변산에서 부안에 나가는 길에 무심히 보니 종현이 손에 책이 한 권 들려 있었다. 내가 쓴 《실험학교 이야기》였다. 종현이가 책을 읽는 모습을 본 적이 없어서 누구에게 선물하려고 가지고 가는 거려니 했다. 그래서 "그 책 누구 줄 거니?" 하고 물었더니, "아니요. 저가 볼 거라요." 한다. 그래서 읽어본 곳이 있느냐고 했더니 고개를 끄덕인다. 어느 대목이 재미있더냐고 물었더니 "선생님, 저는요, '개코 아저씨'가 참 재미있대요." 한다. 속으로 좀 놀랐다. 평소에도 책을 읽어온 아이구나 싶어서 "네가 읽은 책 가운데 가장 기억에 남는 책이 무어냐?"고 물었다. 그랬더니 고개를 살래살래 저으면서 "저는요, 책을 읽어본 적이 없어요. 이 책이 처음이라요." 한다. 짚이는 데가 있었다. 내 책 중에 '개코 아저씨' 대문은 장애인 문제를 다룬 내용이 담겨 있다. 자기와 처지가 비슷한 사람 아니, 훨씬 더 열악한 사람에 관한 이야기가 이 아이의 호기심을 불러일으키고, 그 대목을 읽고 좋으니까 다른 대목도 읽어보고 싶어하는구나 하는 생각이 들었다.

그 뒤로 종현이는 가끔 책을 들추어본다. 언젠가 종현이 형이 왔는데, 형에게 책을 사달라고 했다. 농사에 관련된 책인데 우리가 한때 돌려보았다가 어디론가 없어진 책이다. 형이 "뭐하게?" 하고 물으니, 읽어보고 농사짓는 데 도움을 얻고 싶어 그런다고 대답한다. 그 말을 듣고 형은 깜짝 놀란 표정이 되었다. 나는 그 말을 듣고 '종현이 곧 장가가도 되겠는걸.' 하고 속으로 생각했다.

우리 식구 종현이(2)

지난 설밑에 대구에 간 종현이가 아직 안 돌아오고 있다. 지난 겨울은 종현이에게도 괴로운 날이 계속되었지만 종현이와 같은 방을 쓰면서 종현이 건강에 각별한 신경을 써야 했던 유 군에게도 힘든 나날이었다.

처음에는 몰랐는데 오는 날부터 종현이는 사타구니에 습진이 생겨서 말 못할 고생을 하고 있었다. 척추 꼬리뼈가 정상인과는 달리 생겨서 그렇다는 것이 종현이 형의 설명인데 아무튼 이 만성 습진 때문에 그 동안 종현이는 고생이 이만저만이 아니었던 모양이다. 변산에서 새로 만난 '형님'들은 종현이의 습진을 낫게 해주려고 무던히 애를 썼다. 날마다 목욕을 시키고, 소금물에 소독을 하기도 하고, 죽염을 뿌리기도 하고…. 나중에는 한의사인 형에게 알려 한약을 지어오게 하기도 하고, 형이 준 약침을 이삼 일에 한 번씩 놓아주기도 했다.

종현이는 약침을 아주 무서워하고 싫어했다. 내가 종현이를 타일러야만 했다. 유 군은 침을 안 맞으려는 종현이를 달래기도 하고 야단치기도 하면서 빠뜨리지 않고 정성껏 약침을 놓았으나 효험이 없었다. 나중에는 종현이가 방 안에서 지내는 날이 늘었다. 누군가가 달라붙어서 종현이의 치료를 떠맡아야 하는데 식구는 얼마 되지 않는 데다가 저마다 일은 바쁘고 간병에 대해서 아는 사람도 없고 답답하기 그지없었다.

종현이가 설을 쉬러 집에 간 뒤에 변산 식구들끼리 회의를 했다. '종현이가 우리와 함께 사는 동안 종현이도 얼굴이 펴지고 변산 식구들도 병치료를 빼면 크게 불편을 느끼지 않았다. 얼마쯤 불편을 느끼더라도 장애인들이 일상생활에서 우리에게 깨우쳐주는 말없는 교훈으로 충분히 보상받을 수 있다. 그러나 아직 변산에 터를 잡은 지 얼마 안 되어 해야 할 일이 겨울에도 산더미처럼 쌓인 데다가 일손이 부족하여 종현이를 돌볼 겨를을 낼 사람이 하나도 없는 형편이다. 마침 형이 의사고 하니 설에 종현이 상태를 잘 진찰하여 대도시에서 치료를 마치고 돌아오도록 하면 어떻겠느냐.' 하는 이야기가 나왔다.

그래서 형에게 연락을 했는데 그 뒤로 형으로부터도 종현이한테서도 언제 오겠다는 연락이 없다. 이제 내 방이 따로 생겼으니 종현이가 오면 나와 함께 지내도록 하겠다고 식구들에게 말한 지도 제법 여러 날이 흘렀다.

제초제나 농약이나 화학비료를 쓰지 않고 농사를 지어 땅도 살리고 살아 있는 땅에서 건강하게 자란 곡식과 남새로 우리 몸도 마음도 지키고 남는 힘이 있으면 이웃도 살리는 길을 찾아보자고 뜻을 모으고 온 사람들인데, 여기에 정 붙이고 모처럼 즐거움을 느끼고 살던 애를 병치료 목적으로 떠나 보낸 뒤에 마음이 편치 않다.

어서 병자를 간호할 사람도, 또 고쳐줄 의사도 우리와 한 식구가 되어 종현이 같은 아이를 잠시나마 떠나보내지 않아도 좋을 날이 왔으면 좋겠다. 그리고 며칠 전에 다섯 살배기 비아가 엄마와 함께 살러 와서 동갑내기로 외롭게 자라던 민정이에게 좋은 친구 노릇을 하듯이 종현이 또래 아이들도 늘어나서 종현이의 벗이 되는 날이 어서 왔으면 좋겠다.

명문 대학을 나온 머리 좋은 사람들을 맨 위로 해서 사람 가치가 수직으로 편성된 도시에서는 종현이 같은 아이가 사람 대접 받고 떳떳하게 살 길이 없다. 머리나 돈이나 지위와는 상관없이 수평으로 편성된 마을 공동체만이 종현이가 사람답게 살 수 있는 유일한 길이라 믿는다.

마음의 거울

지난 겨울에 갑자기 피부병이 악화되어 집으로 치료를 받으러 갔던 공동체 식구 종현이가 다시 돌아왔다. 워낙 오래 앓던 지병이라 한두 달 치료해서 고쳐질 질환이 아닌데 시골에서 맑은 공기를 쐬면서 바깥일을 하다가 도시에서 방 안에 틀어박혀 있으려니 여간 고역이 아니었던 모양이다. 결국 완치되지 않은 채로 다시 오게 되었는데 변산에 오지 못한 몇 달 사이에 체중이 5kg 가까이 오르고 얼굴빛도 건강색을 되찾았다.

그런데 겨울이 가까워지면서 예년처럼 다시 피부병이 악화되기 시작했다. 치료할 길을 찾다가 단식과 자연 치료요법으로 고질병을 많이 고친 장두석 선생과 의논했다. 수월찮은 비용을 마련하여 보름 동안 장 선생이 지도하는 민족 생활의학 강습에 보내 단식과 자연치료 요법으로 피부질환을 다스리기로 했다.

피부병은 장기치료가 요구되어 집에 가서도 단식을 자주 하고 생식을 하라는 장 선생의 이야기를 듣고 온 종현이는 한 동안 현미, 콩, 보리, 녹두, 밀을 절구에 찧어 만든 오곡 생식을 부지런히 했다. 그러다보니 자꾸 허기가 지는 것 같았다. 식구들이 보지 않는 사이에 이것저것 몸에 해롭다고 여겨 먹지 말았으면 싶은 음식에 손을 대더니, 다시 피부병이 악화되었다. 형과 누나들이 잔소리를 하고 야단을 치면 섭섭해서 뚱하니 볼이 부르트거나 눈물을 쏟는다.

넉넉하지 못한 살림에 청주에 오가는 차비까지 30만 원 가까이 치료비를 쓴 데다가 같이 지내는 형이 가끔 해수탕에 데려가 목욕을 시키는 정성을 기울이는데도 이렇게 제 몸 관리를 제대로 못하고, 풍욕이나 냉온욕을 자주 하라 했는데도 춥다고 하는 둥 마는 둥하고 따뜻한 방 안에 있기만 좋아하니 형과 누나들도 걱정이 겹치니까 화를 내는 일이 잦아졌다.

함께 같은 밥상에 둘러앉아 다른 식구들은 종현이 보기에 맛있는 음식을 자유롭게 먹으면서 자기에게만 먹지 못하게 하니 숨어서라도 먹고 싶으리라는 생각이 들어 종현이와 함께 밥상을 따로 차려 먹는 방법이 없을까 궁리했다. 마침 식구 가운데 채식을 좋아하고 생식에도 관심이 있는 여자분이 있어서 곧 동네 빈 집으로 가서 따로 식사를 하면 어떻겠느냐고 물었더니 그것도 좋겠다고 한다.

실제로 공동체 형과 누나들이 종현이에게 기울이는 관심은 친동기간 못지 않다. 갈옷이 살갗에 들러붙지 않고 땀을 잘 흡수한다 하여 그 동안 감물을 들여 애지중지 아껴놓았던 광목을 아낌없이 끊어 내의도 만들어 입히고 바지도 만들어 입혔다. 그리고 생식만 하면 허기가 지는 것은 당분간 당연하리라 여겨 당근을 뽑아 먹인다. 겨울인데도 아직 파릇파릇하게 돌아오는 냉이를 캐다가 뿌리째 깨끗이 씻어 종현이 앞으로 내민다. 생수를 챙겨 먹인다… 곁에서 보기에 가슴이 뭉클해지는 때가 많다.

하루는 손님이 빵을 사 왔다. 마침 참 때도 되어 출출했던 터라 상에 빵덩어리를 놓고 한 움큼씩 뜯어먹고 있는데, 아차 종현이가 그 자리에 있다는 것을 잊었다. 아니나다를까, 한참 동안 우리가 빵을 먹는 모습을 부러운 눈으로 쳐다보고 있던 종현이의 손이 무심코 빵을 뜯어 입으로 간다. 그리고 그 순간 모두 정신을 차린 듯 시끌벅적하던 밥상머리에 갑자기 침묵이 흐른다.

나이는 스물이 훨씬 넘었지만 생각이 단순하고 충동을 잘 억제하지 못하는 종현이에게 자제력이 없다고 꾸짖을 수만은 없는 노릇이다. 그 아이가 자기의 생각과 느낌에 따라 자유롭게 행동하더라도 거리낄 것이 없는 생활 환경을 만들어주는 것이 앞서야 할 일이다. 생각은 이렇게 하는데도 막상 현실에 부딪치면 뒤늦게야 깨우치고 후회하는 일이 많다. 아이가 어른의 스승이라는 말은 이렇듯 타성에 젖어 자기 판단 기준만 고집하는 어른들에게 세심한 배려와 주의력이 삶의 매순간마다 필요함을 수시로 일깨워준다는 점에서 옳은 말이다. 종현이는 우리 마음을 그대로 맑게 비추어주는 거울이기도 하다.

3장. 팽나무 할매, 고맙구만이라

— 기르는 문화와 만드는 문화

참말 같은 거짓말

엿 맛과 눈깔사탕 맛

손님 맞이

고향 그립지 않아?

새끼를 꼬면서

버리지 않는 삶

쓰레기 문명과 살리는 문화

팽나무 할매, 고맙구만이라

한 배에서 태어난 쌍둥이

말로만?

풀들과 화해하기

나눔과 섬김

참말 같은 거짓말

　우리 어린 시절 마을 어른들이 장난 삼아 엉뚱한 거짓말을 하는 경우가 가끔 있었어. 새빨간 거짓말인데 조무래기인 우리들은 곧이곧대로 믿었지. 그런 거짓말 가운데 하나만 소개할까. 글쎄 음력 오뉴월이 되면 강둑에서 풀을 뜯고 있는 황소 불알이 엿가락 늘어지듯이 축 늘어지는데 가끔 가다 땅에 뚝 떨어질 때가 있대. 그걸 주워서 먹으면 양기에 좋다고 소금 접시 들고 황소 꼬랑지만 졸래졸래 따라다니는 사람도 있다는 거야. 양기가 뭔지도 모르고 그 냄새나는 걸 어떻게 먹지하고 고개를 갸웃거리면서도 진짜로 믿었지. 그 거짓말을.

　여름철에 짓궂은 장난했던 기억도 많이 나. 그 가운데 하나가 참외 서리, 수박 서리인데 시골에 살던 사람들은 어린 시절에 으레 한 두번씩 해보았을 터이므로 자세한 이야기는 그만두지. 그 대신에 감자 서리와 단감 서리 이야기를 할까 해. 감자 서리도 다른 서리처럼 깜깜한 밤에 해야 하는데 무섭거든. 비가 부슬부슬 내리는 밤이면 문밖에 나설 용기가 안 생기는 거야. 우리 어렸을 때는 밤에 처녀 귀신들이 입에 칼을 물고 다니기도 하고, 꼬리가 아홉 달린 백여시(구미호)가 예쁜 처녀나 할머니로 둔갑하여 사람 간을 빼먹기도 하고, 도깨비들이 눈에 불을 달고 이리 껑충 저리 껑충 뛰다가 씨름 한판 하자고 달려들어 진을 빼게 했거든. 무슨 변을 당할지 모르는 거야. 그래서 겁 많은 조무래기들은 서리를 할 때 달빛이 비치는 환한 밤을 고르는 때가 많았지.

그런데 한 여름 내내 거의 발가숭이가 되어 염소나 소를 몰고 풀을 뜯기기도 하고 개울에서 멱을 감기도 해서 우리 몸은 늘 구릿빛으로 번들번들 윤이 나. 달빛만 받아도 번질번질, 별빛만 받아도 반짝반짝. 이러니 들키지 않으려면 홀랑 벗고 온몸에 진흙을 발라야 하는 거야. 신발도 벗고. 그런 맨몸뚱이로 살금살금 마대자루 하나 들고 고샅길을 빠져나가 논둑길 밭둑길 가로질러 원정을 가. 동네에도 감자밭이 있지만 당장 들통나기 십상이니까 이웃 마을로 가는 거지. 감자야 집에서는 구워먹고 삶아먹고 국 끓여 먹고 해서 아쉬울 게 없지만 서리에는 모험이 뒤따라서 그렇게 신이 났던가 봐. 막상 서리해다놓은 감자는 꿔다놓은 보릿자루가 되기 일쑤였지.

단감 서리에는 특별한 맛이 있지. 아리고 쓰린 맛도 곁들여서 말야. 몸단장은 마찬가지인데 다만 머리에 바가지를 써야 해. 홀랑 벗은 몸으로 감나무에 기어올라가 감을 찾는데 깜깜해서 보일 리가 있나. 게다가 감잎에 가려 있는 경우가 대부분이거든. 그러니 바가지를 뒤집어 쓴 머리통을 이리저리 돌리고 흔들어 따각따각 하는 소리가 들리면 거기로 손을 내미는데 손을 내미는 순간 무언가 톡 쏘면 그때부터 쏘인 데가 아리고 쓰리기 시작하지. 감잎 쐐기벌레는 생김도 흉칙한 데다 독성이 여간 아니거든. 아무튼 이렇게 상처뿐인 영광을 안고 감서리를 하는데 콩닥콩닥 뛰는 가슴과 목운동에 견주어 소득이 보잘 게 없는 게 감서리의 흠이라면 흠이야.

그런데 말투가 뭐 이러냐고? 나도 알아. 이런 말투에 귀가 거슬릴 분들도 없지 않으리라는걸. 그러나 일부러라도 말과 글이 하나가 되게 해야 한다는 게 평소 내 생각이야. 그러지 않으면 글이라는 건 글재주가 있는 사람만 쓸 수 있는 것으로 잘못 알게 되어 몇몇 사람만 제 목소리를 내고 나머지 사람들은 꿀먹은 벙어리처럼 되어버려.

올 여름에는 이제 손주뻘인 조무래기들을 당산나무 그늘에 모아놓고 거짓말 반, 참말 반 섞어서 생뚱맞은 거짓뿌렁을 줄줄이 늘어놓으려고 해. 입을 헤 벌리고 내 이야기에 넋을 놓고 있을 애들 모습 그려봐. 꼭 바보처럼 보이지. 그렇지만 그렇게 해서 남의 이야기를 귀담아듣는 버릇을 기르면 나중에 살아가면서 이웃에게 좋은 이야기 상대가 되어 줄지 누가 알아. 그리고 그런 말도 있어. 크게 슬기로운 사람은 바보같이 보인다는 말.

엿 맛과 눈깔사탕 맛

나 어렸을 적에는 새해가 되면 정월 초하룻날 한복을 입고 맨 먼저 집 안 어른들께 세배를 드린 뒤에 온 마을 어른들을 찾아뵙고 큰절을 올리는 게 일이었지. 세뱃돈은 없던 시절이야. 그 대신 식혜나 수정과나 강정이나 엿 같은 걸 내놓았지. 모두 집에서 만든 것들이야. 그때는 그 한과들이 꿀맛이었는데 아 글쎄, 학교에 오가는 길에 어쩌다 사먹는 눈깔사탕이나 캐러멜에 맛을 들인 뒤로는 집에서 만든 과자가 도통 맛이 없어. 입맛이 바뀌는 거야.

어디 그 뿐이야. 식당에서 '아지노모도'인지 '맛나'인지를 듬뿍 넣어 끓인 국을 한번 먹어본 뒤로는 어머니가 온갖 양념에 멸치를 넣고 끓여 주시는 된장국도 이게 아니다 싶은 거야. 이것저것 밖에서 먹는 과자 부스러기나 음식 종류가 늘어나는 만큼 집에서 만드는 음식을 타박하게 되더라고. 자연히 어려서부터 '집에 있는 것은 나쁜 것', '밖에 있는 것은 좋은 것'이라는 생각이 들었지.

맛만 아니야. 냄새도 처음 맡아보는 신나 냄새나 가솔린 냄새가 숭늉 냄새보다 더 그럴 듯하게 여겨지고, 소리도 새 소리나 육자배기보다는 기계 소리와 외국 유행가 소리가 더 솔깃해지던걸. 그러니 눈에 보이는 건 어땠겠어?

우리 모두 그렇게 커 왔어. 황토 물 벌겋게 든 아버지의 바지저고리

차림을 보다 교장 선생님 양복 차림과 넥타이를 보니 왠지 모르게 아버지가 초라해 보이고 아버지가 하시는 말씀을 뒤에 생각하면 백 번 옳은 말씀이었는데도 귓전 밖이고, 교장 선생님 말씀은 그게 아니었는데도 귀에 쏙쏙 들어오는 거야. 그게 사투리와 표준말 차이에서 온 느낌 때문이었을까? 그런데 그 교장 선생님 도시에서 자라고 공부했다시잖아. 그래서 또 '시골은 후진 곳' '도시는 멋진 곳'이라는 관념이 생겨났지.

그렇게 해서 유행가 가락을 타고 모두 도시로 온 거야. 왜 그런 유행가 가락이 있었잖아?

'새끼 꼬는 사랑방에 동네 총각 바람났네. 서울 가면 운이 터서 금송아지 생긴다나. 말만 들은 서울로 누굴 찾아서 금동이도 삼돌이도 단봇짐을 쌌다네….'어쩌고 하는 노래 말야.

그런데 도시에서 오래 살다보니 이번에는 생각이 거꾸로 바뀌는 거야. 눈깔사탕이나 캐러멜보다 몇 배나 맛있는 과자가 지천으로 쏟아지는데도 새록새록 어렸을 때 먹었던 한과들 맛이 되살아나 그 맛을 찾는데, 전에는 공짜로 주어도 먹기 싫던 그 한과들이 이제 값이 다락이야. 그 비싼 값을 주고 맛보는데도 옛 맛은 아니고. 그리고 귀에 들리는 온갖 소음이라니. 옛 민요가락 닮은 정태춘이 노래나 장사익이 노래가 다시 귀에 솔깃해지는 거지. 그리고 어쩌다 도시의 칼날 같은 건물과 눈을 어지럽히는 형광색을 벗어나 산길이나 들길을 걷게 되면 옛날에는 지겹기만 하던 그 산자락과 들판이 어찌 그리 눈 시리게 이쁜지.

그래서 버렸던 고향을 하나하나 맛에서부터 눈에 비치는 모습에 이르기까지 되찾게 되는데, 이미 몸과 마음은 좋든 싫든 도시 생활에 묶여 있잖아? 그러니 이걸 어째. 정초에 늙으신 부모님께 세배나 드리고 고향 땅 한번 밟아보면서 지금은 행복한 빛으로 가슴에 남은 옛 추억을 되새기는 것으로 대부분 아쉬운 마음을 달랠 수밖에 없잖아?

그래도 이제 더는 도시에 머물기 싫다고? 그러면 어쩔 수 없지. 나처럼 훌쩍 도시를 벗어 던지는 수도 있어. 그리고 익은 호박과 대추와 생강과 엿기름을 가마솥에 넣고 나처럼 장작불 지피면서 한겨울 나는 수도 있을 거야. 도시에서 태어나고 자란 사람에게도 마음의 고향은 역시 여기야. 이 시골.

손님맞이

김복관 선생님이라고 하는 분이 계셔. 이 분을 정농회 모임에서 재작년에 처음 뵈었어. 어쩌다 같이 전철을 탔는데 자리가 비어 있는데도 앉을 생각을 안 하시는 거야. 일흔을 훌쩍 넘긴 노인이신데. 이상하더라고. 그래서 나중에 여쭈어보았어. 왜 그러시느냐고. 그랬더니 한참 머뭇거리다 마지못한 듯이 대답해서. 한때 버스나 기차에 빈 자리가 나면 남이 먼저 앉을세라 얼른 먼저 차지하던 때가 있었다는 거야. 그런데 이렇게 자리 욕심이 생기다보니 마음이 편치 않으시더라는 거야. 젊은 것들이 먼저 자리를 차지하고 앉아서 어른이(그 가운데는 자신도 포함되지.) 옆에 서 있는데도 본 척 만 척하는 것도 노엽게 여겨지고, 어린애나 몸이 불편한 사람이 곁에 서 있을 때 평소 같으면 가볍게 일어서서 자리를 내주는 버릇이 붙어 있는데도 자기보다 더 젊은 옆 사람이 일어서야 하지 않나 머리 쓰다 무심히 지나치게 되기도 하고. 이래서는 안 되겠다. 몸 편하고 마음 불편한 것보다 몸이 조금 편치 않더라도 마음 편한 게 더 낫겠다 싶어 어느 땐가부터 자리가 텅텅 비어 있더라도 곧 그 자리를 차지할 사람들이 나타나는 대중교통 수단을 이용할 때는 아예 자리에 눈길을 주지 말자고 마음먹고 그 뒤로는 자리가 나더라도 거들떠보지 않으신다는 거야. 그 말씀을 듣고 어찌 무안하던지. 그래도 나는 아직 자리 찾는 버릇 못 버리고 있어.

그 김복관 선생님이 떠밀리다시피 해서 정농회 회장을 맡으신 뒤로 겨울 농한기를 틈타 온 나라에 흩어져 있는 정농회 회원들 집을 두루 들르시다가 우리 집에도 들르셨어. 스무 해 남짓 유기농으로 땅을 살리는 농사를 지어온 다른 분들에 견주면 우리야 젖비린내 나는 해내기인데도 힘을 북돋아주시는 뜻에서 먼길을 오신 거야. 1950년대부터 함석헌 선생님과 함께 농촌에서 공동체를 이루고 살고 싶어 몇 차례 노력을 했는데도 아직 그 꿈을 이루지 못해 응어리로 남아 있다는 말을 얼핏 다른 분에게 들은 기억이 있어서 오신 김에 여쭈어보았지. 둘러 말하지 않고 곧바로 들이댔어. 왜 실패하셨냐고. 그랬더니 경제 자급이 안 되더라고 하시데. 공동체를 한다니까 전국 각지에서 찾아오는 사람들의 발길이 끊이지 않는데 그 사람들 맞아서 함께 이야기하느라 일손 뺏기고, 밥 먹이고 술 먹여 보내다보니 일할 틈도 없거니와 그나마 애써 거둔 얼마 안 되는 곡식으로는 감당이 안 되더라는 거야. 뻔하지. 함 선생님이나 김 선생님과 함께 공동체 운동을 하시던 분들이 모두 기독교 박애정신으로 마음의 기둥을 세우신 분들인데 멀리서 찾아온 손님들을 문전 박대하실 수 있었겠어? 당장 내일 끼니가 없어도 내색 않고 환대를 했을 터이고, 그렇게 찾아가서 값진 마음의 양식도 얻고 정성스러운 대접도 받고 간 손님들이 돌아가자마자 다른 사람들에게 자랑을 했을 거 아냐. 거기 가니 정말 사람답게 살고 있더라, 마치 잃어버린 고향에 간 느낌이더라 어쩌고저쩌고. 그 말에 솔깃해진 사람들이 또 찾아갔을 거고.

그 말씀 마음에 담아두었지. 그래서 우리 나름으로 손님맞이 원칙을 정했어. 호기심으로 구경 삼아 오는 손님 맞지 말자. 그래도 와보겠다고 하는 손님이 있으면 줄잡아 사흘밤 나흘낮을 함께 땀흘려 일하고 땀을 식히는 틈이나 밤이 되어 일손을 놓을 때 이야기 나누는 조건을 내세워, 그런 까다로운 주문도 마다하지 않는 분들만 맞아들이자.

이 손님 맞이 원칙(?)을 내세우고 지켜온 지 어느덧 세 해째야. 그 동안 전화 연락도 없이 멀리서 물어 물어 찾아왔다가 찬물 한 그릇 못 얻어 마시고 발길을 돌려야했던 분들이 어찌 없었겠어. 이름도 얼굴도 모르고 그저 윤모 교수가 여기서 농사지으면서 실험학곤가 뭔가를 준비한다더라는 소문만 믿고 찾아와 나보고 윤 선생 어디 있느냐고 묻는 사람에게 시치미 뚝 떼고 그 양반 지금 출타 중이라고, 며칠 동안 안 돌아오는데 꼭 만나고 싶거든 여기서 삼박 사일 동안 함께 일하자 하며 능청을 떤 적도 있는데.

그러니 손님에게 불친절하다는 풍문이 전국 방방곡곡에 퍼져서 이제 내 귀에까지 들어오고 있어. 그런데도 고집스레 이 원칙에 매달리는 까닭이 있어. 어쩌다 내 얼굴을 아는 불한당(우리는 같이 일할 생각 없이 여러 가지 명분을 내세우면서 원칙을 무시하고 쳐들어오는 손님들을 '땀 안 흘리는 무리' 하고 해서 不汗黨이라 부르기로 했지.)이 막무가내로 밀고들어오는 적도 있는데, 이 사람들 건성으로 우리 사는 데를 한 바퀴 휙 둘러보고 가면 그것으로 그만이야. 가보니 그저 그렇더라, 시절이 어느 땐데 원시 시대로 돌아가려는지 두레박으로 물을 긷고 흐르는 물에 비누도 없이 빨래하고, 나무 부스러기 주워다가 아궁이에 불 넣고, 뭐 항생제 홀몬제 들어간 사료 어쩌고 하면서 유기농을 한답시고 풀에다 제 똥 버무려 밭에 깔고, 돈 되는 작물은 거들떠보지도 않고 돈도 안 되는 보리, 밀, 콩, 수수, 기장… 그런 농사만 짓더라, 밭이고 논이고 온통 피와 풀이 가득해서 그야말로 피바다요 저 푸른 초원이더라 이런 소문만 내고 다닌단 말이야.

땀 흘리고 일하다 간 사람들은 달라. 어지간히 혼뜨검이 나서 정이 똑 떨어졌을 법한데 이렇게 고생하고 간 사람들은 자꾸 또 와. 그리고 우리 식구들과도 허물이 없어져서 마치 친동기간처럼 지내.

교육이 뭐야. 한 마디로 후손들에게 살 길을 일러주어 세상에 사람 씨앗 보존하자는 거 아냐. 그러자면 우선 생명체로서 제 앞가림하는 것 가르치는 게 먼저고. 그 다음에 사람은 혼자 살 수 없으니까 여럿이 모여 함께 사는 법을 일러주는 게 교육의 큰 기둥 아닌가 말야. 요즈음 그런 교육이 없어 이거 하자는 거지. 교환가치만 유일한 가치로 믿고 잔머리 굴리는 것만 죽어라고 가르치는 이 상품경제 사회에는 미래가 없어.

　이거 뭐 이야기가 대대하게 되었는데 찜찜한 구석 있으면 한번 놀러 오셔. 한 나흘 사우나 하는 셈치고 땀 좀 흘리자고.

고향 그립지 않아?

추석이 왜 좋은지 알아? 휴가 얻어 모처럼 시골에 사시는 부모님과 일가친척을 찾아 볼 수 있어서? 아무렴. 그것도 좋은 이유 가운데 하나지. 그렇지만 그건 어쩔 수 없이 도시에서 일자리를 찾은 사람들 이야기고, 본디 우리네가 거의 모두 시골에서 살던 시절에는 추석 좋은 까닭이 따로 있었지.

우리 어렸을 때만 하더라도 애고 어른이고 추석 때까지 쉴 틈이 없었거든. 어디 일이 한두 가진가. 제사상에 놓을 밤, 대추 따는 일은 일도 아니야. 소 꼴 먹이는 일도 그게 어디 일인가 놀이지. 벼가 익어가기 시작하면 올벼를 심는 논에 참새떼들이 까맣게 몰려드는데 이놈들을 쫓지 않으면 뜨물이 생긴 벼이삭을 다 망쳐놓지 뭐야. 실에다 빈깡통을 매달아 딸랑거리면서 새를 쫓는 애들은 그래도 양반이야. 그때는 깡통문화가 미군들 씨레이션 상자에 갇혀 있던 때라서 깡통이 여간 귀했던 게 아니야. 그러니 팔매질을 해서 새를 쫓아야 하는데 돌이나 나뭇가지를 논에다 던져 넣을 수는 없잖아. 대나무 막대 끝을 십자로 쪼개 그 틈새에 젓가락만하게 대를 깎아 틈을 벌려놓은 다음에 그걸 논흙에 쿡 박으면 대통에 흙이 담겨. 그걸 어깨 너머로 한껏 젖혔다가 있는 힘 다해서 앞으로 휙 뿌리면 대통 속에 들어 있던 흙덩이가 새들 있는 곳으로 날아가. 그러면 허수아비가 쓴 보릿짚 모자에 앉아서 짓까불던 참새들까지 깜짝 놀라 날아가지. 처음 할 때는 재미있는데, 하루에도 몇십 번 그 팔매질 하고 나면 아이고 팔이야, 아이고 어깨야, 정말 어깨가 무릎 아래까지 늘어지는 것 같아. 그 많던 참새들 다 어디로 갔는지, 이제 도시에서도 노점에서 참새를 구워 파는 포장마차집이 자취를 감추고 말았어. 아마 논밭을 도배하다시피 하는 제초제, 농약 때문이겠지.

도토리 주워 묵 만들어 먹고 알밤 까서 아궁이에 넣어 구워 먹던 것도 다 옛날 일이야. 도토리 주우러 다닐 애들이 있나. 나무를 때서 밥을 짓고 구들을 덥히는 집도 거의 다 사라졌어.

그래서 하는 말인데 풀벌레도 울지 않고 새소리도 시냇물이나 솔바람 소리도 들리지 않는 도시에서 살다가 일 년에 딱 한두 번 그것도 주차장이 되어버리는 길에서 밤을 새우기 일쑤인 귀향길을 거꾸로 바꾸어 버리면 어떨까? 한 해 내내 시골에서 온갖 살아 있는 것들과 벗이 되어 살다가 한 해에 한 두번 쯤 도시 나들이를 하는 걸로 말이야.

지금 시골에는 다 아다시피 할아버지 할머니들만 계시고 젊은이도 아이들도 없잖아. 말하자면 과거만 있고 현재와 미래가 없는 삶터가 되어버린 거야. 이 노인네들 돌아가시면 누가 있어 농사를 짓지? 쌀도 보내주고 갖은 양념거리, 군것질감, 이것저것 아낌없이 바리바리 싸서 보내주시던 늙으신 부모님들 언제까지나 사실 건 아니고 참 걱정이야. 가끔 시골에 와서 도시에서 그 동안 쌓였던 온갖 마음의 때를 며칠 동안 씻어내고 새 기운을 얻어 돌아가는 것도 좋기는 좋은데. 그리운 고향을 지키려는 갸륵한 마음으로 '정든 땅 언덕 위에 초가집 짓고, 낮이면 밭에 나가 콩밭을 매고, 밤이면 사랑방에 새끼 꼬면서 새들이 우는 사연 알아보련다'고 흥얼거리며 보따리 싸들고 아예 돌아오는 사람들이 많으면 더 좋겠어.

고향이 따로 있나. 정들면 고향이지. 내가 사는 곳도 살 만한 곳이야. 산 좋고 물 좋고 바다도 가까이 있고…. 와서 같이 살 생각 없어? 당장은 와서 살 생각이 없더라도 연휴 때나 휴가철에 시간을 내서 서너밤 같이 지내면서 낮에 흘렸던 땀을 막걸리나 수박으로 보충해보는 것도 괜찮아. 특히 몸에 군살이 많아 걱정인 사람들은 괜히 비싼 돈 들여가며 살 빼는 곳에 다닐 필요가 없어. 여기 살다보니 허리띠에 구멍을 안쪽으로 네 개나 새로 뚫어야 할 만큼 허리가 날씬해지고 까칠하던 살갗에도 윤기가 돌더라고. 나이 쉰이 훌쩍 넘었는데도 팔에 알통도 생기지 뭐야. 뭐 그렇다고 여자들 팔에까지 알통 생기도록 할 생각은 없으니까 안심하고.

새끼를 꼬면서

　요즈음 시골에는 새끼 꼬는 사람이 없다. 가마니 짤 일도 없고 삼태기니 멍석 짤 일도 없고 지붕에 이엉 얹을 일도 없으니 당연한 일이다. 그 밖에 이것저것 묶는 데는 비를 맞거나 땅 속에 묻어도 썩을 염려가 없는 가볍고 튼튼한 비닐끈이 있다. 지퍼 달린 비닐포대, 멍석 열 개보다 더 넓으면서도 한 손으로 거뜬히 들어올릴 수 있는 비닐깔개, 가볍고 튼튼한 비닐삼태기….

　이맘때면 동네 사랑방에 호롱불을 밝히고 모여 앉아 손바닥이 닳도록 새끼를 꼬면서 밤늦게까지 정담을 나누던 마을 어른들은 이제 모두 환한 형광등 아래서 텔레비전을 켜놓고 연속극 줄거리를 따라가기에 여념이 없다.

　싸릿대에 꿴 곶감을 걸려고 새끼를 꼬았다. 새끼를 꼬려면 먼저 볏짚을 잘 골라야 한다. 콤바인으로 벤 짚은 기계 속에 들어가 한번 몸살을 앓아서 볏짚으로는 질이 좋지 않다. 다행히(?) 우리는 낫으로 볏짚을 벴다. 요 몇 년 사이에 낫으로 볏짚을 베는 사람이 우리 마을에도 없었던 모양이다. 하기야 200평 한 마지기 벼를 콤바인으로 베어 자동으로 탈곡까지 해서 포대에 담아주는 데 만오천 원에서 이만 원 내면 되니, 하루 꼬박 장정이 낫으로 베도 200평을 베어 묶기 힘드는 고생을 누가 사서 하랴. 우리가 서툰 낫질로 벼를 베는 모습을 보고 볏단을 묶으러 나온 마을 어른들이 쯧쯧 혀를 찼다. '논바닥이 질어서 콤바인으로 베기 힘들어서요.' 어쩌고 하면서 허리가 부러지도록 낫으로 벼를 벤 덕에 새끼 꼬기 좋은 볏짚은 얻은 셈이다.

이렇게 낫으로 베었다 해서 모두 새끼 꼬기에 알맞은 볏짚이 되는 것은 아니다. 바람에 쓰러지지 않은 것으로 키가 큰 것, 대가 실한 것을 골라야 한다. 고르고 나서도 할 일이 많다. 벼가 달려 있던 모가지 부분을 한 움큼 쥐고 나머지 손의 손가락을 갈퀴처럼 벌리고 구부려 북데기를 거꾸로 벗겨내는 작업을 하다보면 손가락 마디가 볏짚에 쓸려 얼얼하다가 나중에는 피가 맺힌다. 농사꾼들 손이 갈퀴처럼 거칠어지고 손가락 마디마디에 굳은살과 옹이가 박히는 까닭을 알겠다.

북데기가 벗겨지고 심만 남은 볏짚으로 새끼를 꼰다. 알맞은 굵기가 일정하게 유지되도록 하면서 하나의 크기가 일 미터 남짓한 볏짚들을 알맞을 때 알맞은 곳에 끼워 넣어 하나의 긴 새끼줄로 이어지게 하는 데는 여간한 기술이 필요한 게 아니다. 잘못하면 새끼가 굵어졌다 가늘어졌다 하여 땔감 묶는 데나 쓰일까 다른 데는 쓸모 없이 되기도 하고, 또 새로 끼워넣은 볏짚 자리가 약해서 조금만 힘을 써도 끊어지기 일쑤다.

어린 시절에 익힌 뒤로 마흔 해가 넘게 꼬아보지 않던 새끼를 꼬면서 머릿 속에 오가는 생각이 많다. 차라리 면소재지까지 걸어서 오가는 한 시간 남짓한 시간을 들여서라도 비닐 끈을 사다가 아랫집 할아버지처럼 간단하게 꿰어 걸었더라면…. 내가 지금 하고 있는 이 짓이 밥값이나 제대로 되는 걸까? 그러잖아도 제초제도 안 쓰겠다, 농약도 안 쓰겠다, 화학비료도 안 쓰겠다, 하다 못해 닭똥이나 돼지똥을 발효시켜 만든 유기질비료도 항생제가 든 사료를 먹인 것이라서 못 쓰겠다 하여 고생은 고생대로 해가면서 짓는 농사꼴이 말이 아니어서 동네 웃음거리가 되고 있는 판에, 밭에 비닐을 깔지 않겠다는 고집은 이해할 수 있다손 치더라도 비닐끈마저 쓰지 않겠다고 하여 새끼를 꼬는 모습을 누가 보기라도 한다면 저 사람 원시시대로 돌아가자는 말인가. 그 동안 저런 생각으로 대학에서 학생들을 가르쳤다면 그 학생들 무얼 배웠을까 의심하지 않을까?

이런저런 생각에 휩쓸리며 두 손을 비비고 있노라니 그래도 새끼줄은 한 뼘 한 뼘 길어져 간다. 그리고 처음에는 굵었다 가늘었다 마치 쇠무릎풀처럼 가관이던 새끼줄이 차츰차츰 고르게 꼬여간다. 그리고 처음에는 흩어지던 생각들이 하나로 모이면서 제법 새끼줄 이어지듯이 개똥철학도 새끼줄 갈피에 섞여서 한데 이어진다.

지금은 지난 일이 되어버렸지만 새끼 꼬기는 농사일의 기본 가운데 하나였다. 이 기본이 서지 않으면 농사를 지을 수 없었다. 발에 신는 짚신, 비 오는 날 몸에 걸치는 도롱이, 곡식을 넣어 말리고 때로는 방바닥에 장판 대신 까는 데 쓰이는 여러 가지 멍석, 곡식을 담아 보관하는 망태나 가마니, 지붕을 이거나 울바자를 두르는 데 쓰이는 새끼에서 아이를 낳고 나서 문간에 내거는 새끼줄이나 초상 났을 때 허리띠 대신 허리에 묶는 삼베 새끼에 이르기까지 새끼줄이 없으면 할 수 있는 일이 없었다.

이처럼 농사일과 삶에 기본이 되는 새끼줄은 저마다 굵기와 길이가 달랐다. 그러나 저마다 다들 지푸라기 하나하나를 엮어서 한 줄기 줄로 잇는다는 점에서는 같았다. 사랑방에 한 데 모여 둥그렇게 호롱불을 가운데 두고 앉아 새끼를 꼬던 우리네 어른들은 그 사이에 무슨 생각들을 하고 있었을까? 혹시나 서로 다른 개인들이 관계를 맺어 하나가 되는 방식도 새끼줄을 꼬아가는 방식과 다르지 않다고 여기지나 않았을까? 쓰임새에 따라 가는 새끼, 굵은 새끼, 긴 새끼, 짧은 새끼를 꼬듯이 남자와 여자의 관계, 아이와 어른의 관계, 이웃과 이웃의 관계가 어떤 끈으로 어떻게 묶여 하나가 될지를 가늠하여 이런저런 생각과 느낌의 새끼줄을 꼬아가지 않았을까? 그렇게 하여 마을 공동체라는 평화롭고 수천 년 지속 가능한 삶의 세계를 이루어내지 않았을까?

지금 우리가 값싸다, 편리하다 하여 공장에서 기계로 꼰 비닐끈을 사다 쓰려고 길을 나서는 순간 혹시 우리는 이런 소중한 성찰의 시간을 잃어버리는 것은 아닐까? 그리고 그 결과로 모든 인간 관계, 사회 관계, 인간과 다른 생명체의 관계를 기계화하는 것이나 아닐까?

새끼를 다 꼬았다. 시간은 한 시간 남짓. 면소재지를 오가는 데 걸린 시간이다. 그 새끼줄에 싸릿대에 꿴 곶감을 걸어 처마 밑에 매달았다. 곶감과 싸릿대와 새끼줄, 그리고 그 사이로 보이는 늦가을의 하늘빛이 어찌 그리 아름다운지.

버리지 않는 삶

도시 사람들은 음식뿐만 아니라 아직 더 입을 수 있는 옷가지며 아직 더 쓸 수 있는 가구며 심지어 더 일할 수 있는 사람까지 마구 버리는 데 익숙해 있다. 이 버릇이 시골에까지 번져서 이제는 시골에도 점점 더 많은 쓰레기가 눈에 띤다.

어떻게 하면 아무것도 버리지 않는 자연을 본받아 살 수 있을까? 지난 겨우내 내변산 수몰 지구를 돌아다니면서 허물어진 집터에서 구들짝을 파냈는데 나무로 구들짝을 데워서 거기에 등 대고 자야 건강에 도움이 된다는 생각에서 그런 것은 아니었다. 요즈음에는 시골에도 어지간히 도시의 생활 양식이 스며들어 연탄을 때는 집조차 드문 형편이다. 그러니 우리가 사는 산간 마을에도 어디를 가나 썩은 나무등치가 뒹군다. 이것을 이용하여 간장도 달이고, 엿도 고고, 소금도 굽고, 밥도 짓고, 방도 데우고 하면 좋을 듯 싶어 외양간으로 바뀐 옛날 부엌을 다시 손보아 가마솥을 앉히고, 구들돌을 다시 놓았다. 담장 밑에 따로 쓰지 않아 버려진 솥 세 개를 가져다 걸어놓은 것도 그런 생각에서였다.

가끔 바닷가에 나가보면 파도에 밀려 온갖 것들이 다 버려져 있다. 얼핏 보기에는 모두 쓰레기들이다. 그러나 쓸모 있는 것도 적지 않다. 해변을 말끔하게 치울 겸해서 찢어진 그물과 널려진 밧줄과 밀려온 나무 토막을 부지런히 주워 온다. 자전거 바퀴는 진흙을 시멘트에 개서 그 위

마당에 걸어놓은 가마솥에 불을 때서 간장도 달이고 옷감에 물을 들이기도 한다.
굴뚝 지붕은 못쓰는 자전거 바퀴살에 진흙을 발라 만들었다.

에 발라 굴뚝 지붕으로 만들어놓으니 모두 멋있다고 한다. 찢어진 그물
은 극성을 부리는 산새들이 씨앗을 파먹지 못하게 모판에 덮어놓으면
따로 비닐을 써서 모종을 길러내지 않아도 된다. 바닷물에 오래 잠겼던
나무토막들은 그늘에 말리면 훌륭한 가구재료로 쓰인다.

우리가 지난 겨울에 들일을 하면서 입었던 옷들도 거의 도시 사람들
이 입다 싫증이 나서 버린 것들이었다. 음식 찌꺼기는 남을 겨를이 없
다. 풋고추 꼭지까지 알뜰하게 썰어서 먹는 습관 탓도 있지만 그 밖에
한 식구로 사는 개와 오리와 닭 들이 남는 음식을 먹어주기 때문이다.

얼마 전에 중학교 동창생들이 부인들을 모시고 내가 사는 모습을 보
겠다고 먼길을 찾아왔는데, 그 가운데는 서른 해가 훨씬 넘어서야 처음
보는 이들이 태반이었다. 풀물이 잔뜩 밴 작업복 차림에 고무신 바람으

로 일하다 마중을 하니 동창생 하나가 부인에게 "이 사람이 윤모 집에서 머슴 사는 분이 아니라 바로 본인이여."하고 웃었다. 그 말이 귀에 거슬리지는 않았다.

좁은 생활 공간에 이것저것 하나도 버리지 않고 쓸 만하다 하여 모아둘 양이면 도시에서는 살기 힘들지도 모르겠다. 하기야 좁은 아파트 공간에 무엇이든지 버리지 않고 여기저기 쑤셔 넣는 시어머니와 이것저것 마구 내다 버리는 며느리 사이에 벌어지는 실랑이를 나도 본 적이 있으니까. 그렇지만 유행에 뒤졌다 하여, 조금 더 불편하다 하여, 남 보이기 부끄럽다 하여, 쓸모 있는 것을 자꾸 버리고 새 것을 사들이는 버릇이 오래 가다보면 나중에는 부모 형제마저 버리게 되지나 않을까?

버리지 않는 삶은 버릴 것이 없는 삶, 검소하고 무엇이든지 아끼는 생활 태도의 반영이다. 아껴야 쌓이는 것이 있고, 쌓이는 것이 있어야 남에게 베풀 여유도 생긴다고 보면 안 될까? 그리고 물건을 아끼다 보면 사람 아끼는 마음도 생긴다고 보면 안 될까?

쓰레기 문명과 살리는 문화

처음 변산 우리 집을 방문하는 사람은 곳곳에 널려 있는 쓰레기를 보고 '참 지저분하게도 살고 있군.' 할지도 모른다. 우리 집에 널린 쓰레기 목록을 대충 적어보면 아래와 같다.

- 헌 자전거 바퀴살 : 마당가에 아궁이와 부뚜막을 만들고 굴뚝도 쌓았는데, 이 바퀴살 위에 진흙을 발라 굴뚝 뚜껑으로 얹었었더니 모슬렘 모스크를 닮았다고 칭찬하는 사람이 많았다.
- 깨진 옹기 조각 : 목욕탕을 만드는 데 바닥에 타일 대신 깔 생각으로 모았다.
- 검은 고무 국수 가락 : 마대에 담긴 채 불법으로 버려진 것을 주워왔는데 하우스대를 비롯하여 여러 가지를 동이고 매는 데 쓴다.
- 한옥 짓는 데서 나온 여러 가지 나무토막들 : 나중에 아이들과 켜고 깎고 다듬고 하여 목공예품을 만들려고 쌓아놓았다. (우리가 사는 마을에도 구들을 나무로 데우는 집이 없어져서 나무토막도 쓰레기가 되어버렸다.)
- 불에 그을리고 바닷물에 절은 통나무 : 이것은 변산 해수욕장에 오랫동안 박혀 있던 것을 세 토막으로 잘라 실어왔다. 바닷물에 오래 담가놓은 나무는 가구를 만드는 데 안성맞춤이다.

- 찢어진 그물과 크고 작은 밧줄들 : 변산 앞바다에서 떠밀려 해변에 널려 있는 것을 걷어왔다. 그물은 산비탈밭 모종밭을 산새들로부터 지키는 데, 밧줄은 이것저것 묶는 데 쓸 작정이다.
- 밭에서 나온 크고 작은 돌멩이들 : 장독대 옆 돌담을 쌓는 데 쓰고 나머지는 모아두었다.
- 헌 사료 포대들 : 같은 마을 돈사와 계사에서 버린 것인데 일부는 뜯어서 벽지와 천장에 바르고 일부는 토담집 지을 때 같은 용도로 쓰거나 효소 항아리를 덮는 데 쓰려고 쌓아놓았다.
- 액체 아스팔트가 든 드럼통 : 콜타르가 들어 있는 드럼통이 길가에 버려져 있어서 실어 왔는데 냉암소 문을 만드는 나무에 발랐더니 색깔이 좀 그렇기는 해도 나무가 썩지 않게 해주는 것 같다.
- 헌 신문지와 봉투들 : 신문지는 벽 바르는 초배지나 아궁이 불쏘시개로 쓰고, 봉투는 씨앗을 담거나 나중에 소식지 만들어 우편으로 보낼 때 쓰려고 한다.
- 헌 비닐 : 비 올 때 젖기 쉬운 것들을 덮어놓는 데 쓸모가 많다.

이 밖에 헌 문짝과 항아리와 멍석들이 있고 자질구레한 쇠토막들이 있는데 이것 중에는 나중에 장 담고, 젓갈 담고, 또 흙집 지으면 쓰려고 돈을 주고 모아놓은 것이 있어서 자세한 설명은 뺀다.

새삼스런 말이기는 하지만 자연에는 쓰레기가 없다. 사람도 자연의 일부였을 때는 쓰레기를 모르고 살았다. 그러나 자연이 숨은 주체 노릇을 하던 자연 경제와 '기르는 문화'(문화를 뜻하는 서양말 컬춰(Culture)가 '기른다, 경작한다'는 뜻을 지닌 라틴어 colo의 과거분사 cultus에서 나온 것은 우연이 아니다.)를 짓밟고 자본이 숨은 주체로서 힘을 휘두르는 상품경제와 '만드는 문명'이 우리의 삶을 지배하면서, 전 세계로 보면 지난 200년, 우리 나라로 보면 지난 50년 사이에 온 세상은 쓰레기더미로 뒤덮여버렸다. 이제 도시는 더 말할 나위도 없고 농촌마저 상품경제 사회가 해마다 더 많이 쏟아내는 온갖 쓰레기로 병들어가고 있다.

현대 문명은 쓰레기 문명이라고 불러도 좋다. 상품경제 사회가 자신을 유지하기 위해서 확대재생산하는 거의 모든 상품들이 인류의 지속적인 삶에 보탬이 되기는커녕 장애가 되고 있다는 점에서 지각 있는 사람이라면 당장이라도 삶의 울타리 밖으로 내던져버려야 한다는 뜻에서도 쓰레기 문명이고, 새 것이 아닌 것은 비록 어제 만든 것이라도 기능이 떨어지고, 효율성이 낮고 유행에 뒤진 것이라는 관념을 심어주어 끊임없이 내다버리도록 부추긴다는 점에서도 쓰레기 문명이라고 할 수 있다. 이 쓰레기 문명에서 벗어나 건전한 문화 세계를 이루고 살려면 자연을 본떠 무엇하나 버리지 않고 알뜰하게 챙겨 쓰다가 자연스럽게 자연으로 되돌려보내는 삶의 태도와 쓰레기가 될만한 것은 아예 만들어내지 않는 슬기가 필요한데 지금은 한 나라의 대통령에서부터 구멍가게 주인까지 무한경쟁을 앞세워 쓰레기더미 키우기 시합을 하고 있는 판이니 답답하기 짝이 없다.

이제는 자연이 길러내는 것마저 사람이 사이에 들어 쓰레기로 바꾸고 있다. 서른 해 전까지만 해도 논이나 밭에 자라는 풀은 쓰레기가 아니었다. 길섶에 자라는 풀도 논둑과 밭둑을 뒤덮고 있는 풀도 베어다 두엄을 만들면 논과 밭을 살리고 기름지게 하는 거름이 되었다. 그러나 상품경제 사회가 농촌의 젊은 노동력을 쓰레기 상품 생산에 돌리려고 온갖 수단을 동원해 공장 벽 속에 가두기 시작하면서 농촌에서는 풀을 베어 짐승에게 꼴로 먹이거나 두엄을 만들 일손이 없어져버렸다. 도시에서 대부분 쓰레기 생산에 동원되는 많은 입들을 먹여 살리려고 개량된 수확 품종(이것들은 대체로 대학 연구실이나 종묘상에서 만들어낸 인위적인 씨앗으로 다른 풀들과 어울려 자라기에는 알맞지 않는 일대 교배종으로서 이태째만 되어도 수확이 격감하는 흠이 있는 것들이다.)을 심다보니 이것들을 살려내려면 제초제를 뿌려 다른 풀들을 죽여야 하고, 농약을 쳐서 병충해로부터 보호해야 한다. 그러니 논밭에 자라는 풀들은 모두 사람 몸에 해가 되는 독을 품은 쓰레기로 바뀌고, 심지어 곡식이나 남새까지도 건강의 관점에서 보면 농약 범벅인 쓰레기 식품이 되어버렸다.

이 일을 어찌할 것인가? 어디서부터 어떻게 손을 대야 땅도 물도 바람도 심지어 햇살마저도 죽이는 이 쓰레기 문명을 '살리는 문화'로 바꿀 실마리를 찾을 수 있단 말인가. 내가 지금 살고 있는 모습, 아침 다섯 시에 해와 함께 일어나고 저녁 여덟 시면 해와 함께 일을 마치고, 토종 씨앗을 찾아 헤매고, 제초제, 농약, 화학비료, 그리고 항생제가 듬뿍 들어 있는 사료를 먹여 키운 돼지나 닭의 똥으로 만든 이른바 유기질비료도 마다하여 동네 어른들로부터 하루에도 열두번씩 제초제 뿌리지 않는다, 농약을 치지 않아 다른 논과 밭까지 병충해 피해를 입게 한다… 온갖 핀잔을 들어가며 다른 사람들이 버린 쓰레기들을 모아 쓸모를 찾는 이 '원시적 삶의 형태'가 쓰레기 홍수를 막는 데 얼마만큼 도움이 된단 말인가.

가끔 막막하여 여기저기 논둑 밭둑에 모아놓고 태우는 비닐 연기로 뒤덮인 하늘을 쳐다보기도 하지만 그 동안 내가 쓰레기 문명을 뒷받침하고 스스로 쓰레기 문명의 숨은 주체인 자본의 하수인이 되어 저질러 온 죄값을 치르기 위해서도 이 일을 그만둘 수 없다.

다행히 올해는 쓰레기 대접을 받아 '잡초' 신세로 전락한 풀들, 그래서 고엽제와 성분이 같은 '그라목손'이라는 제초제의 세례를 받는 가여운 풀들을 알뜰하게 챙겨 하나도 버리지 않을 길을 찾았다. 《동의보감》 《향약집성방》《동의학 대사전》《향약 대사전》《약용 식물도감》 같은 책을 부지런히 찾아 기계로 경작할 수 없다 하여 오랫동안 묵정밭이 되었다가 내 몫이 된 밭에서 자라는 풀들의 이름과 약성들을 확인하는 작업을 시작하고, 그 작업이 조금씩 열매를 맺어 지금은 서른 가지가 넘는 '잡초' 효소, '잡초' 술이 항아리에서 익어가고 있다. 쑥, 명아주, 망초, 한삼덩굴, 씀바귀, 바랭이, 칡, 억새, 마디풀…. 그 어느 것 하나 버릴 것 없는 약초요, 가공 방법에 따라 우리 몸을 살리는 먹을거리임에 차츰 눈뜨기 시작한 것이다.

이 마을에 들어와 살면서 들은 말 가운데 기억에 남는 말이 있다. '오월 단오 때까지는 염소가 즐겨 뜯어먹는 풀은 사람이 먹어도 좋다' 는 옛 어른들의 말씀인데 그 말에 따라 살갈퀴나 씀바귀 잎을 뜯어 쌈을 싸 먹고 칡순을 뜯어 데쳐서 먹기도 하고…. 혀로 맛을 보아 독성이 느껴지지 않는 풀들은 이것저것 가리지 않고 먹어보았다. 먹으면서 사람의 편식 습관이 굳어져온 내력이 무엇일까를 곰곰이 생각하게 되었다. 구태여 무나 배추로만 김치를 담아 먹을 까닭이 어디 있단 말인가. 흰쌀밥만 고집하는 게 무슨 식생활의 개선이고 음식문화를 발전시키는 길이란 말인가.

지난 해 고구마순을 걷어 그냥 두엄으로 썩히기에는 너무 아까와 효소를 담고 물을 짜낸 건더기도 아까워 소주를 부었더니 온 여름 내내 아이들도 어른도 그 효소물로 다른 음료수 대신 갈증을 식히면서 몸을 지켜낼 수 있고, 또 손님을 맞아 뒤탈이 없는 술대접을 할 수 있었다.

이렇듯이 자연이 하는 대로 풀과 나무와 그 밖의 생명 공동체에 속하는 모든 것들의 쓸모를 찾아 서로 존중하면서 서로서로 도움을 주고받는 길을 찾다보면 교환가치가 모든 가치의 척도가 되어버린 이 메마른 세상을 사용가치가 모든 가치의 척도가 되는 넉넉한 살림터로 바꿀 길도 열리지 않을까.

아직 젊은 나이(시골에서는 이제 쉰네 살 난 내가 가장 젊은 축에 든다.)에 할 말은 아니지만 같이 사는 젊은이들에게 나 죽거든 화장할 생각도 말고 묘를 팔 생각도 말고 거적에 말아 밭에다 묻고 어디에 묻었는지 아무에게도 알리지 말라고 말한 적이 있다. 모든 생명체의 가장 자연스러운 마지막 모습은 그러한 것이라고 여겨지기 때문이다. 내가 보기에는 변산 앞바다를 가로지르는 새만금 물막이 공사도 지금 당장 그만두어야 한다. 살아 있는 개펄을 죽이고 그 위에 세울 쓰레기 문명이 우리에게 무슨 도움이 될 것인가.

팽나무 할매, 고맙구만이라

하루 종일 괭이로 밭을 일구고, 씨앗 뿌리고, 모종을 심고, 부엽토와 퇴비를 나르는 것이 요즈음 내 일과다. 내가 일구는 밭은 산 속 계곡에 있다. 뽕나무를 심어 누에를 치다가 오래 전부터 버려둔 땅이다. 저수지 옆 솔숲을 따라 길이 하나 있는데 이 길은 오솔길이어서 경운기가 들어올 수 없다. 지난 겨울에 뽕나무 뿌리를 캐 나르느라고 꽤 고생을 했다. 이 근처에는 인가가 없다. 외부와는 절연된 곳이다. 새소리를 벗삼아 일하다가 힘들면 앉아 쉬면서 계곡 물가에 서 있는 팽나무를 본다. 이 팽나무의 나이가 얼마인지 아는 사람은 이 마을에서 아무도 없다. 칠팔십 된 마을 어른들께 물어보아도 그 어른들 할아버지 할머니 적부터 그 나무 그늘에서 놀았다는 이야기를 들었노라는 막연한 대답뿐이다. 몇백 년은 좋이 되었을 이 나무는 놀랍게도 건강하고 싱싱하다. 나뭇가지들이 썩어들어간 흔적이 군데군데 눈에 띄는데 어느 정도 썩으면 그 썩은 곳을 스스로 떼어내고 나무껍질로 그곳을 단단히 봉해 나무 속으로 빗물이나 곰팡이가 스며드는 것을 막는다.

나는 이 팽나무 할머니에게서 많은 것을 배운다. 자연에는 낡은 것이 없다는 것을 가르쳐준 분도 이 팽나무 할머다. '기르는 문화'와 '만드는 문화'가 다름을 일깨워준 분도 이 분이다. 나는 새로운 일깨움을 얻을 때마다 이 할머니에게 마음속으로 고맙습니다 하고 고개를 숙인다.

나는 사람들 가운데서 아직 이 팽나무 할머니만큼 슬기로운 분을 만나지 못했다. 지금부터 하려는 이야기는 이분에게서 들은 것이다.

학자들의 말에 따르면 인류는 수백만 년에 걸친 진화 과정을 거쳐 오늘에 이르렀다. 그 진화의 결과로 현생인류가 나타난 때는 얼추 3만 년 전쯤이라고 한다. 이렇게 진화해 온 것이 잘된 일인지 아닌지 아직 잘 모르겠다. 현생인류로 진화하면서 사람은 태어나자마자 제 힘으로 살 길을 찾는 대부분의 다른 생명체들과는 달리 꽤 오랫동안 부모의 보살핌 속에서 길러지고 살아남기 위한 교육을 따로 받아야 할 처지에 놓였기 때문이다. 다른 생명체들 경우에 학습을 통해서 살 길을 찾는 것은 거의 없다. 대부분 본능에 기대서 살 길을 찾는다. 본능은 유전자에 새겨진 삶의 정보다. 떡갈나무는 도토리에게 이렇게 자라라고 따로 가르치지 않는다. 새끼에게 집은 이렇게 짓는 거야 하고 가르치는 벌이나 거미도 없다. 병아리도 어미 닭한테 먹을 것과 못 먹을 것을 가리는 방법을 배우지 않는다. 그래도 잘들 산다. 그런데 사람은 자라면서 이 모든 것을 따로 배워야 살 수 있다. 그래서 하는 말이다. 인류가 유전 정보만으로 살 수 있는 길에서 벗어나 외부 정보를 배움을 통해 따로 저장하려고 머리통을 키우는 방향으로 진화해온 것이 과연 슬기로운 선택이었는지 잘 모르겠다고.

지금 우리는 이른바 '정보 시대'에 살고 있다. 이런 시대에 제대로 살아남으려면 현생인류는 다시 진화해야 할지 모른다. 손발이나 가슴은 없고 머리통만 지금보다 열 배쯤 더 큰 생명체로. 그렇지 않으면 나날이 범람하는 정보의 홍수 속에 언제 익사할지 모른다. 팽나무 할머니는 나에게 이렇게 말한다.

"얘야, 그 동안 머리만 키워온 불쌍한 얘야. 나는 지난 몇백 년 동안 너희들이 무슨 짓을 하고 있는지 줄곧 지켜보고 있었다. 지난 200년 전까지만 해도 그래도 크게 걱정스럽지는 않았단다. 그때까지만 해도 너희 인류는 '만드는 문화'보다는 '기르는 문화'에 더 큰 힘을 쏟았거든. '기르는 문화'와 '만드는 문화'가 어떻게 다른지 내가 이야기해주련? '기르는 문화'에서는 가장 좋은 선생님은 사람이 아니란다. 자연이란다. 자연은 온갖 것을 다 길러. 너 곤충이 몇 종이나 되는지 아니? 지금까지 밝혀진 것만 해도 백오십만 종이 넘는다는구나. 그리고 해마다 새로운 종이 만 종 넘게 발견된다는구나. 왜 번거롭게 그 많은 생명체들을 기르느냐고? 전체에 이로운 종만 길러내면 더 좋지 않겠느냐고? 그럴싸한 이야기로구나. 그러나 사람이 사람으로, 풍뎅이가 풍뎅이로 살 수 있는 건 전체의 생명체를 서로 이어주는 그물망 속에서란다. 수십억 인구 가운데 생김이나 느낌이나 마음씀이 판에 박은 듯 똑같은 사람이 하나도 없는 건 그렇게 해야 서로 주고받는 것이 있기 때문이야. 꼭 같다면 줄 것도 받을 것도 없어서 상호교류는 일어나지 않아.

내가 보건대 지난 200년 사이에 너희들은 도시라는 저 좁은 공간에 떼를 지어 살면서 자연이라는 큰 스승의 말을 귀담아들을 생각도 없이 너희끼리 무얼 자꾸 만들어내고 그걸 창조라고 하기도 하고 발명이라고 하기도 하고 신제품 개발이라고도 하는데 그 결과가 뭐지? 너희들이 공장에서 만들어내는 것 가운데 오랫동안 생명력을 지니고 지속하는 건 하나도 없지 않아? 오늘 새로운 것을 만들어내는 순간 어제 만든 새 것은 이미 낡은 것이 되어버리지. 유행에 뒤지고, 효율성이 떨어지고, 기술이나 기능 측면에서 새 것과 경쟁이 안 된다고 해서 어제까지 새 것이었던 것을 아낌없이 버리지. 그래서 '만드는 문화'는 내다버린 낡은 것들의 산더미에 뿌리를 내릴 수밖에 없기 때문에 그 속을 들여다보면 '쓰레기 문화'에 지나지 않는단다. 그리고 그렇게 자꾸자꾸 새 것을 찾고 만들고 또 만드는데도 그 문화의 생산성은 평균 쳐서 5%도 안 되지.

그런데 자연이 큰 선생님이 되고 사람이 작은 선생이 되어 이루는 '기르는 문화'에서는 오래 되었다 하여 낡은 것이 하나도 없단다. 따라서 버릴 것도 없지. '만드는 문화'에서는 사람도 늙으면 폐품 대접을 받지만 '기르는 문화'에서는 잘 익은 과일 대접을 받지. 생산성으로 따지더라도 '기르는 문화'가 훨씬 앞선단다. 낟알 하나가 땅에 떨어져 자라면 어떤 것은 수십 배, 어떤 것은 수백에서 수천 배의 열매를 맺으니, 이 놀라운 선생님을 '만드는 문화'가 어찌 따를 수 있겠느냐? 그리고 그렇게 많이 생산해도 그 가운데 버릴 것이 하나도 없으니 놀라운 일이 아니냐?

너희 인간들은 너무 오만해서 자연의 큰 힘에 기대지 않더라도 너희끼리 문명 사회를 이룰 수 있다고 과신하는 모양인데, 햇볕과 바람과 흙과 물, 그리고 온갖 미생물과 식물과 곤충들이 한데 힘을 합해 이루는 살아 움직이는 생명 공동체에서 격리되는 순간 너희들이 피땀 흘려 쌓아올린 그 현대문명이라는 것이 바닷물에 휩쓸리는 모래성이 되어버린다는 사실을 왜 모른단 말이냐, 이 미욱한 것들아."

자연 농업은 '기르는 문화'의 꽃이다. '만드는 문화'가 공장에서 생산해낸 제초제나 농약이나 화학비료로 일시적으로는 더 높은 생산성을 약속하는 듯이 보일지 모르나 결국에는 땅 위와 땅 속에 사는 생명 공동체의 일원인 미생물들과 식물과 동물들을 집단 학살하고, 그 모든 생명체들을 품에 안아 키우는 땅을 죽이고, 그 어머니의 젖줄인 물마저 죽임으로써 그것을 만들어낸 사람들까지 스스로 목에 올가미를 거는 파국에 이르게 되니, 지금 당장 인류 사회가 '만드는 문화'에서 '기르는 문화'로 문명사적인 대전환을 이루지 않으면 인류에게 미래가 없다.

수백 년 묵은 내 눈앞의 팽나무 할머니가 저렇듯이 날마다 해마다 새로워지고 싱그럽고 아름다운 것은 '기르는 문화'의 숨은 주체인 자연에 몸을 맡기고 스스로 자연의 일부가 되어 있기 때문이다.

'만드는 문화'를 최소로 줄이지 않는다면, 그리고 삶에 필요한 일상용품에서 제도나 교육이나 삶의 방식에 이르기까지 하루바삐 '기르는 문화'의 산물로 전환하지 않는다면, 도시 내부에서 아무리 '지구를 살리자' '환경을 보존하자' '공해 물질을 추방하자'고 외친들 인류문화의 파국적 종말을 막을 길이 없다. '만드는 문화' 그 자체가 쓰레기 문화요, 공해를 제도적으로 부추기는 문화인데 그 뿌리를 그냥 두고 잎만 몇 개 손댄다 해서 어찌 문제가 근원에서 해결될 수 있겠는가.

이제까지 살아오는 동안 나는 저 팽나무 할머니만큼 말없는 교훈을 주는 큰 스승을 아직 만난 적이 없다.

팽나무 할매, 고맙구만이라.

한 배에서 태어난 쌍둥이

누구나 아는 뻔한 거짓말을 들라면, 흔히 '노인 일찍 죽겠다'는 말, '처녀 시집 안 가겠다'는 말, '장사꾼 밑지고 판다'는 말, 이 셋을 꼽는다.

거짓말을 밥 먹듯이 하는 사람이 판치는 세상이 바로 상품경제 사회, 이른바 자본주의 사회다. 참과 거짓말을 나누는 기준은 간단하다. '있는 것을 있다고 하고 없는 것을 없다고 하는 것'이 참이요, '없는 것을 있다고 하거나 있는 것을 없다고 하는 것'이 거짓이다.

같은 마을에서 태어나고 그 마을에서 평생을 코 맞대고 사는 사람들 사이에서는 거짓말이 통하지 않는다. 사용가치가 유일한 가치로 자리잡은 세상에서 겉을 아무리 번드르하게 꾸며보았자 써보아 부실하면 당장 들통나기 마련이다. 이렇게 그릇 하나, 낫이나 호미 하나까지 써보아서 튼튼하면 옹기장이, 대장장이를 믿고 안 그러면 상대 안 하는 사람들 사이에서 있는 것을 없다, 없는 것을 있다, 인 것을 아니다 아닌 것을 이다 하고 눈가림하려는 사람이 사람 대접 못 받을 것은 너무나 당연한 일이다.

거꾸로 교환가치가 사용가치에 앞서는 상품경제 사회에서는 고지식한 사람이 살아남을 길이 없다. 단골 손님이 붙박이 이웃일 경우에는 작은 속임수밖에 쓸 수 없지만 낯선 사람에게는 얼마든지 바가지를 씌워도 상관없다는 생각이 약삭빠른 장사꾼들의 의식에 깊이 깔려 있다. 그래서 상품 거래의 공간이 멀어지면 멀어질수록 폭리는 그만큼 늘어나고 일확 천금의 기회는 그만큼 커진다. 호머 서사시의 주인공인 오딧세우스가 거짓말과 해적 노릇을 밥 먹듯이 하는 꾀보이자 범죄자로 나오는 것은 지중해를 중심으로 일찍부터 장삿길로 들어섰던 그리스 사회의 속내를 보여주는 좋은 본보기다. 가장 잘 속이는 놈이 장땡인 것이다. 이른바 선진국이 식민지나 다국적 기업을 만들어 초과 이윤을 얻으려고 애쓰는 것도 대재벌의 문어발식 확장도 마찬가지 이유에서다.

물건의 내용보다 포장이 더 그럴 듯해야 팔리고, 포장보다 광고가 더 그럴 듯해야 더 많이 팔리는 이런 세상에서 정직하고 부지런하고 성실한 사람을 길러내려는 교육자는 발 붙일 곳이 없다. 아이들을 그렇게 길러보아야 상품경제 사회의 낙오자가 될 게 뻔한데 누구를, 무엇을 믿고 그 헛된 노력을 해야 하겠는가? 그러니 유능한 교사는 윤리 도덕에는 둔감한 대신에 머리가 비상하게 돌아가고, 무슨 수를 써서라도 경쟁에서 이기고 남을 속여서라도 저 잘 살 길을 찾는 인물을 양산하는 교사다. 다시 말해서 일류 대학에 가장 많은 학생들을 집어넣는 교사가 가장 훌륭한 교육자인 셈이다.

한마디로 상품경제 사회는 속임수가 삶의 기본 원리로 자리잡은 사회다. 그리고 그런 점에서 범죄 사회라 부를 만하다. 끝까지 성공할지는 두고 볼 일이지만 상품경제 사회로 바뀌고 있는 동구나 옛 소련이나 중국에서 범죄가 비 온 뒤 죽순 솟듯이 하는 것을 보면 시장과 범죄는 한 배에서 태어나는 쌍둥이 자식이라는 느낌을 버릴 수 없다.

오죽하면 노자가 도덕경의 끝부분에서 이상으로 삼는 공동체를 '작은 나라에 적은 백성 수에, 남보다 열 배, 백 배로 그릇이 큰 사람이라도 쓰지 않고 배나 수레가 있어도 타지 않고 군대가 있어도 진칠 곳이 없고 버린 끈을 이어서 쓰고 거친 음식 달게 먹고 허름한 옷 기꺼이 입고 작은 집 편히 여기고 새 것에 눈 돌리지 않고 살되 이웃 나라가 빤히 건너다 보여 닭 우는 소리 개 짖는 소리를 서로 들을 수 있어도 늙어 죽도록 오고 감이 없는 세상'으로 못을 박았을까.

노자의 이러한 이상 공동체는 질병이나 자연 재해를 집단으로 해결할 길이 없는 원시 공산사회와 많이 닮아 있어서 받아들일 만한 것으로 보지 않지만, '생산력의 무한한 증대를 통한 무한하게 다양화하는 무한한 욕망의 무한한 충족'이라는 거짓된 신화가 거짓임을 밝히는 좋은 반증은 된다고 본다.

장사꾼으로 키우려고 하면서 거짓말을 하지 않는 자식을 두려고 하는 아비의 소망만큼 헛된 것은 없다. 옛날부터 장돌뱅이로 성공하려면 곡식을, 살 때는 곡식알을 모두 모로 누이고 팔 때는 모두 곧추서도록 하는 되 속임, 말 속임질을 손바닥에 피가 나도록 익히는 법이다. 하물며 상품경제 사회에서 살아남도록 하는 자식 교육에 속임수와 범죄 과정이 어찌 빠질 수 있겠는가. 집이나 학교에서 가르치지 않아도 아이들은 살려는 본능에 따라 저도 모르는 사이에 사회에서 속임수와 범죄를 배우게 된다. 아이들은 본디 보고 듣는 대로 따라하는데 사회에서 보고 듣는 것이 죄다 그런 것인데 배우지 않고 어쩔 것인가.

전 지구로 열병처럼 번져나가는 상품경제의 물길을 가로막고, 조그마한 생산공동체를 기초단위로 해서 온 세상이 우애와 협동으로 결합하는 사랑의 공동체로 바뀌고, 이 공동체 안에서 머리 좋고 셈빠른 이른바 학과 성적이 좋은 아이가 사랑받는 게 아니라 '정직하고 부지런하고 성실한' 품성을 지닌 아이가 사랑받기 전에는 우리의 미래가 범죄 사회로 바뀌는 것을 막을 길이 없다.

말로만?

비가 내리고 난 뒤 쌀쌀한 바람에 몸을 움츠리며 물에 불은 콩을 주웠다. 떨면서 한나절 동안 허리 한 번 제대로 펴보지 못하면서 주운 콩이 한 됫박이나 될까. 돈으로 바꾸자면 누가 이천 원도 주지 않으리라. 그 시간에 대기업 사보 같은 데에서 온 청탁을 거절하지 않고 원고를 썼으면 백 배쯤 높은 고료를 받아 챙길 수도 있었을 텐데 하는 실없는 생각도 뒤늦게 떠올랐지만 콩을 줍는 순간에는 밭에 널린 흰콩밖에 보이지 않았다.

며칠 전에 의성에 사는 김영원 장로님이 다녀갔다. 평생을 두고 돈 안 되는 주곡 농사를 고집해온 분이다. 이분이 한 이야기 가운데 기억에 남는 말이 있다. 300평 밭에 밀을 심으면 500kg쯤 수확을 거둔다고 한다. 이것도 잘 지을 경우의 이야기다. 우리밀살리기운동본부에서 후하게 쳐주는 값이 밀 1kg에 800원. 모두 팔아야 손에 쥐는 돈이 40만 원이다. 그 돈 받고 내다 파느니 차라리 집에 제분기 들여놓고 밀가루로 빻아 수제비를 뜨거나 밀개떡을 해 먹으면 이웃과 나누어 먹더라도 주리지 않고 한 철 날 수 있으니 그렇게라도 하자는 게 김 장로님의 생각이다. 구태여 집에 제분기를 들여놓을 필요가 어디 있느냐고? 밀을 방앗간에 가지고 가면 빻는 삯이 밀값의 30~40%나 된다. 그것도 적은 양은 빻아주지도 않는다. 한꺼번에 많이 빻아 두면 보름에서 스무 날만 되어도 밀

1,300 평 남짓 밀농사를 지어 25가마쯤 밀을 거두었다.
밀은 제분기로 빻아서 여러 가지 음식을 해먹는다.

가루에서 바구미와 벌레가 생긴다. 이놈들이 생기지 않게 하려면 방부
제를 쓰는 수밖에 없는데 그렇게 되면 수입 밀가루나 다름이 없게 된다.
그래서 김 장로님은 요즈음 가정용 제분기 보급을 '운동' 삼아 하고 있
다. 우리도 김 장로님이 자기 돈 들여 개발한 가정용 제분기를 한 대 들
여다놓았는데, 부품에 문제가 있다고 그걸 갈아주러 온 것이다(그 동안
우리는 몇 번 밀가루를 빻으면서도 부품에 문제가 있는지 어떤지 몰랐
는데 김 장로님이 여러 차례 써보고 스스로 문제가 있다고 파악하여 이
렇게 전국 각지를 돌아다니며 고쳐주고 있다).
   농사를 지어보지 않은 사람은 밭 3천 평 가꾸기가 얼마나 힘든지 잘
모를 것이다. 농기계도, 농약도, 제초제도, 화학비료도, 항생제가 든 돼
지똥이나 닭똥으로 만든 유기질비료도 쓰지 않고 옛날 방식을 고집하며

농사를 짓는 경우에 한 집에서 밭 3천 평 가꾸려면 그야말로 뼈가 휜다. 장정이 낀 너댓 식구가 달려들어도 힘에 벅차다. 주곡 농사를 할 경우에 토질이 비교적 좋은 곳에서는 200평 한 마지기에 50만 원, 나쁜 곳에서는 300평에 50만 원 소득이 생긴다 하니, 좋은 밭이라 쳐도 3천 평에서 생기는 소득이 다 보태서 750만 원이다. 네 사람이 매달린다 해도 한 사람에게 돌아오는 노동의 대가는 한 해에 200만 원이 안 되니 한 달에 20만 원을 훨씬 밑돈다.

형편이 이러니 누가 주곡 농사를 거들떠보려고나 할까. 우리 동네에서 밀농사, 보리농사, 콩농사에 매달리는 우리를 보고 '저 사람들 곧 손 털고 일어설 거여.' 하면서 손가락질하는 분들이 많은 것은 너무나 당연하다. 그리고 생활 형편이 나은 집, 못한 집 할 것 없이 농촌에 젊은 이들이 남아 있으려 들지 않는 것도 백 번 이해할 만하다.

입으로만 '반미' 외치면 무얼 하나. 쌀만 겨우 90%쯤 자급이 되고 밀, 보리, 콩 같은 그 밖의 주곡 자급율은 5% 남짓밖에 안 되는 걸.

나 어렸을 적에 아버지한테서 들은 말이 기억난다. '정치에서 망한 나라는 다시 일어설 수 있어도 경제에서 망한 나라는 다시 일어서지 못하는 법이다.' 지금 우리 나라 꼴이 그 모양이다. 세계 식량 사정은 나날이 나빠져 가고 있는데, 우리 나라에서 흉년이 들어 굶어 죽는 사람이 나타나는 건 어쩔 수 없는 일이라 치더라도 미국에서 흉년이 들어 우리 나라 사람이 떼죽음을 한다면 누구를 원망해야지? 실정이 이러한데도 흉년 들어 고생하는 북한 동포들 보고 거드름을 피우는 꼴이라니!

신문, 텔레비전 아예 안 보고 산 지 일 년이 가깝지만 가끔 외출을 해서 신문이나 텔레비전을 보면 열불이 난다. '돌아오는 농촌'을 만든다면서 하는 수작이 정말 꼴불견이다. '제주도 어느 마을에서는 비파를 심어 떼돈을 벌었단다.' '경상북도 상주에서는 유난히 단 수박을 재배하여 몇 억의 소득을 올렸단다.' 맨날 이런 이야기뿐이다. 주곡 농사만 지어도 살 길이 열린다는 이야기는 눈을 씻고 보아도 없다. 이렇게 허황된 이야기로 시청자를 현혹시키니, 그 말에 넘어가서 도시 생활을 청산하고 시골에 들어온 사람이 있다 하더라도 그 사람은 이미 농사꾼이 아니다. 농사꾼이 아닌 사람이 농촌에 들어와 살 수 있나. 열에 아홉은 몇 해를 못 버티고 빚만 산더미처럼 진 채 손털고 나가거나 야반도주하기 일쑤지.

부르텄다가 옹이 박힌 손 다시 부르트도록 괭이로 일군 밭에 밀, 호밀, 겉보리, 쌀보리 잔뜩 심어놓고 속으로 이렇게 중얼거린다.

'그래, 내년에 미국이나 캐나다나 호주나 어디에고 흉년 한 번 들어봐라. 태평양에 양곡 실은 배가 끊어지면 니네들이 비파나 수박 먹고 배 채울래? 꽃냄새나 맡으면서 고픈 배 참으렴.'

심보가 고약하다고? 그래, 식량 자급 없이도 주권 국가 행세할 수 있다고 야바위치는 놈들 심보는 무슨 놈의 심보라서 그렇게 예뻐 보이고, 찬 비에 몸 오들오들 떨어가면서 콩알 하나가 아까워 허리도 못 펴고 주섬주섬 줍는 사람 심보는 어디가 어때서 그렇게 고약해 보인담?

지난 해, 그러께까지만 해도 너도 똑같은 놈이었잖아? 그렇다. 똑같은 놈이었다, 어쩔래? 똥 묻은 개였다. 그렇게 대들면 뭐 나아질 줄 알아? 내가 이렇게 욕을 해도 내가 거둔 곡식 어디 나 혼자만 먹자는 건가. 마치 컴퓨터 칩만 먹고도 살 수 있는 별난 위장을 지닌 것처럼 설치는 자들 꼴 보기 싫어서 비아냥거려 보는 거지.

마지막으로 한마디 더. 몸은 친미 일색이면서 말로만 반미 하면 뭐해? 이러다간 끝까지 종놈 신세 못 벗어나.

풀들과 화해하기

가을이 깊어간다. 밤이면 소나기 내리듯 후둑후둑 바람에 날려 감잎 떨어지는 소리가 달빛 사이로 봉창에 스미더니 이제 헐벗은 나무에 빨갛게 익은 감들이 찬 서리에 시린 몸을 웅크린다.

지난 봄과 여름 사이에 참 많은 땀을 흘렸다. 그렇게 살갗을 익히며 타고 흐르던 땀방울 가운데 어떤 것은 곡식이나 남새에 스며 밥상으로 되돌아오고, 어떤 것은 땅에 스며 내년 농사를 기다리고, 또 어떤 것은 때 아닌 비바람과 가뭄에 헛되이 흩어졌다. 간혹 가슴에 맺힌 채 밖으로 흐르지 못하고 응어리가 된 것도 있다.

한편으로는 풀들과 화해하는 길을 찾으며, 또 한편으로는 꼭 같은 풀들을 상대로 싸우면서 사람들이 사는 세상살이도 비슷함을 느낀다. 사람들이 사이좋게 더불어 사는 길은 풀들이 오손도손 함께 발돋움하여 너도나도 알찬 열매를 맺는 길과 크게 다르지 않은 듯싶다. 지난 봄 여름에 얼마나 많은 땀이 풀들을 화해시키는 데에 바쳐졌는지, 돌이켜보면 흔히 잡초라고 부르는 풀들이 그냥 잡초만은 아님을 깨닫는 소득은 있었지만 그것은 반만의 깨우침에 지나지 않았다. 잡초가 잡초임을 깨닫는 것도 소중한 일깨움이라는 생각은 뒤늦게 떠올랐다.

화해는 서로 다른 둘 이상의 살아 있는 것들 가운데 이루어진다. 갈등이나 싸움이 그러하듯이 싸우고 맞서는 당사자들이 직접 마음을 풀고 화해하는 모습은 얼마나 보기 좋은가. 그러나 그게 그렇게 생각만큼 쉽지 않은 게 세상살이다. 풀들을 빗대어 이야기하자면 당근이나 감자와 바랭이풀을 화해시키기는 물과 기름이 서로 섞이기를 바라는 것만큼이나 부질없는 짓이다. 마늘을 뽑고 난 뒤에 잠깐 묵혀둔 빈 터에 돋아난 바랭이는 발효식품을 만드는 데 도움이 되어 귀여워보였다. 그러나 고추밭에서 자라는 놈들은 어찌 그리 미워 보이던지! 고추 모종이 먹고 자라야 할 퇴비를 몽땅 자기만 훔쳐먹는 것은 그렇다 치더라도 어쩌자고 햇볕과 바람마저 가려 아예 고추모종이 노랗게 시들도록 만든단 말인가.

이렇게 우리가 애써 기르는 풀과 뿌리지 않았는데도 저절로 자라는 풀들 사이에 서로 목숨을 건 싸움이 벌어지면 우리는 자연스럽게 '기르는 풀' 편이 된다. 이런 걸 일러 팔은 안으로 굽는다고 하던가? 땡볕에서 흐르는 땀을 훔치면서 바랭이 풀을 뽑노라면 가끔 엉뚱한 생각이 떠오른다. 고추와 바랭이가 서로 사이좋게 자라면 오죽 좋아. 이 생각이 가당찮음을 알기에 곧 다시 새로운 생각이 떠오른다. 이 두 풀들 사이에 다른 풀이 끼여들어 둘 다 서로 해치지 않고 잘 자라게 화해를 시킬 수 있다면.

실제로 그런 풀들이 없지 않음을 안다. 볍씨가 자랄 틈서리를 남기지 않고 온 논에 빼곡이 들어차는 독새풀 사이에 들어 지나치게 자라는 것을 막는 자운영. 이른 봄부터 밭이랑에 뿌리로 잔 그물을 쳐서 남새나 곡식이 자랄 자리를 비워두는 살갈퀴….

서로 자기만 살겠다고 날카롭게 잎들을 칼날로 세워 맞서는 풀들 사이에 들어 함께 너도나도 잘 자라게 하는 중매쟁이 풀들을 찾아내는 일이 어찌 한두 해 노력만으로 열매를 맺으랴. 그러나 그 일을 게을리하면 흘리는 땀방울 가운데 얼마나 많은 양이 바람에 흩어져버릴 것인가.

사람 사는 세상이라고 해서 어찌 다르랴. 사이 나쁜 이웃, 갈라서서 형제의 가슴에 총부리를 들이댈 수밖에 없는 갈라진 세상, 죽기 아니면 살기로 서로 제 밥그릇 키우기에 여념이 없는 국가들 사이에 마음씨 고운 풀 같은 사람들이나 모임이 있어서 불화가 있는 곳에 평화를 가져다 줄 수 있으면 얼마나 좋을까.

　가을걷이가 끝난 저 들판에서는 이제 모든 풀들이 다시 새 봄을 기다리고 있는데….

나눔과 섬김

요즘은 자주 나눔과 섬김을 생각한다. 정상의 경우라면 자연 속의 어떤 생명체도 단순재생산을 하지는 않는다. 땅에 떨어진 보리 한 알은 수백 개의 보리알로 거듭난다. 산비탈에 서 있는 떡갈나무도 해마다 수백 수천 개의 도토리를 땅에 떨어뜨린다. 이렇게 이야기하면 어떤 분은 이런 현상을 사람의 경제활동, 더구나 상품경제 사회의 끊임없는 확대재생산과 견줄지 모른다. 그러나 겉보기에 비슷할지 모르지만 속을 들여다보면 다르다. 사람은 축적해놓으려고 확대재생산하지만 자연은 나누려고 그런다. 종을 유지하려고 어떤 생명체는 수억에 이르는 알을 낳거나 수천 개의 씨앗을 열매로 맺지만 그것들이 다 온전하게 잘 자라서 온 세상을 자기의 종만으로 가득 채우고자 하는 뜻에서 그러지는 않는 듯싶다. 결과는 대체로 종의 단순재생산이자 유지이고 그 밖의 것은 생명 공동체의 여러 구성원에게 나누어준다.

올해 우리 마을 어른들은 고추를 참 많이 심었다. 비닐을 이중으로 치면 고추 수확량이 높다고 해서 철사로 된 활대를 사서 버팀대로 꽂고 그 위에 비닐을 치는데 얼마나 많은 농가에서 전국에 걸쳐 고추를 심었던지 철사 활대가 동이 나서 대쪽을 활대로 쓴 분들도 있다. 걱정이 많이 된다. 고추는 쌀이나 보리나 콩 같은 주곡의 경우와는 달리 풍년이 들면 아예 팔 길이 막히기 때문이다. 올 봄에 우리 마을 한길 가에는 내다버린 쪽파와 대파가 썩으면서 풍기는 냄새가 진동했다. 마을 어른들 가운데 한 분에게 또 그 짝 나는 게 아니냐고 염려스럽게 여쭈어보았더니, 어느 한 지역 고추농사가 장마로 어장나면(망해버리면) 제 값을 받을 수 있을 거라고 대답한다. 가슴이 덜컥했다. 어느 틈에 농민들의 마음자리도 이렇게 되어버렸나. 그러나 생각해보자. 내가 잘 살려면 남이 망해야 한다는 심보가 어찌 온전한 정신에서 나왔다고 볼 수 있겠는가.

지역에 따라 콩이 잘 되는 곳도 있고 감자가 잘 되는 곳도 있다. 강원도에서는 옥수수가 잘 자라고 전라도 황토 땅에서는 고구마, 밀이 잘 된다. 이렇게 지역마다 마을마다 그 땅에서 잘 자라는 농산물을 주곡 중심으로 짓는다면 농사짓는 분들 마음이 이렇게 여위어갈 까닭이 없다. 여기에도 풍년이 들고 저기에도 풍년이 들어야 자기 지역에서 나지 않는 것을 싼 값으로 넉넉하게 얻을 수 있으니까. 자기가 잘 살아야 남도 잘 살고, 남을 잘 살게 만들어야 자기도 잘 살 길이 열린다는 '자리이타(自利利他)'는 나눔의 바탕이다. 그런데 농민들 사이에서도 이 마음자리가 없어져버렸다.

탓은 농민들에게 있지 않다. 도시 중심의 상품경제 사회가 농민들에게 환금 작물 재배를 강요하고 투기 영농과 약탈 영농을 부추기기 때문이다. 남으면 내다버리고 모자라면 값이 다락같이 오르는 판이니 자기는 콩도 심고 옥수수도 심고 보리나 조도 심어야 할 자리에 고추만 심어놓고 이웃 고추 농사가 파농하기를 기다릴 수밖에 없다. 이런 세상에서 이런 마음자리로 어찌 이웃과 다른 생명체 섬기기를 하늘 섬기듯하길 기대할 수 있겠는가.

지난 이른봄에 마늘밭에 가득 돋아나는 풀들을 잡초로만 알아 뽑아 내던지고 난 뒤에야 그것이 잡초가 아닌 약초였다는 사실을 확인하고 후회를 거듭했던 터라 요즈음 우리는 밭에서 우리가 씨앗을 뿌리지 않았는데도 자라는 여러 가지 풀들을 눈여겨보아 어떤 것은 그냥 자라게 내버려두고 어떤 것은 거두어 나물을 무치거나 김치를 담거나 말리거나 당절임을 해서 효소를 만든다. 이렇게 해서 조금씩 담은 효소가 가짓수로 쳐서 서른 가지 가깝다. 실제로 밭이나 산과 들에서 자라는 풀 가운데 '잡초'는 없다. 그런데 요즈음처럼 수천, 수만 평의 밭에 수박이나 고추만 심는 버릇이 오래 가다보면 어쩌다 그 밭에 보리나 수수가 자라더라도 잡초로 여겨 제초제를 뿌려 없애려 들것이다. 그리고 그 과정에서 땅도 죽이겠지.

자연은 뭇 생명체들을 살리려고 봄 여름 가을 겨울 밤낮 없이 저렇듯이 애를 쓰건만 어찌 사람들은 '잡초'라고 하여, '해충'이라 하여, 돈이 안 된다 하여 이렇게 날이면 날마다 없애고 치워버릴 궁리만 하는지. 그리고 그 부산물로 쓰레기를 산더미처럼 쌓아올리는지.

사는 데 꼭 필요한 사용가치를 지닌 것을 땀흘려 가꾸거나 만들어서 나누어주는데 그 대가로 사용가치는 없고 교환가치만 있는 돈을 내밀면서 고마워하는 마음도 미안해하는 마음도 없이 사는 사람들이 판을 치는 세상은 온전한 세상이 아니다. 물건은 마음과 정성이 오가는 통로 구실을 해야 한다. 그러려면 그 물건은 반드시 사용가치를 지녀야겠지. 어떤 물건의 사용가치는 거기에 기울인 정성과 땀에 비례하여 높아진다. 물론 터무니없는 이야기다. 실제로 안 그런 경우가 훨씬 더 많으니까. 그렇지만 마음과 정성이 오가는 통로로 따지면 꼭 틀린 말만은 아닐게다.

참된 나눔은 주고받는 가운데 반드시 마음이 실려야 한다. 그렇지 않으면 거래일 뿐이다. 섬기는 마음이 실리지 않는 나눔은 자선이나 자기 과시인데, 이것은 나누어 받는 사람에게 물질이나 마음으로 의지하게 하여 노예 상태를 만들거나 저항감을 불러일으켜 자유로움을 없애버리기 십상이다. 작은 살림이야 거래로만 꾸려갈 수도 있고, 교환가치와 사용가치를 뒤섞어서 해갈 수도 있겠지. 그러나 큰 살림은 그렇게 해서 이루어질 수 없다. 올 한 해 우리 식구들의 과제는 어떻게 하면 상대방의 자유를 침해하지 않으면서 지극 정성 섬기는 마음으로 내가 땀흘려 빚어내거나 가꾼 것을 나누고, 또 내 자유를 침해받지 않으면서 이웃이 나누어주는 것을 고마운 마음으로 받아들일 수 있는지 그 방법을 찾는 것이다.

4장. 변산 일기

이 글들은 1996년부터 1997년까지 이태 동안 농사일 틈틈이 기록한 일기글에서
몇 편을 뽑은 것이다. 이 가운데 두 편은 한국글쓰기연구회 회보에 실었던 글이다.

96년 1월 22일
그게 내 팔자인 걸

새벽에 두 번 깨어 가부좌를 틀고 앉았다가 다시 자리에 누웠다. 마음이 편안하다. 새벽 다섯 시쯤 다시 일어나 옷을 입고 저수지 위에 있는 당산나무 있는 곳으로 올라갔다. 저수지 옆 숲을 지날 때는 숲 사이로 흘러드는 별빛마저 어두워 눈은 거의 소용이 없다. 발바닥이 눈인 셈이다. 발걸음이 느려지고 몸동작은 최소한으로 작아진다. 금봉이가 따라나서서 앞서거니 뒤서거니 한다.

숲을 지나면 별빛에 길이 다시 밝아진다. 이상한 일이다. 나는 이제까지 별빛이 그렇게까지 밝은지 모르고 살아왔다. 저수지 위쪽 산이 별빛을 받아 저수지 물 위로 또렷이 그림자를 드러낸다.

당산나무 밑에 가서 나무 위에 주렁주렁 열린 별들을 올려다보았다. 나무 등걸을 안고 나무에 볼을 댔다. 따뜻한 느낌이 든다. 나무에서 몇 발자국 떨어져서 땅에 엎드려 당산나무 신령님께 '오체투지'를 했다. 한 번 엎드려 절하고, 두 번 절하고, 세 번 절하고 다음에 반 배. 다시 몇 발짝 떨어져서 나무를 한참 본 뒤에 산길을 내려왔다. 오는 도중에 숲 속에 가부좌를 틀고 앉았더니 금봉이가 마치 내게 무슨 일이 일어나지 않았나 여기는지 몸 주위를 돌면서 혀로 볼을 핥았다. 앞발로 가슴을 밀었다 한다. 한 번 가볍게 밀치고 오랫동안 가부좌를 틀고 앉았더니 이번에는 잠잠히 멀찍이서 기다린다.

아침에는 내변산에 가기로 했다. 구들장을 마련하려 함이다. 내변산은 댐을 막아 곧 수몰이 되니까 이사해서 비어 있는 집이 많고, 그 빈 집 방구들을 파헤치면 쓸 만한 구들장을 얻을 수 있다고 한다. 재실에서 고구마를 쪄달라 하고 버너와 코펠과 라면을 챙겨서 금란 씨, 봉선 씨, 유군, 관유, 종현이, 나, 여섯이서 내변산으로 갔다. 가다가 쓸 만한 나무

둥치가 눈에 띄면 트럭에 싣고 빈 집터를 찾았다. 사람이 떠난 지 오래된 집터들이어서 그런지 기둥 하나 남지 않았다. 몇 해 자란지 모를 잡초가 무성한 곳이 있어서 유심히 살펴보았더니 구들장 하나가 삐죽이 모서리를 내밀고 있었다. 관유는 황새괭이로, 나는 두 갈래 난 괭이로 구들을 팠다. 한 쪽이 그을음에 새까매진 구들장이 하나둘 나온다. 무척 힘든 작업이다. 벽이 무너진 자리에 다시 풀이 자라고 해서 그것들을 다 걷어내고 파려니 숨이 헐떡인다. 얼마쯤 파서 웬만큼 되었다 싶자 배가 몹시 고프다. 삶은 고구마와 김치, 그리고 라면으로 끼니를 때웠다. 유 군과 금란 씨, 봉선 씨, 종현이는 괭이가 없어서 이리저리 헤매고 다니더니 노천에 드러난 구들장을 찾아냈다. 그것을 싣고 파놓은 구들장 가운데 반반한 것만 그 위에 얹고(트럭의 최대 적재량이 1톤이어서 다 실을 수 없었다.) 그 위에 도중에 주웠던 나무토막들을 가득 얹고 상서 쪽으로 갔다. 오다가 흙을 실은 덤프트럭을 만나면 길을 비켜주고 또 비켜주고 하느라고 꽤 늦어졌는데 양보하는 미덕이 좋은 결실을 맺었다. 가다가 또 덤프트럭을 만나 한 곳에 차를 세워놓고 길을 비켜주고 있는데 저만치 떨어진 곳에 집이 있었던 흔적이 눈에 띄었다. 가보았더니 반듯반듯한 구들돌들이 그냥 드러나 있다. 차는 이미 가득 차서 당장 실을 수는 없지만 오늘 오후나 내일이라도 싣고 가자고 하고 다시 나오는데, 관유가 원불교 성지가 있는 곳에도 빈 집이 있는 것 같으니 한번 가보자고 한다. 갔더니 빈 집이 두 채 있는데 하나는 반쯤 무너졌고, 또 하나는 막 허물어지려는 참이다. 동네 할머니를 만나 저 집 허물어도 되겠느냐고 했더니 주인 허락이 있어야 한다고 한다.

다시 차를 타고 오다가 기도원 쪽을 들르기로 했다. 거기도 허물어진 집 자리가 군데군데 눈에 띄고, 한 곳은 허물어낸 지 며칠 되지 않아 버려진 살림살이가 널려 있다. 인류학자들의 현지 답사팀 같다는 우스갯소리를 하면서 쓸 만한 것을 골라 몇 개 차에 실었다. 금간 작은 옹기그릇 세 개, 비닐 새끼끈, 모종할 때 쓰는 비닐 상자곽 따위다.

중계에 이르자, 관유가 《나의 문화유산 답사기》에서 중계 지석묘에 대한 이야기를 읽었다고 중계까지 왔으니 구경 가잔다. 차를 세워놓고 구경갔다. 지석묘가 여러 개인데 잘 보존되어 있는 것이 두 개쯤이다. 그 지석묘 한 구석에 구들돌 쌓아놓은 것이 보인다. 임자가 있을 성싶기도 하고, 요즈음에 군불 때는 집을 짓는 사람, 그것도 구들돌을 놓아서 방을 만드는 사람을 찾아보기 힘드니 나중에 치우려고 한 켠에 모아놓은 듯싶기도 하다. 눈여겨보고 왔다.

재실에 와서 점심을 먹고 나무를 부리고 구들돌은 관유가 토담집 지으려는 곳으로 날랐다. 그리고 지석묘 자리로 가서 그 구들돌을 가져오자고 뜻을 모았다. 싣다가 임자가 있다고 나서면 도로 내려놓으면 되지 어쩌고 하면서 갔는데 마침 아무도 나서는 사람이 없었다. 마치 구들돌을 훔쳐가는 사람들마냥 허겁지겁 부리나케 모두 싣고 왔다.

짐을 부려놓고 이번에는 고사포 해수욕장 쪽으로 갔다. 바닷물에 떠밀려온 밧줄을 건어올리려고 갔는데, 하나 찾아낸 것이 녹슨 해변가 철조망에 걸려서(이 철조망은 박정희 때 간첩의 침투를 막는답시고 전국의 바닷가에 빙 둘러 쳐놓은 공해 물질이다.) 건어낼 재간이 없다. 포기하고 돌아오려는데 해수욕장 소나무 숲 군데군데에 베어넘긴 지 오래되어 비바람에 썩어가는 나무들이 보인다. 몇 개 주워 차에 실었다. 너무 길어서 차에 싣기 힘든 것은 서 있는 두 소나무 사이에 끼워 반으로 부러뜨려 실었다. 부러뜨리려고 힘을 주다가 나무가 부러지면 같이 나둥그러지기를 여러 차례 했다. 다행히 아무도 다치지는 않았다.

"오늘 밥값 했네." 유 군의 말.

"윤 선생님이 오실 때마다 힘든 일을 하게 돼요." 봉선 씨의 말.

"그게 내 팔자인 걸 어떻게 해." 하면서 웃고 말았지.

96년 3월 14일

하나를 이루는 끈

새벽 세 시쯤 일어나 뒤척이다가 불을 켜고 시계를 보니 세 시 반이다. 비봉출판사에서 보내준 《경쟁을 넘어서 No Contest》를 읽고, 지난일기를 검토하고 나니 한 시간이 흘렀다. 변산 공동체의 이념과 조직에 관한 초안을 어제 잠깐 생각해보았는데 그것을 정리해보면 어떨까? 창밖에는 바람이 거세다.

변산공동체학교 밑그림을 떠오르는 대로 그리다보니 어느새 아침 6시가 되었다. 책을 읽을까 하다 불을 끄고 자리에 누워 왜 마음이 이렇게 아플까를 생각했다.

만남은 하나가 되는 기쁨이고 헤어짐은 둘이 되는 슬픔이다. 하나됨은 늘 우리에게 충만한 느낌으로 가슴을 채우고 갈라섬은 결핍의 아픔으로 가슴을 때린다. 가장 작은 것으로부터 시작해서 차츰 하나됨을 쌓아나가 마침내 온 우주와 하나가 되기 전에는 참된 기쁨은 없다. 하나가되는 척해도 소용없다. 몸과 마음 하나, 생각과 느낌 하나, 너와 나 하나, 이 하나를 하나로 완전하게 봉합하는 관계의 끈은 무엇일까? 생명? 아니, 그보다 다른 무엇, 기? 아니, 그것도 아니야. 왜 하나가 되게 해주십사 하고 누구에겐가 빌까? 내 경우에는 현재 당산나무 신에게 비는셈인데, 당산나무는 무엇을 상징하고 있을까? 사랑, 믿음, 소망이 모두소중한데 그 가운데서도 사랑이 가장 으뜸이라고 한 성경 말씀이 생각난다. 믿음은 과거와 연결되는 끈이고 소망은 미래와 연결되는 끈인데, 사랑은 늘 현재와 연결되어 하나를 이루는 끈이다. 예수, 참 큰 통찰력을 지닌 사람이다.

96년 4월 2일

농민의 비극

광주은행 앞에서 광주 환경운동 청년단체 '지킴이' 회원인 김경일 씨를 오전 열한 시에 만나기로 약속했기 때문에 아침 일곱 시 반에 집을 나섰다. 승용차로 가면 여기서 광주까지 두 시간이 채 안 걸린다는데, 부안, 정읍으로 해서 가려면 차 바꿔타는 시간까지 합해서 네 시간은 걸리리라고 예상했기 때문이다. 그 예상은 틀리지 않았다.

오전 열한 시가 조금 못 되어 광주에 도착해서 광주은행 현관에서 김경일 씨를 기다리는데 삼십 분이 지나도록 오지 않는다. 나중에 알고보니 광주은행이 최근에 옮겨서 김경일 씨는 옛 광주은행 자리에서 기다렸다고 한다. 건강식품점을 하는 김경일 씨 후배 집에서 따뜻한 점심 대접을 받았다. 김경일 씨 친구와 그 후배와 함께 봉고차로 화순 동복으로 떠났다. 이 젊은이들은 나를 배려하여 송강이 옛날 살았던 곳과 김덕령의 사적이 있는 곳을 지나서 동복으로 갔다.

동복에서 황용철 씨와 최근휴 씨를 만났다. 동복은 좁고 긴 골짜기 마을인데 많은 사람이 모여서 살기로는 좀 답답한 곳이고 사람을 편안하게 감싸주는 곳이 아니다. 나중에 듣고보니 6·25 전란 때 많은 희생이 쌍방에서 났던 곳이라 한다. 그래서 그런 느낌이 들었을까 아니면 그런 느낌이 드는 곳이어서 그렇게 희생이 많았을까 잘 모르겠다.

황용철 씨의 미나리 농장은 규모가 무척 컸다. 율무와 엿기름으로 만든 조청 맛도 보았다. 엿기름을 25% 섞었다는데 맛이 어릴 적에 먹던 맛 그대로다. 황용철 씨는 아주 농업 자본가의 길로 들어서 있었다. 내가 기대했던 모습이 아니다. 미나리 효소는 모두 일본으로 수출하고, 율무 조청도 대량으로 만들어 시장에 낼 준비를 갖추고 있었다. 율무 조청만도 한 해에 10억 원어치쯤 팔겠다고 한다. 그렇게 소득을 얻으려면 율무를 얼마쯤 심어야 하겠느냐고 물었더니, 30만 평쯤 심어야 한다고 한다. 황 씨는 그 동안 미나리 농사를 지어 즙으로 만들어 팔려다가 손해를 많이 보았다고 김경일 씨가 귀띔한다. 동네 사람들에게도 미나리 재배를 권유하다가 시장을 개척하지 못해 고스란히 썩히는 바람에 손해를 많이 입히고, 그 손해 가운데 일부는 황 씨가 보전해주어 빚이 많다고 한다.

일을 크게 벌여 환금작물에 투기성 농사를 짓다가 빚을 지면 그 빚을 갚기 위해서 더 크게 벌일 수밖에 없고, 이런 악순환 끝에 열에 아홉은 빚더미에 올라앉고, 하나쯤 성공을 한다 하더라도 그때는 이미 농민이 아니라 농업 자본가가 되어 땅 위에 세워지는 여러 가공공장에 파묻혀 살다가 낡은 가건물만 남기고 죽게 되는 거지.

최근휴 씨는 부지런하고 착하고 성실한 전형적인 농부다. 소를 여러 마리, 개를 백 마리쯤(?) 기르고, 트랙터로 동네 논을 다 갈아주고 꼭두새벽부터 해질녘까지 한시도 쉬지 않고, 밤에도 무슨 일인가 쉬지 않고 하는 사람인 듯하다. 겨울에는 산에 돌아다니면서 사냥을 하고…그렇게 뼈가 휘게 일하는데도 광주로 유학 보낸 자식들 뒷바라지를 하느라고 살림은 필 줄 모른다. 모든 땀이 도시 사람들 뒤치다꺼리에 바쳐지고 있는데 본인은 그것을 운명이려니 여긴다. 그렇게 해서 도시에서 편히 자라는 아이는 머지않아 아버지를 배신하겠지. 비극적인 농촌 주민의 전형을 만난 것 같다. 하룻밤 자고 오려고 했는데 그럴 필요를 느끼지 못했다. 변산행 버스를 타고 다시 돌아오고 말았다.

96년 5월 9일
당신 어째 그리 순진하시오?

새벽 두 시 반이 넘어서 강수돌 군이 독일 경제학자 홀거 하이데 (Holger Heide) 씨와 함께 왔다. 두 사람이 잘 이불을 깔아주고 나는 부엌에서 잤다. 아침에 강 군과 하이데 씨에게 우리가 자리잡은 터를 이곳 저곳 구경시켜주고서 '변산 막걸리'를 만드는 술도가에 가서 막걸리 한잔 하겠느냐니까 좋다고 한다. 최심열 씨가 있기를 기대하며 술도가에 갔는데 없고 마침 부인이 있다가 술 마시러 왔다니까 간단한 주안상을 차려오고 술은 바가지로 퍼준다. 하이데 씨는 첫 잔을 망설이면서 마시더니 다음 잔부터는 아주 잘 마신다.

이 이야기 저 이야기하는데 최 선생이 농사짓는 친구분과 함께 술 배달을 마치고 왔다. 같이 마시다 일어서려는데 최 선생이 점심을 준비했노라고 먹고 가잔다(최심열 씨는 대학까지 나오고 덴마크에 일 년 간 유학도 하고 온 사람으로서 일류 기업에도 몇 년 다녔다는데 다 때려치우고 아버지 술도가를 이어받아 술을 빚으면서 돼지도 키우고 누에도 치고 농사도 지으면서 살아온 사람이다. 이분은 돼지막을 치우다가 돼지 똥 묻은 옷과 장화를 신고 서울까지 친구들과 갔다 왔다 하여 흥 반, 존경 반으로 마을 사람들이 입에 올리는 분인데 아직도 어디에나 검정 고무신을 질질 끌고 텁수룩한 수염을 달고 다닌다). 스스럼없이 점심 대접을 받기로 했다. 하이데 씨가 상추쌈을 곧잘 먹는다.

오후 두 시경에 하이데 씨를 보내고 당산나무 터에 가서 토란 심을 자리에 난 찔레 덩굴을 뽑아내고 쑥을 캐고, 돌덩이처럼 딱딱하게 굳은 땅(뽕나무 뿌리를 캐내느라고 포크레인으로 다져놓은 탓이다.)을 괭이로 일구느라고 진땀깨나 흘렸다.

저녁에는 윤봉선네 부부가 새로운 방식으로 담은 식혜를 가져와서 먹

있는데 맛이 그럴 듯하다. 고춧가루를 물에 풀어 빨갛게 우러나면 고춧가루는 건져내고, 거기다 생강즙을 갈아넣고 당근과 배 같은 것을 이것저것 넣고 엿기름에 찹쌀 꼬두밥을 섞어 만든 식혜라고 한다. 안봉선 씨더러 잘 기억해두었다가 우리도 한번 만들어 먹자고 했다. 오후에 힘든 일을 많이 해서인지 오한이 나고 몸이 좋지 않다.

하이데 씨에게는 당산나무 터에 갔다 오는 길에, 당신 내부에 있는 자연과 외부의 자연을 응시하면 일부러 사람 찾아 먼길을 다니지 않아도 될 텐데 쓸데없이 나 같은 사람까지 찾아오느라고 헛걸음을 하느냐고 한마디했다. 지식인들이 도끼로 콩알을 쪼개고 머리카락 한 올을 두고 열 가닥으로 나눌 수 있다느니, 백 가닥으로 나눌 수 있다느니 하여 사소한 일로 서로 싸우는 일이 많은데 당신도 그런 부류의 지식인이 아니냐고 우스개 삼아 시까스르기도 하고…

홀거 하이데 씨는 한때 1960년대 유럽 학생운동의 기수였던 다니엘 콩방디와 함께 학생운동을 지도한 적도 있고 독일 녹색당 당수였던 켈리와도 친분 관계가 있는 모양인데, 살아 움직이는 생명의 역동성을 강령의 틀 속에 묶으려는 녹색당의 경직된 정치노선에는 회의를 느끼고 있는 듯하다. 정치경제학을 전공하고 브레멘 대학에서 촉망받는 경제학 교수라는데 집은 브레멘 근교의 시골에 있고, 3천 평쯤 되는 농토에 양도 일곱 마리 기르고 과일 나무를 키워 쨈 같은 것도 손수 만들고 채소밭도 가꾼다고 한다. 한국 문제에 관심이 많아 작년, 올해 한국 경제 문제에 관련된 논문도 두어 편 썼고, 그 동안 한국 민주화 운동에 깊은 관심을 가지고 5·18 광주항쟁의 진상을 직접 확인할 겸해서 두 차례나 한국을 방문했다는데, 참 겸손한 사람이다. 말수가 많지 않은데 나를 만난 게 무척 반가운 듯 주소를 적어달라고 해서 가지고 갔다. 나에게는 독일 야생 약초로 만들었다는 차를 선물로 주고 갔다.

하이데 교수와 나누었던 이야기 가운데 기억에 남는 것 두 가지만 적는다.

소련을 비롯한 동구 현실 사회주의 국가의 붕괴 원인에 대해서 하이데 교수에게 '도발적인'(강 박사의 표현이다.) 질문을 하고 내 나름으로 진단했던 것 하나.

소련을 비롯한 동구 사회에서 한때 철학을 대신해서 정치경제학이 국가 건설의 복음으로 전파된 적이 있는데 이 이론에 따라 동구 사회주의 국가에서 아이들에게 시킨 노동 교육은 그런 대로 충실하게 이루어졌으리라고 믿는다. 그러나 공업, 특히 중공업을 농업보다 발전시켜야 자본주의 사회를 이겨낼 수 있다는 강박관념(이것은 인간의 힘이 자연력의 도움 없이도 이상 사회를 건설할 수 있다는 어리석고 교만한 생각이다.)에서 인민들의 자연스러운 삶터를 급속도로 도시라는 인공의 삶터로 바꾸고, 도시 노동자들을 햇볕도 바람도 흙도 물도 없는 공장에 가두고, 아이들을 다른 생명체들로부터 격리시키지 않았다. 그 결과 사람 마음속에 깃든 자연과 바깥 세계를 이루는 살아 숨쉬는 자연이 서로 교류하는 가운데 생기를 얻을 수 있도록 하는 데 실패했고, 이 때문에 붕괴한 것 아니겠느냐고 물었더니 하이데 교수는 '게나우'라고 대답한다. '바로 그렇다'는 뜻이겠지.

또 하이데 교수가 숲에 떨어진 라면 봉지를 주우면서 혼자말처럼 도시 아이들에게 쓰레기를 버리는 것은 나쁜 짓이라는 도덕 설교 대신에 그 라면 봉지가 숲을 이루는 다른 요소들과 얼마나 어울리지 않는지 느끼도록 해서 자연스럽게 쓰레기를 버리지 않도록 교육시킬 수 있지 않겠느냐고 하길래 내가 반박했던 것 하나.

도시사회, 특히 자본주의 상품경제 사회에서는 확대재생산만이 자본을 늘리고 사회가 굴러가는 길인데, 확대재생산이 이루어지려면 옛 것은 낡은 것, 비효율적인 것이라 하여 끊임없이 폐기처분하도록 갖은 수단을 다 써야 한다. 그래서 새 것이 아닌 것은 사람이든 물건이든 마구 내버리도록 학문, 언론, 광고, 정책…모두가 짜고들어 국민 교육을 시키고 있는 판이다. 또 이른바 선진국이라는 제국주의 국가들은 제3세계를 쓰레기 하치장으로 알아 자기 나라에서 쓰지 못할 낡은 기술, 제품, 무기 들을 내다 팔고 제3세계에서 소중히 가꾸어낸 '원자재'라는 싱싱한 피를 드라큘라처럼 빨아대고 있다. 그런 풍토에서 자라고 교육받는 아이들에게 자연과 쓰레기가 어울리지 않는다는 느낌을 하루 아침에 불어넣을 수 있겠는가? 당신 어째 그리 순진하시오?

96년 5월 11일
욕을 먹어도

'진리와 겸손' 회원이면서 한샘가구에 있다가 보령으로 농사지으러 들어갔다는 사람과 계화도 사는 사람이 함께 왔는데, 연락 없이 왔기에 호박 심는 일이 바쁘다고 밭둑에서 인사만 하고 돌려보냈다. 그 사람들이 가고 난 뒤에 호박을 다 심고 열 시가 넘어서 관유 군만 빼고 조재형 군, 조유상 씨까지 포함하여 식구들을 전부 불러모아 이야기를 했다.

조 군이 제자지만 연락 없이 왔기에 한 번도 내 집에 오라고 하여 밥을 먹거나 술자리를 같이 하지 않았다. 그저께 이장이 친구들을 데리고 왔을 때도 마찬가지다. 내가 찾아오는 손님을 일일이 접대하고 동네 사람들과 어울려 술을 마시기 시작하면 농사지을 시간이 없다. 그리고 말로 사람들을 현혹시킬 뿐 실험학교니, 공동체니 제대로 준비할 겨를이 없다. 이제까지 변산에서 이루어진 일이 있다면 그것은 모두 기왕에 변산에 그냥 있었던 것이거나(2,800평 땅도, 당산나무 터도, 바닷가도) 돈으로 이룬 것뿐이다. 작년, 올 들어 우리는 동네에서 농사짓는다는 다른 분들과 견주어 더 잘해낸 것이 없다. 그런데 무엇 때문에 사람들이 찾아오는가. 나에 대한 환상을 가지고 오는 경우가 대부분일 것이다. 그러나 환상일 뿐, 나라는 사람은 없다. 돈과 변산이라는 지역만 있을 뿐이다. 돈으로 무슨 일을 해낼 수 있다면 실험학교니 공동체니 하는 것을 가장 잘 할 사람은 재벌 그룹 사람들일 것이다. 지금 문전박대한다고 오해하고 욕할 사람도 진짜 우리가 열심히 일해서 무엇인가를 이루어낸다면 오해를 풀고 칭찬을 할 것이요, 지금 오는 사람마다 반갑게 맞아 밥 먹이고 술 먹여 인심을 사놓더라도 우리가 게으름을 피우고 입만 가지고 바람을 잡는다면 그 사람들 다 등돌리고 돌아설 것이다. 김복관 선생님의 말씀이 잊혀지지 않는다. 함석헌 선생님과 함께 지난 1950년대부터 공동체 운동을 해온 사람들이 한 번도 경제적으로 자립한 적이 없다고 말씀하셨는데 당연히 그럴 수밖에 없다. 어디에서 공동체를 한다니까 너도 나도 호기심이 생겨 그곳을 방문하는데, 워낙 마음씨 좋은 사마리아인들이어서 손님을 문전박대하지 못하고 맞아들여 밥 먹이고 술먹이고 같이 진지한 이야기를 나누느라고 일할 틈도 내지 못했을 터이니, 그 공동체들이 자립할 길이 어디 있었겠는가.

내 후배 가운데 대학에 있는 꽤 똑똑한 후배가 있는데 이 사람이 얼마 전에 학생들 데리고 변산에 견학 올 수 없겠느냐고 물어왔다. 농촌 현실을 학생들도 알 필요가 있고, 공동체 삶의 전망에 대해서 알아둘 필요가 있다고 해서 그럼 그 학생들과 며칠 변산에 머물면서 낮에는 일하고 저녁에는 이야기를 나눌 시간을 갖는 게 어떤가 이야기했더니 학기중이어서 그건 어렵고 몇 시간 구경만 하다 가면 안 되느냐고 하기에 그럴 수는 없다고 했다. 그렇게 해서 얻어가는 게 뭐가 있겠냐고, 그저 놀러다니는 것일 뿐이라고 했다. 또 엊저녁에는 초등학교 교사 한 사람이 전화연락을 했는데 이 사람 이야기도 마찬가지다. 오월 둘째 주말에 아이들과 함께 와서 변산 바닷가 생태를 살펴보고 갔으면 좋겠는데 하룻밤 머물고 식사할 수 있는 준비를 해줄 수 있느냐고 하기에, 오월은 농번기여서 그 아이들을 먹이고 재울 공간도 능력도 없다고 매정하게 거절하고 전화를 끊었다.

우리 나라에서 가장 앞서간다는 사람들이 이런 정신 나간 부탁을 할 정도니 보통 사람들은 어떻겠느냐. 앞으로 연락 없이 우리 허락 없이 오는 사람은 아는 체도 하지 마라. 그리고 비록 나를 만나고 싶어 왔다 하더라도 그리고 내가 코앞에 있더라도 없다고 해라. 나는 농사지으면서 거기에서 생기는 재원과 힘으로 실험학교나 공동체를 하려는 것이지, 이 사람 저 사람에게 잘 보이고 얼굴 팔아서 기금을 모아 실험학교나 공동체를 이루려는 것이 아니다. 오늘 온 손님들도 오해가 많겠지만 앞으로는 더 많은 사람들이 더 자꾸 찾아오고, 그 사람들도 욕하면서 떠날 것이다. 그리고 사람들 만나면 변산과 윤구병에 대해서 좋지 않은 소리들을 해댈 것이다. 차라리 그렇게 해서 호기심만 있고 몸으로 동참할 뜻은 없는 사람들은 걸러지는 것이 훨씬 낫다. 한 사람에게 잘 해주면 그 사람이 가서 변산에 가니까 변산 사람들 참 친절하더라, 밥도 주고 술도 주고 귀담아들을 얘기도 해주더라 하고 주위 사람들에게 떠들어대어 온갖 떨거지들이 다 모여들 터이니 그러고서야 무슨 일인들 제대로 할 수 있겠는가…이런 말로 내 뜻을 전했다.

96년 6월 4일
김을 매면서

아침에 당산나무 터에 올라가 채소밭에 풀을 맸다. 풀을 매면서 일어나는 심리변화를 체험하고 지켜보았다. 내가 심어 한참만에 싹터오르고 느리게 크는 듯 마는 듯이 보이는 채소나 곡식 싹과, 어느 틈에 쑥쑥 자라 내가 심어놓은 농작물이 자라는 것을 방해하려 드는 듯이 보이는 '잡초' 들. 내가 심고 키우는 것을 보호해야겠다는 맹목적인 보호본능(?)이 '잡초' 들을 마구 뽑아버리는 잔인한 제거본능(?)이 되어, 자연이 키우는 것에는 잡초가 없다는 구두선을 여지없이 짓밟았다. 한참 뒤에야 정신이 들어 아하, 이렇구나, 이렇게 해서 농부들이 '잡초' 싹이 보이는 대로 긁어버리거나 제초제를 뿌려 말려버리는구나 하는 생각이 들었고, 약초를 발견한 분들의 마음자리와 일반 농사꾼의 마음자리가 어디에서 구별되는지도 느껴졌다.

채소밭에 명아주만 뽑아 계곡물에 씻어 삼태기에 담고, 씀바귀를 베어 자루에 담아 지고 집에 왔다. 점심을 먹고는 2,800평 땅에 고구마 순을 심으러 봉선 씨, 금란 씨와 함께 갔는데, 나는 망초대만 뽑아주고 씀바귀를 뽑기 시작했다. 씀바귀를 뽑으면서 잡념에 휘둘렸는데 생각해보니 일의 속도와 연관이 있는 것 같다. 씀바귀와 대화하면서 뽑는 여유가 있었으면 잡념도 없었으리라. 그냥 빠른 시간에 많은 양을 거두겠다는 생각에서 씀바귀 마음에 내 마음을 일치시키지 못해 떠도는 기운이 잡념을 불러일으킨 게 아닌가.

96년 6월 18일
서로 돕는 불과 물

김 기자가 복사해준 《유나바머》*를 돌려읽었다.

불에 의한 정화작용은 일정한 조건, 곧 주변에 마른나무가 많고 서로 밀착해 마찰하는 열이 일정 수준을 넘어서는 조건이 주어지지 않으면 스스로 마찰과 갈등을 극한까지 끌고가서 자신을 태우는 길밖에 없는데, 우리는 이것을 자기 정화라고 부른다. 자기 정화의 궁극 단계에 대한 점검은 죽는 자리에서 나타난다. 결가부좌하고 앉아서 죽음을 맞이하는 자세 같은 것에서. 그리고 죽고나면 사람들은 그 시체를 다시 불에 태우는 정화작업을 하여 사리를 얻어 정화의 정도를 점검한다.

유나바머도 불에 의한 세상의 정화를 전략으로 선택한 사람으로 볼 수 있다. 불은 해체의 가장 빠른 길이다. 모든 것을 흔적없이 태워버릴 수 있다. '만드는 문화'의 물적 토대인 산업문명의 경제적, 기술적 기초를 해체함으로써 현대 문명을 야생의 자연상태로 되돌려 인간과 생명계에 자유와 해방을 가져오겠다는 신념으로 과학기술문명을 주도하는 세력의 상징 인물들에게 폭탄을 우송하여 그들을 살상하는 것도 불에 의한 정화의 한 상징이다. 그리고 《뉴욕 타임스》나 《워싱턴 포스트》에 장문의 글을 싣게 압력을 넣은 것도, 그런 작업을 통해 불기를 머금은 장작들을 많이 만들어 세상을 태우자는 전략의 한 고리로 볼 수 있다. 그러나 이 방식은 성공하면 한 순간에 세상을 바꿀 수도 있지만, 그렇지 못하면 일시적으로 찬란하게 타오르면서 어둠 속에 잠깐 빛을 발해 추한 세상의 모습을 사람들 마음에 각인시킬 수 있을지언정 온 세상을 일시에 태우지 못하고 꺼져버릴 수도 있다.

---

*유나바머(Unabomber) ― 1978년부터 18년 동안 우편물 폭탄으로 3명을 죽이고 23명에게 상처를 입힌 연속 폭탄 테러범을 잡기 위해 수사를 벌이면서 미연방수사국(FBI)이 붙인 별명. 주로 항공사와 대학교에 폭탄을 우송한 탓에 유나바머라는 별명이 붙었다. 1995년에 전직 버클리대 수학 교수였던 테로도르 존 카진스키가 용의자로 체포되었다. 유나 바머는 문명사회의 위기를 경고하는 자기 글을 언론에 실어준다면 더 이상 테러를 하지 않겠다는 조건으로 《워싱턴 포스트》와 《뉴욕 타임스》에 8면에 이르는 선언문을 발표했다. '산업사회와 그 미래(Industrial Society Its Future)'라는 그 글은 책으로도 나왔다. 《유나바머》 (조병준 역, 박영률출판사)

유나바머가 과학기술과 상품경제의 토대를 흔들겠다고 큰일을 꾀했으나, 젖은 나무 가리고 타지 않을 것들 배제하는 과정에서 한 일, 다시 말해 좌파 운동에 대한 신랄한 비판 같은 것은 불의 정화에 한계가 있음을 뜻하는 것이다. 탈 수 있는 것은 잠재적인 불이지만 그것 자체가 곧 불이라고 할 수는 없다. 그것들은 불길이 닿아야 타오른다. 따라서 불에 의한 세상 정화는 스스로 불인 소수의 혁명가를 요구하고, 이 소수의 혁명가는 스스로 정화된 사람으로 규정된다. 나머지는 몸에 불길이 닿기를 기다리는 객체로 남게 된다. 이것도 불에 의한 정화의 한계다. 물론 큰 불이 나서 마찰과 갈등이 극한까지 고조되면 타지 않을 것까지 말려서 태우고, 마침내 쇠나 바위를 녹이고 물까지 말릴 수도 있다. 그러나 그것은 궁극으로 블랙홀에 이르는 과정이다. 그렇게 해서 모든 것이 하나가 될 수 있지만 그것은 생명의 세계라고 보기에는 어렵다.

물에 의한 자기 정화와 세상의 정화도 있다. 물은 모여야 폭도 넓어지고 깊이도 생긴다. 물이 모이는 원리는 간단하다. 밑으로 흐르는 물의 지향성이 물을 모이게 하고, 이렇게 흘러내려 모이면서 물은 자기 정화를 하고 이웃도 정화시킨다. 통 속에 담긴 맑은 물이 많아서 거기에 흙탕물을 조금 붓는다 해도 맑음을 잃지 않는 것은 정화가 아니다. 같이 흘러내려야 한다. 불은 주변에 모인 것들을 태워 없애서 하나의 불길로 바꾸지만 물은 서로 모여 하나가 되어 흐르면서 더러운 것들을 밑에 가라앉힌다. 따라서 가장 멀리, 가장 밑으로 흐르는 물이 가장 정화된 물이다. 지하수가 가장 깨끗하고 깊은 바닷물이 가장 푸른 것은 가장 밑에서 흐르기 때문이다.

불은 겉모습이 일렁거려도 본질은 늘 변함이 없고 그 변함없는 모습이 눈에 환히 들어오기 때문에 한결같지만 물은 그렇지 않다. 물에는 본디 제 모습이 없다. 둥근 그릇에 들어가면 둥글어지고 네모난 그릇에 들어가면 네모가 된다. 샘에 들어 있으면 샘물, 논에 대면 논물, 오물이나 폐물과 섞여 있으면 오염된 물, 폐수가 된다. 발전소에 가면 모터를 돌리고 내를 지나면 냇물이 되어 물고기들의 놀이터가 된다. 하지만 그처럼 모습을 바꾸는 듯이 보이는 물에도 뚜렷한 목표가 있다. 맨 밑으로 흐르려는 것, 맨 밑에서 수평을 이루어 균형을 찾으려는 것이 물의 목표다. 어떤 커다란 댐으로도 물을 영원히 담아둘 수 없고, 가장 밑바닥, 가장 깊고 넓은 곳만이 물의 흐름을 멈추게 할 수 있다. 아니, 거기서조차 물은 미세한 온도 차이만 있어도 끊임없이 움직인다. 표면도 움직이고 내면도 움직인다. 물이 되어 세상을 본다는 것은 맨 밑에서 세상을 본다는 것이다. 물에게 가장 높은 상승의 경지는 맨 밑바닥이다.

관유는 나에게 저 높은 곳에서 전체의 조망을 잡으라고 한다. 불에게 최상승의 경지는 가장 높은 곳이다. 맨 꼭대기에서 불은 가장 순수하게 정화된 모습으로 타오른다. 그러나 물의 눈으로 하는 조망은 다르다. 관유는 가장 높은 곳에서, 나는 가장 낮은 곳에서 세상을 보고 그것이 조화를 이루면 더할 나위 없이 좋을 것이다. 그러나 그것이 안 될 때는 나는 내 본성을 따를 수밖에 없다. 어쩌다 불에 데워져 하늘 위로 올라가더라도 그 자리는 본디 물의 자리가 아니니까 불길이 식으면 밑으로 떨어진다. 물을 영원히 공중에 붙들어둘 수는 없다. 어떤 완강한 댐도 내 흐름을 막을 수 없다. 반드시 모여서 댐 위로 넘쳐흐르거나 댐의 미세한 구멍을 찾아 그 곳을 통해 밑으로 흐른다.

관유는 심 군과 유 군이 큰 장애라고 본다. 불의 처지에서는 그럴 것이다. 그러나 물의 관점에 서면 반드시 그렇지만은 않다. 치열한 싸움의 조짐이 보인다. 그러나 그 싸움을 통해서 전사들을 단련해낼 수 있다면, '만드는 문화'를 '기르는 문화'로 바꾸어내고 '만드는 일'이 '기르는 일'에 봉사할 수 있게 할 수 있다면 그 싸움은 값진 것이다. 관유는 배수의 진을 친다. 나는 그 뒤에서 넓고 깊게 흐른다. 그러면 된다. 나에게는 최승언 씨의 상승 경지에 있는 마음 공부가 없다. 그러나 내 주

지게 일도 이제 몸에 익고…

변에는 끊임없이 같이 살려는 사람들이 있다. 마음 공부는 어떤 때는 혼자 할 필요가 있지만 많은 경우에 함께 해야 한다. 그래야 사회화가 된다. 고립은 나에게 죽음이다.

어제 꾼 꿈에 대해서도 이야기했다. 과거에 나는 좋은 인연을 맺지 못한 점이 많다. 아내와의 관계에서도 자식들과의 관계에서도 그렇다. 그래서 과거도 없다. 그 점에서 내 미래도 없다. 그런 관계에서, 그런 관점에서 보면 죽은 몸이다. 내 미래는 텅 비어 있고 아무것도 쓰여 있지 않고 안개 속에 묻혀 있다. 그러나 다른 관점에서 보면 내가 걷는 한 걸음 한 걸음이 새로운 길이 되고 새로운 원인이 되어 거기에서 관계(緣)가 맺어지고, 거기에서 열매가 생겨날 것이다. 나는 자유로운 사막의 한복판에 서 있다. '사막은 아름답다. 인간의 사막은 더욱 아름답다.'는 로트레아몽의 말이 어렴풋이 이해되기 시작한다.

96년 6월 30일
방송국 사람들

전주 MBC 방송국 기자가 전화를 했다. 지난 번에 운산리에도 왔던 사람이다. KBS, MBC, SBS에 거절을 한 사연을 이야기하고 전주 MBC 라고 해서 특별히 출연하면 형평의 원칙에 어긋난다고 했더니 알아듣는 눈치다. 일생을 농사꾼으로 지내면서 흐트러지지 않은 모습으로 산 분들이 많은데, 대학교수가 농사를 짓는다니 그게 상품가치가 있다고 느끼는 것일까? 참 답답하고 우스운 일이다. 희정 군과 봉선 씨, 금란 씨에게 "내가 그렇게 잘생겼어? 배우로 전업할까?" 하고 웃었다. 멀리서 보면 신비스러워 보이는 모양이지. 가까이 땀 흘려 같이 일하다보면 사라질 안개인데….

96년 7월 3일
살아 있는 폭탄?

과학기술원 대학원생들이 중심인 '세상 속으로' 라는 모임에서 강연을 해달라고 했다. 대덕 단지에 가야 하는데, 길도 모르고 차편도 여의치 않아 윤형제 씨에게 전화했더니 마중 나오겠다고 한다. 대합실에서 기다리니 단아하고 선량하게 생긴 학생 하나가 와서 인사를 한다. 같이 과학기술원에 갔다.

강의 제목은 '기르는 문화와 만드는 문화'. 농담 삼아, 유나바머는 과학기술자들에게 우편으로 폭탄을 보냈지만 나는 살아 있는 폭탄으로 이 자리에 왔다. 그러니 지금부터 내가 하는 이야기가 고통스럽더라도 참고 들었으면 좋겠다 하면서 이야기를 시작했다.

　실제로 내게는 당신들이 모두 폭탄으로 보인다. 아니 한 걸음 물러서서 폭탄을 가지고 노는 어린애들처럼 보인다. 당신들은 분석과 분해도 제대로 이해하지 못하고 있다. 당신들, 당신네 과학자들이 현대에 들어서 지금까지 해왔던 일들은 직관을 통한 현상의 분석적 파악보다는 습관에 따른 이 세상의 분해였다. 분해를 하다 보면 안에 감추어진 사물의 결이 밖으로 드러나니까 사물의 구조나 기능을 조금 더 잘 이해할 길이 열리는 수가 있지. 그러나 깊이를 넓이로 바꾸는 작업, 이면을 표면으로 드러내는 작업, 삼차원의 세계를 이차원의 세계로 바꾸려는 노력에는 한계가 있다. 아무리 쪼개고 또 쪼개서 표면의 넓이를 무한대로 확대시켰다 하더라도 삼차원의 세계를 이차원의 세계로 환원시킬 수는 없다. 여전히 보이지 않는 세계는 남는다. 물질이라고 여러분들이 파악하는, '없는 것' '빈 곳' '공간'이 많은 사물들, 본디 '끊어진 것'을 안에 많이 담고 있는 것들은 그런 방법으로 이해되는 측면이 있지만, 생명의 세계는 본디 이어진 것이고 삼차원에 여러 차원이 중첩되어 살아 움직이는 것이기 때문에 분해하면 본질이 훼손되어 영원히 그 비밀을 알 수 없게 된다. 죽거나 상처를 입어 기능의 일부가, 또는 전부가 사라져버리는데 어떻게 그런 방법으로 이해할 수 있겠는가. 라디오를 분해하면 이미 라디오가 아니다. 기능이 사라져버리니까. 물질도 그러하거든, 하물며 생명체의 경우야 더 일러 무엇하겠는가. 유전 공학? 사이버네틱스? 모두 인간의 오만에서 비롯되는 이 세상의 해체다. 당신들은 무책임한 해체주의자들이다. 당신들이 분해하고 해체해놓은 것을 다시 조립하고 합해서 원래 모습으로 되돌려놓을 길조차 모르고 있으면서 왜 파괴를 일삼고 있는가? 멍청하고 어리석은 사람들이다. 당신들이 과학기술 용어라고 쓰고 있는 낱말들은 사물을 있는 그대로 드러내기보다는 오히려 감추고 은폐하는 기능을 했다.……

대체로 이런 투로 이야기를 끌어나갔다. 벌떡 일어서서 나가버릴 사람들이 있으리라고 여겼는데 뜻밖에 진지하게 경청하고 한 시간 반에 걸친 이야기가 끝난 뒤에도 질문을 하는 사람들이 많다. 열 명도 넘는 학생들의 질문을 받은 것 같다. 나중에 나는, 여러분들에게 무엇인가 새로운 '정보'를 하나 더 머릿속에 담아주기 위해 이 자리에 선 것이 아니라 여러분들 머릿속에 들어와 의식을 잠들게 하는 쓰레기 정보들을 지울 지우개를 하나씩 마련해주려고, 그래서 여러분들이 그다지도 명쾌하다 여겨 한 번도 의심하지 않았던 것들이 온통 의심스러운 것이라는 혼돈 상태에 빠지기를 기대하고 여기에 왔다고 했다.

내가 하는 말을 이 사람들 가운데 몇이나 알아들을까. 뒤늦게 생각하니 머리로 받아들이는 사람은 한둘 있을지 모르지만 뜻을 새기는 사람은 아무도 없으리라는 느낌이 든다. 재벌 기업이 연구비를 대주면서 이런저런 연구를 하라고 교수진에게 의뢰하면 교수진들은 그 연구과제가 우리 삶에 도움이 되는지 안 되는지를 판단하지도 못하고(그런 통찰력이 없으니까) 그 과제를 이리저리 나눠서 학생들에게 맡기고, 학생들은 교수가 중요한 연구라고 그러니까, 또 그 연구로 학위를 받고 교수 눈에 들어 신분상승을 꾀하고 자기가 순응한 만큼 사회 경제의 지위를 누려야 하니까 받아들이고… 줄에 묶인 꼭두각시 놀음에 익숙한 이 사람들이 좋은 것이 무엇이고 나쁜 것이 무엇인지, 과학기술 영역에서 살림에 보탬이 되는 것은 무엇이고 망치는 것은 무엇인지 단 한 시간이라도 자기 시간을 내서 우선 순위에 따라 목록이라도 작성하고 생각해보는 겨를을 갖기를 어찌 기대할 수 있으랴.

96년 7월 9일

싫은 소리

점심을 먹고 잠시 또 음식 문제로 봉선 씨에게 싫은 이야기를 했다. 아침에 죽을 많이 끓여서 점심때 마저 먹어야 쉬어 버리지 않는데 금란 씨와 봉선 씨만 그 죽을 먹고 우리 밥그릇에는 새로 지은 밥을 퍼놓았다. 나도 죽을 달라고 해서 먹었다. 그래도 남아서 내가 밥통을 들여다보고 마저 그릇에 퍼서 먹었다. 과식을 한 셈이다. 두부도 내놓은 것이 약간 쉬는 기운이 있고 국도 남기면 버릴 판이다. 그런데 상에는 풋고추와 들깻잎에다 구운 갈치토막, 김치가 더 놓여 있다. 싫은 소리가 될 줄 알면서도 한 마디를 더했다.

옛날에 시골에서 여름이면 식은 꽁보리밥에 된장과 풋고추만으로 점심 저녁을 때운 까닭이 있다, 한창 바쁜 때에 어느 겨를에 굽고 끓이고 여러 가지 반찬 마련에 신경 쓸 틈이 있겠는가, 음식이 쉬려는 기미가 보이거든 다른 반찬 내놓지 말고 그것만 내놓아라, 그리고 많이 만들어서 음식을 쉬게 놓아두고 게다가 한 번 상에 올린 것을 다시 올리지 않고 식탁에 변화를 주기 위해서 다른 음식을 만든다는 생각은 버려라, 음식을 남겨서 버리는 것은 큰 죄악이다, 우리 할머니 어머니들이 여름 내내 쉰 음식을 혼자 부엌에서 몰래 먹고 밥이 너무 쉬어 입에 대기 힘들면 찬물에 빨아서 먹는 모습도 보았는데 어렸을 적에는 궁상스럽게 여겼지만 지금 그 모습을 다시 떠올리니 참 거룩하게 보인다, 앞으로는 반찬도 세 가지 정도로 한정시키자… 이런 이야기를 했다. 그런 이야기를 하면서 분위기가 화기애애하기를 기대하기는 힘들겠지. 그러나 할 말은 해야 하지 않겠나 생각했다.

밥을 먹고 남자들은 곧 자리에서 일어났다. '도시내기' 처녀들이 이제 무얼 자꾸 내다버리는 버릇을 고쳤으면 좋겠다.

96년 8월 3일
해내기 농부의 마음가짐

오랜만에 책을 들추어보았다. 진흙으로 짓는 집들에 관한 책 두 권을 그림 중심으로 훑어보고 있노라니 유 군이 올라왔다. 담에 둘러선 대를 잘라주어야 텃밭 작물이 잘 자랄 것이라는 주인의 말을 들은 모양이다.

마침 유 군을 본 김에 말했다. 내가 아침 다섯 시 반이면 일을 시작하는 것은 특별히 부지런해서라기보다 동네 사람들 눈에 벗어나지 않기를 바라는 마음에서다. 마을 어른들 눈으로 보기에는 나는 풀농사만 짓는 서툰 해내기인데, 도시에서처럼 늦게 잤다고 늦게 일어나면 게으른 투기꾼으로밖에 더 비치겠느냐. 부지런히 일을 하고 하루도 쉬지 않고 땀 흘리는 것 같은데 일머리가 트이지 않고 일손이 서툴러 밭을 저렇게 가꾸는구나 하는 마음이라도 갖게 해야 나중에라도 마을 어른들과 이야기할 실마리가 생긴다. 너도 부엌 청소도 말끔히 하고 집안도 알뜰히 정리해놓아야 없는 사이에 누가 가끔 와서 보더라도 좋은 인상을 가질 게 아니냐. 그리고 아침에 늦게 일어나거나 마음 내킬 때 일하고 마음 안 내키면 자리에 누워버리거나 친구들 만난다고 바쁜 철에 며칠씩 집을 비우는 버릇을 고쳤으면 좋겠다는 뜻을 이야기했다.

96년 8월 13일
이런 하루

아침 다섯 시 반에 일어나 밀차를 밀고 재실에 올라갔다. 당절임 여덟 항아리를 뒤집고, 어젯밤에 져다두었던 풀을 당절임했다. 효소실에 모기가 정말 대단하다. 궁둥이는 내의까지 뚫고 피를 빨고, 등허리, 정강이, 발등 가릴 것 없이 공격한다. 정말 모기 죽이는 약이라도 뿌리고 싶은 마음이다. 청정한 음식 마련하는 곳에서 이런 마음 먹어서는 안 되지 하고 참고 일했다. 당절임을 끝내고 갈퀴로 보릿대를 긁어 내려왔다. 이제 보릿대도 안쪽은 시커멓게 삭아 더 가져오기 힘들게 되었다.

내려와서 금란 씨에게 오늘 오전은 이슬이 걷히고 난 뒤에 지름밭골에서 풀을 베어오고 오후에는 혹시 나래와 나래 엄마, 그리고 이명순 씨가 올지 모르니 집에서 손님들을 기다리겠다고 했다. 금란 씨는 김희정 군과 부안에 가서 당근씨와 씨감자를 구해오기로 했다. 저수지 건너밭에 심을 것이다. 메밀과 함께. 저수지 건너 500평은 귀농 희망자들이 망초대를 모두 베어내고 땅을 일구고 있는 중이라는데, 효소 일에 매달리느라 아직 가보지 못했다.

아침을 먹고 '존재론' 여섯 번째 강의 원고를 조금 쓰다가 지게를 지고 금란 씨와 함께 지름밭골로 갔다. 마침 정연주 씨, 박경임 씨, 김희정 군, 임전수 군이 아침 먹을 준비를 하고 있었다. 임 군은 일을 열심히 하겠다더니 가뭄에 돌덩이가 된 밭을 괭이로 일구다가 온 손바닥에 물집이 잡혀 더는 괭이질을 할 수 없게 되었다. 지친 표정이 역력하다.

아침을 먹는데 비빔밥을 볶아서 먹는 것을 보고 식욕이 다시 생겨 같이 조금 나누어 먹고 쑥과 씀바귀를 베라고 일러주고 김 군과 금란 씨, 그리고 나 셋이 저수지 건너 500평 밭에 갔다. 이런! 과학기술원 학생들이 내가 애써 심어놓은 더덕을 망초대 뽑는 김에 모조리 같이 뽑아버리고 밭을 갈아버렸다. 작년에 관유 군이 애써 심어놓은 도라지를 심 군이 갈아 엎어버린 일이 생각난다. 밭을 살펴보고 집으로 돌아왔다. 박경임 씨 일행에게는 한 시쯤 일을 끝내고 넘어오라고 해서 한 시 반쯤 점심을 먹었다.

정연주 씨가 오늘 떠난다. 보험회사에 며칠 출근하고 시험에 합격하면 35만 원을 주는데 내일이 그 시험날이란다. 부안에 당근씨랑 감자씨를 사러 가는 금란 씨와 김희정 군의 차에 정연주 씨를 태우고 유 군, 나, 임 군, 경임 씨 넷은 오전에 본 저수지에 깔린 부엽토를 긁으러 갔다. 100kg들이 자루들을 챙겨가지고. 무거워서 반 포대가 안 되게 담은 부엽토 자루가 쉰 개 가까이 되었다. 저수지 옆 논에 쌓아두고 비 올 때를 대비해서 방수포를 덮고는 해거름에 집에 오니 나래 엄마와 최광선 군이 와있다. 최군은 강아지 한 마리를 가져왔는데 4만 원이라 한다. 저녁 먹고 가라고 붙들었더니 내일 오겠다면서 갔다.

오늘은 중산리에서 어항으로 피라미를 잡는 분이 잡은 것을 모두 우리 먹으라고 주어서 매운탕을 끓여먹고 튀김도 해먹었다. 인심을 안 잃었다는 증거라서 더 좋았다.

96년 8월 26일
참된 시인이란

변산 가는 버스를 타고 창밖을 내다보면서 시인이란 무엇인가에 대해 잠깐 생각했다. 시인이란 무엇인가? 시인은 낡은 말과 글의 굳어져버린 껍질을 깨고, 말과 글, 그리고 거기에 비친 생각과 느낌의 새로운 결을 드러내고, 그 생각과 느낌을 뒷받침하는 삶의 새순을 키워내는 사람이다. 죽어버린 말과 글의 질서에 매달려 예쁜 시어로 꾸미기나 하는 사람은 참 시인이 아니다. 참 시인은, 비유하자면 운수 행각을 하는 떠돌이 중이나 제대로 농사짓는 농부와 같은 사람이다. 운수 행각을 하는 중들은 이틀밤을 한 자리에 머물지 않는다. 벌써 하룻밤을 지나면 그 자리에 있는 것들이 낯익은 것으로 바뀌어 있고, 그렇게 되면 주변 사물에 관심이 적어지기 때문이다. 늘 낯선 것 사이에서 온몸과 마음을 활줄처럼 팽팽하게 긴장시켜 주위의 모든 것에 주의 깊은 관심을 기울여 접촉하는 자세, 새롭지 않은 것이 아무것도 없는 세상에 늘 자신을 내던지는 것, 그렇게 해서 온몸과 가슴이 새로움으로 가득차게 함. 이것이 길 걷는 사람의 마음가짐이고 시인의 눈이다.

삶은 늘 새로운 것이다. 낯익은 것, 편안한 것, 익숙한 것이 생겨난다는 것은 머문다는 것, 움직이지 않는다는 것, 느슨해진다는 것, 타성에 젖는다는 것이고 그것은 죽음에 길든다는 것이다. 어린애의 눈은 늘 호기심에 차 있다. 살아 있다. 이 눈을 가져야 시인이 될 수 있다. 늘 새로운 느낌, 새로운 눈으로 세상과 만나는 사람이 시인이다. 참 농사꾼도 마찬가지다. 진짜 중도 마찬가지고…. 시가 마침내 다닫는 궁극 지점은 깨우침의 순간 중들이 읊는 오도송(悟道頌 깨우침의 노래)이 아니던가. 그런데 이 깨우침의 노래는 낡은 말과 글의 질서 속에서 말뜻을 찾는 사람들에게는 전혀 뜻을 알 수 없는 수수께끼고, 우리가 알고 있는 논리나 사고나 느낌으로는 도저히 받아들일 수 없는 모순된 표현으로 가득차 있다. 삶의 흐름이란 그런 것이다. 순간 순간 비약이고 창조다. 이미 만들어진 어떤 그물로도 그 살아뛰는 고기는 건져올릴 수 없다. 사랑이 삶의 궁극 표현인 것은 사랑하는 사람의 눈에 비친 세상은 사랑이 없는 사람의 눈에 비치는 세상과 딴판이기 때문이다. 낯설게 만들기, 낯선 세상 속에서 낯선 나그네로 살아가기, 끊임없이 사랑 속에서 일을 놀이로 만들기, 그 과정에서 생기는 상처와 고통을 온 가슴으로 끌어안기.

버스에서 내려 걸어오면서 춤을 추었다. 춤추는 내 그림자를 보면서 내가 참 춤을 잘 추는 사람이라는 생각이 들었다. 그렇지, 춤의 최고 경지가 원효가 추었다는 무애춤이다. 달빛과도 놀고, 가로등 불빛과도 놀고, 겨드랑이로 스미는 초가을 산들바람에도 어깨가 들리고 개구리와 풀벌레 울음에도 발걸음이 그때마다 달리 건들거리고….

아이들에게 식물도감이나 약초도감에 나오는 풀이나 나무 이름을 일러주어 무엇하리. 예쁜 풀, 마음에 드는 나무를 보면 냄새도 맡아보고 맛도 보고 올라가보기도 하고 꺾어보기도 하면서 스스로 이름을 짓게 만들고 나중에 그 나무를 세상 사람들이 어떻게 부르는지도 가르쳐주어 세상 사람들이 부르는 풀이나 나무 이름이 마음에 안 들거든 새로 지은 예쁜 이름으로 그 풀과 나무를 부르도록 하자. 새 이름을 붙이고 새 이웃을 만들고 그 새로운 관계의 그물을 새로 떠서 살아 생동하는 생명의 고기를 건져올리게 하자. 죽은 세상을 산 세상으로 바꾸는 길이 그 길이 아니랴.

96년 9월 9일
마당가에 오줌을 누다가

새벽에 오줌이 마려워 일어났는데 비가 오고 있어 변소에 가기가 번거로웠다. 뒷문을 열고 마당가에 오줌을 누다가 갑자기 '넌 농사꾼이 아니야, 농사꾼이 되려면 아직 멀었어.' 하는 소리를 들었다. 옛날에도 가끔 탱자나무 울타리나 감나무 아래 오줌을 누었는데 마음에서 이런 소리가 울려나오기는 처음이다. 비가 무서워서 아까운 거름을 빗물에 씻겨 내려보내다니, 그러고도 유기농으로 농사짓겠다고 하다니, 소가 웃을 일이다. 다음부터는 절대로 이런 느슨한 모습을 보여서는 안 되겠다는 생각이 들었다.

흙벽돌과 나무로 벽을 쌓고 억새 지붕을 올린 뒷간. 시험삼아 나무를 깎아 좌변기를 놓고
똥과 오줌을 따로 분리하는 간단한 장치를 했는데 별 성과가 없어 떼내었다.

96년 9월 29일
벌레 세 말을 먹어야

일곱 시 반쯤 밥이 다 되었는데 양은주 씨가 북어국을 끓였다가 벌레
가 너무 많아 다시 미역국을 끓였다고 했다. 북어국에 밥을 먹으면서 옛
어른들이 여름철에 벌레 세 말을 먹어야 겨울을 날 수 있다고 하신 말씀
이 있다고, 음식에서 혹시 벌레가 나오더라도 다른 사람 눈에 띄지 않게
가려내고 입밖으로 말을 내지 않는 게 식사 예절이라고, 눈이 너무 밝은
것도 병, 귀가 너무 밝은 것도 병, 생각이 너무 빠른 것도 병이라고 했
다. 그리고 복숭아를 먹을 때는 밤에 먹으라 그랬다는 이야기도 했다.

96년 10월 8일

호화판 취미생활?

아침에 재실에 올라가 어제 내가 무리한 고집을 피운 것에 대해 사과를 했다. 내년 농사에 대해 김희정 군과 금란 씨는 우리끼리 해나갈 수 있다는 낙관을 하고 있는데, 비아 엄마와 나는 그럴 수 없다는 비관을 하는 데 문제의 한 자락이 엉켜 있다는 게 밝혀졌다.

김 군의 낙관은 부지런히 농사에 몰두하고 제초기를 쓴다거나 작물 선택을 제대로 한다거나 해서 한 사람당 농사 면적을 넓혀가면 된다는 데에 기초를 두고 있다. 김 군은 올해 재실 농사가 그렇게 된 것은 심 군 부부가 일손을 놓아버렸기 때문이라고 판단한다. 금란 씨의 낙관은 조금 다르다. 지을 만큼, 감당할 만큼만 짓고 나머지 밭은 묵히더라도 한 해 농사를 주체적으로 해보아서 제 힘이 어느 정도 되는지 가늠해보는 게 중요하다는 데서 출발한다.

이와 반대로 비아 엄마는 올해 농사를 지어보니 아무리 몸을 부지런히 놀리더라도 3백평 농사를 짓는데도 허덕이게 되더라는 체험에 바탕을 두고 비관론을 편다. 그래서 민정이네가 일손을 놓고 떠난 것도 3천평 땅을 도저히 두 사람 힘만으로는 가꿀 수 없다는 절망이 원인이라고 본다. 처음에 자신만만하고 희망에 부풀어 이런저런 농사 계획을 세웠던 민정이네가 막상 해보고는 이건 우리가 감당할 수 있는 일이 아니구나 하고 판단했으리라는 것이다.

나도 비아 엄마 말에 동의한다. 올해 그랬던 것처럼 내년에도 농사일만 우리를 기다리고 있는 게 아니다. 하우스 설치, 냉암소 공사, 토담집 짓기, 물감 들이기, 계절 학교, 지름밭골 변소 짓기에서부터 여러 시설 갖추기, 옹기가마 놓기, 효소와 식초, 젓갈 가공 따위 많은 일들을 동시에 해나가야 한다. 그렇게 되면 어떤 때는 농사 시기를 놓칠 수도 있고 또 일손이 부족해서 제대로 농작물을 돌보지 못할 수도 있다. 그런 것을 모두 당분간 중단하고 농사일만 하면 되지 않느냐는 게 봉선 씨와 금란 씨의 생각이나 그럴 수 없다는 게 내 생각이다. 실험은 해야 하지만 언제까지나 실험에 매달릴 수는 없다. 그 실험은 소득과 연결되어야 하고 그래야 그것을 재원으로 우리가 하고자 하는 일을 할 수 있다. 그러나 올 한 해 손님에 치여서 많은 사람이 고통을 받은 건 사실이므로 내부 사람이 중심이 되어 일을 추스려나가자는 데는 동의했다.

어제 격앙이 되어 김 군과 금란 씨에게 너희들은 선민 의식을 가지고 있다, 안과 밖이 어디 따로 있느냐, 너희들에게는 이것이 바른 삶의 길을 찾는 수도의 과정만으로도 가치가 있을지 모르지만 비아 엄마와 비아, 종현이, 유 군에게는 생활의 근거가 되어야 한다, 누군가를 선택해야 한다면 나는 종현이, 비아, 유 군을 선택할 수밖에 없다고 퍼부었던 게 금란 씨에게 깊이 상처를 입혔던 것 같다. 봉선 씨는 그렇게 되면 카리스마가 생겨난다고 했다.

내부 구성원들 사이의 평등은 원칙이고 지향해야 할 목표지만 어느 시점까지 카리스마가 작용하는 건 어쩔 수 없다. 인위적 카리스마가 자연스러운 생물학적 집단 카리스마로 전환되려면 꽤 오랜 시간이 필요할 거라는 느낌은 옛날부터 가지고 있었다. 현실 분석에 기초를 두지 않고 삶을 소꿉놀이로 여기는 것도 절박함이 모자라는 탓이다. 그렇지 않아도 어떤 사람들은 나더러 한 달에 적지 않은 돈이 드는 호화판 취미생활을 하고 있다는 비판을 한다. 비판이 올바른 것이 아니라는 사실을 증명해보이기 위해서라도 살림을 제대로 야무지게 해나가야 한다.

96년 11월 4일
새끼 *꼬기*

아침에 재실에 올라가는 길에 들머리에 몇 포기 남아 있는 무와 배추를 뽑았다. 비아 엄마가 가꾼 것인데 땅이 워낙 메마르고 벌레들이 극성을 부려 거의 다 가뭄에 말라죽고 드문드문 제대로 자라지도 못한 채 박혀 있던 것이다. 제초제와 농약과 화학비료를 먹으면 그렇게 잘 자라는 놈들이 제 몸에 해로운 것들을 쓰지 않고 기르려면 이렇게 몸살을 하고 자라지 못하는 까닭이 있기야 하겠지만 안타깝다. 그대로 놓아두면 내가 아침 이슬을 맞으며 애써 베어놓았던 메밀을 며칠 전 내가 집을 비웠을 때 바닥에 그대로 놓아둔 채 밭을 갈아버렸듯이 또 이걸 그대로 둔 채로 갈아버릴까봐 뽑아 올라갔는데 비아 엄마는 "아직도 김치가 많은데…" 한다.

아침을 먹고 곶감을 싸릿대에 꿰어 걸어놓을 새끼를 꼬았다. 얼핏 다른 급한 일들이 많을 것 같아 지서리에 나가 비닐 새끼를 몇 발 사다가 꿰면 되지 않겠느냐고 했더니 유 군이 한 시간이면 새끼를 꿀 수 있을 텐데 그냥 새끼를 꼬자고 한다. 그 말이 맞는 말이다. 지서리까지 오가고 새끼를 고르고 하는 시간에 볏짚을 가져다 꼬면 그게 그거고, 또 이렇게 농사일을 기본부터 배워 자립심을 기르는 것이 훨씬 뒷날을 위해서 좋다는 생각이 든다. 오늘은 유 군이 내 스승이다.

96년 11월 13일

함께 사는 장삿길

저녁에 밥을 먹으러 재실에 올라가는데 저수지 위쪽 산에 초사흘 달이 걸려 있었다. 검푸른 하늘을 배경으로 손톱 같은 달이 떠 있는데 가려진 부분이 꽤 뚜렷이 동그랗게 그려져 있었다. 무척 아름다운 모습이었다. 초생달의 새로운 모습을 보는 느낌이 들었다. 초생달이 아름다운 건 모습이 가려진 저 나머지 원이 있기에 그렇겠다는 생각이 들어 무척 행복했다.

저녁을 먹고 재실에서 산딸기 술을 가지고 오니 김희정 군이 가지 않고 있어서 같이 산딸기 술을 마시는데 유 군이 내려오고 최광석 군도 합류하여 술판이 크게 벌어졌다. 안용무 씨가 재실에 가져다놓은 막걸리 반 말도 가져다가 거의 다 마셨다.

최광석 군이 곰소에 건어물과 생선을 파는 조그만 가게를 냈는데 어제 곰소에 가서 보니 유리문에 자연산 왕새우 스무 마리에 만 원이라고 써붙여놓아서 속으로 조금 걱정스러웠는데 탈이 생겼다 한다. 곰소의 다른 가게들에서 파는 값보다 훨씬 쌀 뿐만 아니라, 바다에서 나는 생선이라는 게 늘 일정한 물량을 공급할 수 있을 만큼 잡히는 것도 아니어서 많이 잡힐 때와 적게 잡힐 때 가격 차이가 큰 법인데 그 요량을 못하고 그렇게 크게 써붙여놓았으니 탈이 안 생길 수 없겠다 싶었다. 다른 가게보다 더 싸게 팔 수 있으려면 자본도 많아야 하고 일정한 고객이 있어 박리다매할 길이 있어야 하는데 그렇지도 못하거니와 실제로는 자가용타고 관광이나 하는 사람들에게 물건을 싸게 팔면서 곰소에서 생선 팔아 먹고사는 이웃 사람들 장삿길을 막는 셈이니 그게 될 법이나 한 일이냐고 나무랐다. 곰소 사람들이 함께 잘 사는 장사법을 찾지 못하면 오래 그 곳에서 버틸 수 없으니 차라리 물건을 잘 고르고 정성들여 가공하여 다른 집에서 파는 것보다 훨씬 비싼 값으로 팔라고 말했다. 자본주의 경쟁원리를 본떠서 장사하면서 공동체를 지향한다는 것은 말이 안 된다. 다른 사람들과 경쟁할 생각 말고 빠진 고리가 무엇인지 잘 살펴서 그 고리를 메꾸어주는 방식으로 장삿길을 찾아라. 보리출판사가 불황 속에서도 그대로 견디는 힘을 비축할 수 있었던 것도 다른 출판사에서 하지 않거나 할 수 없는 일을 하고 그 결과를 책으로 묶어냈기 때문이다. 어떻든 곰소 상인들과 사이좋게 지내면서 그 분들이 더 잘 살 수 있도록 배려해주고 돈 많은 뜨내기 고객들이야 맨 나중에 챙겨도 된다. 다만 다른 가게들보다 물건값이 비싸려면 그에 합당한 까닭이 있어야 하고 고객도 그 까닭을 알아야 하니 창문에다 이렇게 싱싱한 생선을 이렇게 정성들여 가공한 것이니 값이 비싸도 이해하라는 방을 써 붙이는 것도 한 방법이겠다…이런저런 이야기를 하는 동안 술기운이 많이 올랐다.

96년 12월 24일
어느 겨울날

가래떡과 조청을 새참 겸 점심으로 삼아 저수지 옆 솔밭에 갈비를 하러 갔다. 오전과 오후 세 시 무렵까지 솔잎을 갈퀴로 긁어 커다란 자루에 꾹꾹 눌러 담아 열 포대를 했다. 모두 저수지 아래쪽으로 날랐다. 어제 것까지 열세 포대가 쌓였다.

일하다 배고프면 저수지 가 바위에 앉아서 바람에 잘게 부서지는 저수지 물을 보면서, 또 산너머로 떠가는 토끼 꼬리 같은 구름을 쳐다보면서 조청에 가래떡을 찍어먹고, 일하다 피곤하면 바위가 바람을 막아주는 솔숲 양지쪽에 누워 겨울 햇살이 감은 눈두덩 위로 발그랗게 흘러드는 것을 보았다.

 아직은 혼자 있는 게 편할 뿐이지만 익숙해지면 깊은 생각에 잠길 기회가 많을 것 같다.

1997년 1월 1일
새해 첫날

 새벽부터 불던 미친 바람 아직도 이렇듯 갈피를 잡지 못하고 아침에는 빗방울 휘몰고 다니더니 오후부터는 눈발이로구나.

 새해부터는 내 안에서 일어나는 변화를 눈여겨보았다가 일기에 담으리라 다짐했건만 그 동안 나날이 벌어지는 일에 파묻혀 있다보니 나날의 변화가 먼저 떠오르니 타성이란 참 무서운 거로구나.

 너에게 편지하듯이 나날의 기록 그렇게 써볼까. 늘 새로워지려는 너에게 늘 새로워지려고 하는 내가.

 어젯밤 열한 시가 조금 넘어 보리 식구들(한백이네, 유담이네, 시원이네)이 왔는데 아침부터 바람 거세고 빗발부터 뿌리니, 다른 일은 못하고 재실 문간방에서 그제 온 식구들과 땅콩을 까기 시작했지. 난 아침에 어제부터 감기 몸살로 앓아 누운 경임 씨 문병차 대밭집 다녀오고.

 땅콩을 까다가 몸이 조금 안 좋아(딱 하루 단식을 하고, 손님들에게 유난해 보인다는 나래 엄마 핀잔을 전화로 듣고 단식을 다음 기회로 미루기로 하고서 아침을 먹은 것이 위에 부담이 되어서일까) 집에 내려와 누워 있는데 경민이 아버지가 새해라고 찾아와 절을 하겠다고 해서 엉거주춤 일어나 맞절을 하고 함께 감잎차를 마셨어. 그리고 다시 재실에 올라가 점심때까지 땅콩을 깠지.

점심을 먹고 나니 날이 조금 맑아지는 듯한데 보리 식구들이 오자마자 방 안에 갇혀 오전 내내 땅콩까기에 진력이 났던지 바깥바람을 쏘이겠다고 해서 그러면 한 번도 나무를 나르지 않은 남자들만 격포에 가서 벌목장 일을 하자고 했다. 그런데 웬걸, 점심 먹기 조금 전에 아내와 아들 딸, 그리고 친척 여자 한 분과 다시 온 오용태 씨가 아들과 함께 같이 가겠다 하고, 보리 여자들과 아이들까지 따라나서는 바람에 트럭과 보리 승합차에 나누어 타고 채석강으로 갔지 뭐야. 넘어뜨릴 듯이 가슴을 세차게 밀어대는 바닷바람을 안고 채석강에 가서 태풍이 물거품을 하얗게 날려보내는 모습을 보고, 켜켜이 쌓인 돌들을 다시 눈여겨보기도 하다가 남자들은 일하러 가자고 소리쳐 불러 함께 솔가지를 묶어 차에 싣기 시작했지. 이 일에는 어린 용태 씨 아들도 아버지 뜻을 따라 같이 하고, 또 경민이 아버지도 세배 왔다 붙들려 땅콩을 까더니 함께 땀을 쏟았단다. 여자와 아이들은 김희정 군이 승합차에 태워 해변가를 따라 구경시키고 말야.

일을 마치고서 가지고 간 막걸리를 참에 곁들여 먹으려니 이제 거센 눈보라로 바뀐 날씨에 어디 펴놓고 먹을 자리가 마땅해야지. 별수없이 그냥 가자며 집으로 오다 그래도 아쉬워서 노루목 근처에 차를 세우고 바닷물이 파놓은 자연 동굴 속에서 눈과 바람을 피해 함께 둘러앉아 식은 빵과 당근, 그리고 막걸리를 한 잔씩 들이켰단다. 그래도 젊은 남자들은 흥이 나서 바닷가에 떠밀려온 공처럼 생긴 플라스틱 부표를 차고 놀면서 다시 땀을 흘리고, 몸이 아직 그저그런 나와 김희정 군은 남아서 추워하는 여자들과 아이들을 위해 파도에 밀려와 버려진 나뭇조각과 지푸라기를 모아 모닥불을 피우려고 낑낑대다 포기하고, 하얗게 거품을 일으키며 겹겹이 파도쳐 밀려오는 바닷물을 넋놓고 보다가 바닷가를 걸었단다. 그러다 바닷가 바위 위에 죽어 있는 까투리 한 마리 보았구나.

죽은 지 얼마 안 된 듯 파도에 씻기지 않은 그 까투리를 주워들고 눈보라 헤치며 해변길을 걸어 다시 차를 타고 집으로 왔지 뭐야. 오자마자 남편과 아들만 떨구어놓고 오용태 씨 부인과 딸, 그리고 같이 온 여자 손님은 서울로 간다고 인사를 하고…세란 씨와 명순 씨와 영자 씨는 금란 씨 따라 지름밭골과 저수지 다녀온다고 마실갔다는구나. 점심 먹고 트럭에서 나뭇짐 부리고 오전에 까던 땅콩을 마저 까자고 재실 문간방에 앉아 저녁 먹으러 오라고 부를 때까지 일을 했는데 그래도 땅콩을 다 까지는 못했느니라.

저녁을 먹고 잠깐 짬을 내어 이렇게 앉았구나.

97년 2월 22일
말로 전할 수 없는 것

무한한 우주를 헤엄쳐 다니는 비행선에 대한 인간의 꿈은 어떻게 해서 싹트게 되었을까. 그리고 결국 그 꿈이 조잡한 기계를 허공에 날려보내고 기계 눈으로 우주를 관찰하는 우스갯짓으로 바뀌고, 또 그것을 빛나는 현대 과학의 성과라는 환상으로 여기게 된 데는 어떤 뒤틀린 계기가 작용했을까?

우주를 헤엄쳐 다니면서 새로운 별들을 만들어내고, 생명력을 잃은 별들을 잠재우는 힘은 하나밖에 없는데, 바로 그건 사랑인데, 아무것도 사랑을 대신할 게 따로 없는데, 그리고 그 사랑은 말로 표현할 수 없는 건데, 충만한 어떤 것도 말로는 나타낼 수 없는데, 자연은 온통 사랑으로 가득차 있는데, 바람도 물결도 사랑으로 춤추고 출렁이는데, 나와 우주는 서로 사랑으로 헤엄치는데, 우주는 작은 물레가 되어 내 안에서 돌고 나는 작은 새가 되어 온 우주를 자유롭게 날아다니는데, 저 언덕으로 건너는 배는 사랑으로 이루어져 있는데, 이 깨우침을 말로 전할 수는 없어.

97년 3월 3일

미혼모

오늘 몹시 피곤했어. 아침부터 효소실 효소 항아리 얹어놓을 탁자 다리를 짰거든. 위에 합판을 얹어놓을 수 있는 틀을 어제에 이어 오전에 하나 오후에 하나 짰어. 이번에는 높이를 1미터로 짰지. 어제 만든 게 너무 높아서 불편하고 불안해보여서 말야.

경민이가 재실로 등교해서 효소실 문을 열고서 나와 김진탁 군이 일하는 하우스에 들어오더니 나무토막에 드릴로 구멍을 뚫고 싶대. 연필꽂이를 만들고 싶다고, 참 좋은 생각이라고 하면서 드릴 사용법을 가르쳐주었어. 김진탁 군이 경민이에게 톱질도 해보겠느냐고 묻는데 경민이가 작년 여름에 해보았더니 잘 안 되더라고 싫대. 그래도 해보라고 해서 주저주저하며 톱질을 하는데 곧잘 해. 이제 자신감이 생겼을 거야. 참먹을 시간에 김희정 군이 호박차와 유 군 혼례식 때 챙겨온 떡을 구워왔는데 경민이가 그 자리에서 홍화에 대해서 이것저것 물어. 저수지 건너편에 홍화씨를 심는다고 하고, 우리 집에 토종 벌통을 다섯 통 가져다놓은 것을 보더니 꿀을 따려고 그러는 거냐고 해서 물감도 들이고 약재로도 쓰려고 그런다고 했지. 물감은 무엇으로 들여요? 꽃잎으로. 약으로 쓰는 건 뭐예요? 씨앗. 어떤 약인데요? 뼈가 잘 붙게 하고 건강에도 좋대. 그러면 여러 가지 쓸모가 있네요. 그래 일석삼조라고 할까. 너 오늘 공부 많이 한다. 톱질도 배우고 드릴로 구멍 뚫는 것도 배우고, 약초와 물감에 대해서도 공부하고…교과서 외우는 것보다야 이런 실제 공부가 훨씬 더 가치가 있지.

점심 먹고 곧 다시 일을 시작했는데 네 시쯤 경민이 엄마가 왔어. 생선과 바지락을 사 가지고. 무를 찾기에 밭에 있는 달걀만한 무 열 개를 뽑아 씻어주고 집으로 내려와 괭이와 황새괭이를 찾아 항아리 묻을 자리를 파는데 몸이 몹시 피곤해 방에 들어와 누웠지. 오늘 무리를 한 것 같아.

여섯 시 반쯤 재실에 올라갔는데 웬 여자가 찾아왔어. 연락도 없이. 저녁상을 차리던 참이라 그냥 가라고 할 수 없어 밥이나 먹고 가라고 했지. 무슨 의논할 게 있어서 잠깐 들렀다는데 저녁만 먹고 가라니 다급했던 모양이야. 자기가 올 칠월에 아이를 낳는데 아이 아빠가 없다는 거야. ○○대 과학교육과를 나왔대. 이름은 ○○○이라 하고, 나이는 스물여섯. 아버지는 교사고 어머니는 옷감 가게를 하고. 또 애 할아버지가 될 분도 교사인데 그 분에게는 '아이가 있다. 낳아 기르고 싶다' 털어놓고 말해서 도움을 받고 있대. 친정에 이야기하면 펄쩍 뛸 것 같아 이야기를 못 하고 있다는군. 참 난감해. 그래서 저녁을 먹고 우리 식구(유군 부부와 비아 엄마를 뺀 나머지 식구) 여섯이 모여 앉아 그 문제를 놓고 의논을 했어. 그 여자 분에게는 우리가 이렇게 하는 게 관례라고 이야기하고….

여자가 혼자 살기에는 시골 일이 힘들다. 그래서 여자들이 모두 도시로 떠나는데 아이를 낳아 기르면서 시골 생활을 한다는 건 무리다. 남자가 곁에 있어도 힘든데 아비 없는 갓난 아이 딸린 몸으로는 더구나 그렇다. 이야기를 듣자하니 도시에서 살려면 애 친할아버지 할머니가 돌보아주시거나 친정 부모에게 맡겨 기르는 수밖에 없겠다. 입양 생각은 하지 않는다고 하니 그 길밖에 없겠는데, 친정에 알리면 벼락이 떨어지고 애를 지우라고 하거나 낳되 감쪽같이 몰래 입양을 시키는 쪽으로 종용할까 두려워 이야기를 못 꺼내고 있다는데, 또 애 친할아버지도 애 낳는데 드는 비용이나 그 밖에 생활비 일부를 대줄 의사는 있지만 집에 맞아들여 같이 살자는 의사는 없는 모양인데, 어떻게 해야 할지 우리도 딱히 모르겠다. 아무튼 이미 밤이 되었고 그 딱한 사정을 알고서 당장 돌아가라 하기도 그러니 오늘밤은 여기서 자고 내일 떠나라, 그리고 당신 문제를 우리 식구들이 모두 들었으니, 우리 식구들이 돌아가면서 느끼고 생각한 바를 한 마디씩 해줄 의무가 있는 것 같다, 이렇게 이야기하고 경임 씨부터 이야기하라고 했지.

경임 씨는 그 이야기를 듣는 동안 눈물을 글썽이고 있다가 같이 살아도 괜찮지 않겠느냐고 해. 금란 씨는 딱한 사정으로 보아 같이 살자고 하고 싶지만 우리 현실이 아직 온전하게 엄마와 아이를 같이 맞아들여 살자고 하기에 준비가 너무 부족해 안타깝지만 함께 살자고 하기 힘들다 하고…김진탁 군도 같은 의견이라고 해. 그러면서 먼저 시골에서 사는 게 어떤 건지를 경험해보겠으면 한 일 주일 같이 생활을 해보는 것도 괜찮다고 해. 그 이야기를 듣더니 아까 금란 씨가 서울에서 학교를 쉬고 있는 한 남학생이 한 달쯤 여기 와서 살겠다는 이야기를 한 것이 기억나는지 자기도 이제 아이도 뱃속에서 안정되고 몸을 움직이는 것도 크게 거북하지 않으니 여기서 한 달쯤 지내보고 싶다 해. 그래서 그렇게 길게 잡지 말고 한 일 주일 있어보고 견딜 만하면 시간을 조금씩 연장하면서 시골 생활을 경험해보라고 했지. 김희정 군은 다른 의견이 없다 하고 선희 씨도 눈물만 글썽거려.

나중에 비아 엄마가 와서 희정 군이 그 동안 오갔던 이야기를 간단히 전하고 나중에 조언해줄 게 있으면 해주라고 부탁하는 걸로 이야기를 마쳤어. 비아 엄마가 가지고 온 구기자술(누룩으로 빚어 물 안 타고 걸러낸 약주) 맛만 보고(금주 기간이라) 술 빚는 법을 이야기해주어서 들었어. 작업 회의는 내일 여자 분들은 구기자를 베어서 꺾꽂이하는 일을 하고, 김희정 군은 아침에 지서리에 가서 모래를 실어와 밑빠진 항아리를 때워 오줌항아리로 쓰게 하라 하고, 김진탁 군은 냉암소 배수로를 파거나 세수터 시멘트 일을 하거나 날씨 봐서 하기로 하고 나는 김희정 군과 갈대로 지붕 이는 일과 항아리 묻을 땅 파는 일을 하기로 하고 마쳤어.

왜 하필 나를 찾아왔을까?《녹색평론》에 실린 글을 보고 왔다지만 어디에도 비아 엄마나 그 밖에 미혼모 이야기를 쓴 적이 없는데 참 이상해. 종현이 건도 그렇고, 박동규 군 경우도, 헌우 군 경우도 그렇고…정말 '나머지 사람들'과 함께 어울려 사는 공동체를 이루라는 게 내 업일까? 모르겠어. 오늘 밤 별빛이 참 밝네.

97년 4월 10일
재미없는 일기

아침에 눈을 뜨면 새소리가 참 아름다워. 아침에 우는 새는 배가 고파 운다지만 배가 고파도 저렇게 아름답게 울자면 보통 수양이 아닐 거야. 요즈음에는 새벽에 와선한다고 느끼는 때가 많아.

오늘은 아침을 먹고 나니 일곱 시야. 열 시까지 그 동안 우리가 담은 효소와 술을 하나하나《동의학 백과사전》을 들추어보면서, 또 거기에 없는 것은《약이 되는 우리 산야초》를 보면서 약효를 정리했어. 나는 책을 보면서 필요한 정보를 부르고 금란 씨는 받아 적고 하는 방식으로. 나중에는 소화도 안 되고 벨도 꼬이고…거의 지쳐 나가떨어질 때쯤 일이 끝났어. 공책으로 열여덟 쪽인가 열아홉 쪽인가를 정리한 셈이야.

방에는 늘 손수 불을 땐다. 방이 작아 나무가 별로 들지 않는다.

앞집 할머니가 오늘 담배 심을 밭에 거름 뿌리는 일을 할 사람이 없다고 도와달라 해서 희정 군과 용태 씨를 붙이고, 양파 밭에는 보리가 더 많이 자라서 보리를 캐서 효소 담는 일을 경임 씨, 비아 엄마, 금란 씨가 하기로 하고, 유 군과 유 군 부인은 마늘밭 김매기, 선희 씨는 솔밭 풀매기, 그리고 나는 열 시가 넘어서 지름밭골로 가서 임시 변소 마무리 일을 했어.

점심은 지름밭골에 갈 때 싸갔던 쑥떡과 미나리 부침개로 때우고, 바람이 많이 불어 억새를 깔고서 양지켠에 누워 햇볕을 듬뿍 쪼이면서 잠시 빈둥거렸지. 참 좋아. 산새 소리도 좋고, 바람 소리, 시냇물 흐르는 소리도 좋아. 느지막이 일어나 변소일 마무리지었지. 눈에 안 띄게 칡넝쿨로 여기저기 동이고 억새를 꽂고…그러다 보니 해가 기울어.

다 마치고 내려가려는데 경민이, 재혁이, 동수가 왔어. 경민이 어머니도 오더군. 변소 구경시키고 경민이 집에 가서 내일신문 들추어보고 집에 와 군불 때고, 희정 군과 용태 씨가 앞집 할머니네 거름 내는 일을 하고 있어서 잠깐 돕고, 저녁 먹고 막걸리 마시고 집에 돌아오는 길이야. 뭐 날마다 특별한 느낌, 특별한 깨우침을 적고 싶어도, 한가하지 않으니 떠오르는 건 그날그날 한 일이고, 그건 그냥 적으면 되니, 날마다 그런 것만 쓰다보면 이렇게 일기가 재미없게 돼. 별수 있나.

나만 비를 기다리는 게 아냐

나만 비를 기다리는 게 아냐
메마른 바람 속에
메마른 번개 속에
습기 한 점 없어
구름이 몰려드는데도
벌들이 두려워
집안에 숨어 있지 않아.
기대는 저만큼 물거품이 되어 떠내려가지만
그래도 한 가닥 실낱 같은 희망
저 산자락에 깔린 구름에 걸리는 건
땅속에 묻어놓은 씨앗들
저절로 묻힌 풀씨들 모두
비를 기다리고 있기 때문이야.
싹트기 기다리는 씨앗들이

목말라 물 마시고 싶다고
나에게 보채지 않는다면
내가 왜 비를 기다리겠어.
시멘트와 콜탈이 빗물에
씨앗들 수챗구멍으로 쓸어내리고
혹시 한 뼘 맨땅에
잔디나 가꾸는 꽃들 있어도
수돗물에 스프링쿨러 달아
마음대로 물 줄 수 있는
도시에 살 적에 나는
비를 기다린 적이 한 번도
없어.

1997년 5월 20일
밥 잘 먹고 똥 잘 싸게 해주십시오

아침에 산에 올라가 엉겅퀴 한 포대 베어서 재실에 갖다주었어. 효소를 담으라고. 지서리에 가서 돈을 찾아 120만 원을 금란 씨에게 주었는데, 농협에 갔더니 농협 직원이 우리에게 하우스 200평짜리 세 동 분량의 대를 주었다는 거야. 우리는 두 동밖에 신청하지 않았는데 말야. 하우스 두 동을 짓는데 다른 부대 비용은 빼고 하우스 대 값만 551만7천 원이야. 정부 보조금이 363만 원이고 농협 융자가 217만8천 원이지. 농협 융자는 3년 거치 7년 상환이래. 우리는 세 동을 신청하지 않았노라고 했더니 면에서 내려보낸 서류에 적힌 대로 하우스 대를 실어다주었을 뿐이라고 면에 가서 알아보래. 면에 갔더니 처음에는 세 동을 신청했다가 한 동을 줄여 두 동만 신청한 근거가 남아 있더라고. 그래서 그 이야기를 다시 농협에 가서 전하고 한 동 분량을 다시 실어가라고 했더니 난처해해. 세 동을 다 받을 수도 있지만 처음부터 버릇을 잘 못 들이면 안 되겠다 싶어 두 동 이상 지을 능력도, 땅도 없다고 오금을 박고 왔지.

점심때 조금 못 되어 최광석 군이 소금을 가지고 왔어. 젓갈을 담으려면 필요하다고 하면서 말야. 재실 마당 풀을 점심 뒤에 매면서 최 군과 다시 곰소 가게 운영과 빚 문제, 그리고 최 군이 장사에 적합한 성격이 아니니, 갯살림을 제대로 익힐 겸 최 군은 배를 타고 가게 일은 이모에게 맡기는 게 어떠냐는 문제들을 이야기했어. 지난 번 밤에 이야기했던 걸 조금 구체화한 건데, 쇠뿔은 단김에 빼랬다고 경민이 어머니가 모항에 사는 새벽이 아버지(20년 동안 배를 탄 사람인데 나이는 서른여덟쯤 되고 이름은 이영춘이야.)에게 최 군을 맡기는 게 어떠냐고 해서 당장 모항에 전화를 걸고 마침 집에 있다기에 최 군을 데리고 모항으로 갔어. 이영춘 씨 가게에서 간단하게 사정 이야기를 했지. 도시에서 노동을 하다가 고향인 곰소에서 갯살림을 하겠다고 친구 둘을 데리고 왔는데, 경험도 없고 성품도 물러서 지난 한 해 동안 이것 저것 손대다가 빚만 2천만 원쯤 지고 그 빚을 갚으려고 다시 도시에 나가보았지만 일자리가 없어 허송하다 다시 온 친구인데 갯살림을 할 만큼 심지가 굳고 마음 씀씀이가 제대로 된 아이니 당신이 같이 배를 태워 다니면서 일을 가르쳐주었으면 한다고 부탁을 하니까 선선히 그러자고 해. 같이 배를 타면 기름값만 빼고 잡은 고기 반분하겠대. 나는 그런 일 잘 모르니까 최 군과 일 이야긴 따로 하라고 하고 먼저 돌아왔어. 오는 길에 곰소에 들러 간고등어와 전어를 사왔어.

오후에는 장독대 돌담 쌓다 조금 남겨놓았던 걸 마저 마무리했지. 그리고 참 먹는 시간에 비아 엄마와 이야기를 나누었어. 김진탁 군과 요즈음 어떻게 연락하는지, 앞으로 계획이 어떤지… 이야기를 들으니 진탁 군은 비아 엄마와 산청에서 살고 싶은 모양이야. 김 군이 내세우는 이유 가운데 합당한 것이 있더라고. 하나는 여기 구성원들이, 나까지도 포함하여 엄중한 생존의 어려움으로부터 떨어져 있어서 농사를 취미활동으로 하고 있다는 거야. 한 해 농사지어 한 해 자급하는 다급한 농민들 처지와 다르다는 거지(산청에서 토종벌을 다섯 통 가져왔는데 김 군 생각은 이 벌들에게 부지런히 설탕물을 줘야 꿀을 많이 딸 수 있고 그래야 소득으로 이어지는데, 토종꿀은 옛날 방식대로 한 해에 한 번만 따는 게 좋다고 우겨서 설탕물을 안 주는 것도 그런 삶의 태도를 반영한다는 거야.) 그리고 그 이유는 외부에서 들어오는 돈이 있기 때문이라는 거고. 다른 하나는 일하는 방식의 문제야. 공동생활에서는 스스로 힘에 맞게 일을 조절해서 하거나 개인의 관심사에 시간을 쓰는 일이 전체와 조화를 이루지 않는 한 제약을 받게 된다는 거야. 또 하나는 우리 공동체가 지향하는 목표가 뚜렷하지 않아서 믿고 따르기 힘들다는 거야. 공동체의 청사진이라는 게 얼핏 보면 중세의 원시 영농으로 돌아가자는 것으로 비치니 암담하다는 거지. 또 있어. 가난한 민중의 현실과 동떨어져 있어서 가진 사람, 있는 사람이 아니면 이런 공동체 실험을 하기 어렵다는 거야. 이를테면 산청 같은 경우 땅값이 한 평에 천 원 정도인데 여기서는 이만 원을 웃도니 어지간한 경제력이 없으면 이런 곳에서 발 붙이고 살 수 없다는 거지.

그 밖에 나라는 사람에 대한 김진탁 군의 불신도 있을 거야. 김 군은 참 삶의 길을 지향하고 그 길이 아니면 가서는 안 된다고 여기는데 나는 보통 세상 사람이 사는 길을 벗어나려 들지 않거든. 벗어나려 들지 않을 뿐 아니라 세상 길이 참 삶의 길과 둘이 아니라고 우기는 측면이 있지.

다 맞는 말인데, 제 힘으로 선다는 게 그렇게 간단한 일은 아닌 것 같

아. 갓난 아이더러 태어난 순간부터 스스로 먹이를 찾고 걷고 말하기를 강요할 수 없는 것처럼, 우리 형편도 마찬가지야. 농사를 지으면서 제 힘으로 살고 싶은 마음은 굴뚝 같지만 농사일에는 갓난쟁이나 비슷하니까 어느 시기까지는 누군가 돌봐줄 필요가 있어. 아이가 자라서 나중에 돌봐준 부모가 늙으면 거꾸로 돌보듯이 보살핌을 받고 보살피는 것은 자연스러운 나눔의 한 과정이 아닐까. 제 힘, 남의 힘을 똑 부러지게 가리는 일도 쉽지 않고…크게 크게 '우리 힘'으로 보아 '우리'의 영역을 넓혀가는 마음이 소중한 것 같기도 하고…

또 개인 자율의 침해 문제는 이렇게도 생각할 수 있을 것 같아. 한 가정에서는 이런 문제가 그렇게 심각하게 느껴지지 않는데 왜 그럴까? 모두 모 심는 날에 자기는 책을 읽어야 하겠다고 고집을 피우면 집안에서도 혼이 나는 건 당연하지 않아? 공동체라는 게 규모가 큰 한집 살림이라고 할 수 있는데, 살림 규모가 크냐 작냐에 따라 부딪히는 문제가 조금씩 달라지겠지만 개별 살림이나 공동체 살림이나 살림이니까 거기에 공통된 점이 있을 거고, 사람 사는 살림 단위가 자꾸 커지는 데는 그 나름으로 까닭이 있을 거야. 작은 살림도 중요하지만 큰 살림도 중요하거든. 실제로 오늘날 작은 살림이 생산 공동체에서 거의 다 거덜이 난 것은 큰 살림이 잘못되는 데 까닭이 있을 거야.

예수나 부처가 혼자 깨우침의 단계에 머물지 않고 사람 사는 저자 거리로 내려온 까닭을 곰곰 생각해보면 깨우침이라는 게 사람 사이에서 얻어지는 것이지 사람 사는 세상을 떠나서 얻을 수 있는 건 아닌 것 같아. 관계의 고리가 밀집된 곳이 깨우침의 본디 자리이고, 세상길이 참 삶의 길이라는 걸 최근에야 절감하게 돼. 부딪히고 깨지고, 아프게 하고 아프고…온갖 괴로움(苦)이 한 자리에 모인 곳(集)에 그것을 해소할 방안(滅)도 찾을 길(道)이 열린다고 생각하면 안 될까?

지향하는 목표라는 것도 그래. 우리 식구들과 여러 차례 함께 이야기하고 강조한 것이 있는데, 특수한 이념이나 믿음을 앞세우면 목표가 뚜렷하게 보일 수도 있다. 그러나 그러한 이념이나 믿음은 세상을 있는 그대로 보는 데 방해가 되는 경우가 많다. 수천 년, 수만 년을 살면서 조상 대대로 검증을 해온 공동체 삶의 원칙들이 생활 속에 구현되어 있는데, 그 원칙들에 대한 깊은 성찰 없이 성급하게 이렇게 하자, 저 길로 가자 할 수는 없는 것 아니냐는 말이었어. 민중의 삶과 일치하는 것만 해도 마찬가지야. 우리는 그 민중의 아들딸이야. 그 분들이 뼈빠지게 일해서 우리를 이만큼 키워놓았어. 일생을 자식 잘 되라고 희생해온 부모 처지에서 그 자식들이 부모보다 일손도 굼뜨고 일머리도 제대로 모르면서 부모의 삶을 그대로 따르겠다면 그 꼴이 좋게 보이겠어? 더구나 어쩔 수 없어서 그런다면 모를까, 선택을 할 수 있다면 더 살기 좋은 곳을 찾거나 더 잘 사는 길을 찾는 게 부모에게도 효도하는 길이고 스스로도 좋은 길이겠지. 부모의 노후보장 측면에서도 그래. 우리가 여기에 자리잡고 사는 게 무슨 취미생활을 하려는 게 아니고 우리 기초 살림인 산살림, 들살림, 갯살림을 고루 익혀 크게 말하면 이웃과 세상과 함께 잘 사는 길이 있는지, 그 길이 무엇인지 몸으로 부딪쳐 찾자는 것 아냐? 나는 우리가 가는 길이 민중을 배반하거나 민중으로부터 격리된 삶의 길은 아니라고 믿어.

나에 대한 불신은 클 수도 있어. 나도 나를 잘 못 믿겠는걸. 그래서 늘 사람을 믿기에 앞서 땅을 믿고, 자연을 믿어라, 나는 내일 교통사고를 만나 죽어버릴 수도 있고, 마음 내키면 훌쩍 떠나버릴 수도 있고, 언제 마음이 바뀌어 살림 거덜낼 짓하고 돌아다닐지도 모른다고 늘 이야기하는 거야.

뭐, 이런 말 김 군 귀에는 아직 안 들어갈 거야. 내가 보기에 김 군은 참 심성도 착하고, 부지런하고, 참 삶의 길을 찾는 열정도 갸륵한데, 아직은 들어가는 문은 찾을 줄 알아도 나오는 문은 못 찾는 것 같아.

오후에 남자 식구들은 공동 식당 마무리 작업 하느라고 눈 코 뜰 새 없었고, 나는 장독대 마무리하고 나서 오늘로 고사를 지내자는 말이 있어서 식구들에게 하나하나 물었더니 그래도 되겠대. 그래서 일을 일찍 마치고 목욕하고 속옷과 양말을 빨고 널고, 내 방에 불을 때고, 양은주 씨가 지어보낸 갈옷을 떨쳐입고, 제문을 마련해서 이렇게 빌었지.

변산 구름뫼 공동 식당 조왕님께

조왕님,
그 동안 조왕님 보살핌으로 우리 식솔들이 늘어 밥상머리에 앉는 이들이 편히 밥먹기가 어렵게 되었습니다. 그래서 조왕님을 모시고 새로 우리 젊은 식구들이 이 터로 옮겨왔습니다.
무릇 모든 공동체의 시작은 밥상 공동체로부터라는 말이 있듯이 조왕님을 중심으로 둘러앉아 화목하게 밥을 나누는 일보다 더 중요한 일이 어디 있겠습니까?
언젠가, 일하는 하느님을 먹여살리는 조왕님의 큰 뜻에 따라 우리가 땀 흘려 마련한 음식을 바다만큼, 하늘만큼 큰 솥에 넉넉히 지어 사람 이웃뿐만 아니라 산과 들과 바다에 사는 모든 이웃, 더 나아가서 하늘의 달과 해와 뭇별 들도 먹여살릴 만큼 큰 힘을 주소서.
그리고 조왕님 전에 정화수 한 보시기 떠놓고 새벽마다 비손하던 우리 어머니들의 피를 이은 우리 정성이 우리의 목숨과 밥상을 지켜온 힘이었음을 늘 잊지 않고 몸으로나 마음으로 어려움을 겪는 이웃과 아낌없이 밥 한 끼 나누는 넉넉한 마음을 지니도록 보살펴주소서. 조왕님이 웃음짓는 가운데 오늘밤 마침 보름을 맞으신 달님과 뭇 별님과 이 땅, 이 하늘, 이 바다, 이 산그늘에 함께 하신 뭇 신령님과 오늘 밥을 나누나이다.

오늘은 공동 식당에서 처음 밥을 지어 먹었어. 경민이네 식구와 전순옥 선생도 함께 자리를 같이 했지. 밥먹기 전에 한 사람 한 사람 조왕님께 차린 상(떡은 비아 엄마가 하고 돼지고기는 경민이 엄마가 사왔어.) 앞에 절을 두 번씩 하고 소원을 하나씩 빌었어. 어떤 사람은 드러내놓고, 어떤 사람은 마음속으로…나중에 내가 농담 한 마디 했지. '밥 잘 먹고 똥 잘 싸게 해주십시오.' 하고 비는 게 가장 정답(?)에 가까운데 아무도 그렇게 비는 사람이 없으니 어찌된 일이냐고….

유 군이 뒤늦게 중산리 형님댁 마늘을 부안까지 실어다주고 왔어. 고사가 끝나고 다시 비아 엄마와 김진탁 군 문제로 식구들이 의논을 했는데 뾰족한 결론이 없었어. 모두 마음으로 비아 엄마가 떠나는 걸 불안하게 여기는 눈치야. 비아 엄마 처지에서 말야.

97년 6월 17일

땅콩밭을 매며

어제 일찍 잔 덕에 아침 일찍 깼어. 창문에서 새 소리와 함께 어둠이 물러가는 게 보여. 새 소리가 너무 고와서 한참 자리에 누워 있다가 뒷간에 가득찬 똥 생각이 나서 벌떡 일어났어. 재실 두엄터 새로 만들어놓은 곳에 풀을 날라다 깔고 똥을 퍼서 나르고 나중에는 볏짚을 퍼서 다지면서 똥을 고루 부었어. 세 번 똥지게를 지니까 거의 다 퍼지더라고. 썩은 볏짚을 나르느라 옷을 다 버린 셈인데, 고무신 바닥은 똥물로 질척거리고…그래도 이게 다 밥이다 생각하니 땅바닥에 스머내린 똥물도 아까워 삽으로 흙과 함께 퍼서 두엄터에 얹었지. 다 끝마치고 내려오니 손님들이 그제야 일어나. 어제 술을 많이 마셔서 늦었대. 그래서 여름날 농촌은 전쟁터와 같은데, 전쟁을 앞둔 전사들이 전날 술에 취해 다음날 일어나지 못한다니 말이 되느냐고 꾸지람 반 이야기했어.

아침은 죽으로 먹고 최 선생, 호연이 아버지, 이웅재 군, 김홍대 군은 보리를 베라 이르고 나는 땅콩밭에 가서 밭을 맸어. 밭 매면서 들으니 최 선생과 우리 식구들 사이에 긴장감이 아주 높아져 있어. 유 군이 남의 행동을 잘 비난하지 않는 사람인데, 유 군 입에서 최 선생 처신이 잘못된 점이 있다는 말이 나오더라고. 금란 씨도 함께 거처하는데 무척 불편하다고 하고….

결국 점심을 먹고 최 선생 문제로 우리 식구들끼리 회의를 했는데, 최 선생을 포함하여 변산에 장기간 살러 온 분들에게 한 달 말미를 주고 일하는 모습과 인간관계를 맺어가는 행태를 보면서 더 살게 할지 말지를 결정하고, 다음에는 석 달 뒤에, 또 다음에는 여섯 달 뒤에 한 번 더 회의를 하고 그 다음에는 한 해 뒤에 스스로 더 머물지를 결정하게 하기로 했어. 6월 마지막 주까지 한 주 더 남았으니까 그 동안 조금 더 살펴보고, 우리가 외부 손님에게 기대하는 것이 무엇인지를 일러준 뒤에 그래도 뜻이 맞지 않을 때는 보내는 걸로 잠정 결론을 내렸지.

오늘은 손님 두 분이 더 왔어. 한 분은 제주도 서귀포에서 온 김광언이라는 분이고 또 한 분은 서울에서 온 이성수라는 분이야. 이 분들은 호연이 아버지, 최 선생, 이웅재 군과 함께 김홍대 군이랑 보리를 베라 하고 나는 보리 베는 시범을 보이다 땅콩밭 매는 일에 다시 매달렸어. 그런데 오후 네 시가 조금 지나 최광석 군이 곰소에서 배 타는 분과 함께 왔더라고. 850만 원을 농협에서 찾아 최 군에게 주면서 사채빚을 갚고 1년 동안 이자 없이 쓰면서 갚으라고 했어. 소주 30도짜리와 35도짜리 합해서 2백만 원어치 조금 넘게 사야 해서 2백만 원을 농협에서 빼고 또 850만 원을 뺐으니 모두 1천50만 원을 찾은 셈이야. 통장에 돈이 조금밖에 남지 않아서 불안하기는 한데 어떻게 되겠지.

다섯 시 반쯤 해서 막걸리를 곁들여 쑥버무리로 만든 참을 먹고 산에 올라가 엉겅퀴꽃을 훑어 땄어. 금란 씨가 엉겅퀴 꽃물을 한 시간 반 정도 삶았는데 색깔이 아주 곱더라고. 그런데 양이 얼마 되지 않아 다시 더 많이 따다 준 거야. 오면서 산 주인을 만났는데 이제 산에 들어가려면 미리 말하고 가라고. 그래야 멀리서 쫓아가지 않게 된다고 하면서 엉겅퀴가 우거진 곳에 곧 제초제를 뿌릴 거니 그 전에 따가라고 하더군. 내일은 아무래도 엉겅퀴 꽃밭에서 살아야 할 모양이야. 일곱 시가 조금 넘어 엉겅퀴꽃 자루를 메고 집에 와 비워놓은 뒤에 곧 땅콩밭으로 올라가 여덟 시가 넘도록 두 골을 더 맸어. 달빛을 받으면서 집에 돌아왔지.

밥을 먹고 손님들과 우리 식구 모두 트럭을 타고 바닷가로 가서 미나리쑥술을 마시면서 달빛 아래 환담을 나누었어. 바닷가에 밀려 있는 나뭇조각들을 주워 모닥불을 피워놓고 둘러앉아 자기 신상 소개를 하고 자연스럽게 이야기를 나누었는데 그 계기는 제주도에서 온 김광언 씨가 마련했지. 여행사 직원으로 세계 여러 나라를 다니다가 고향 서귀포에 내려가 감귤 농사를 지으면서 책 대여점도 했나 봐. 그러다 손해 보는 가게 때려치우고 《녹색평론》을 보고 느낀 바가 있어 자전거를 타고 여행하다가 우리 마을에 들렀다나. 밤 열두 시까지 이야기 나누고 돌아왔어.

97년 7월 5일
교육에는 관심이 없다고?

어제 저녁부터 내리기 시작한 비가 새벽녘에 좀 그치더니 아침부터 다시 밑빠진 것처럼 내려. 새벽에 일어나 뒤척이다가 마음이 안정되지 않아 여섯 시쯤 일어나서 삽 들고 먼저 솔밭에 갔어. 구석구석 돌아보면서 막힌 물도랑을 다시 쳐 물이 잘 빠지도록 해놓고 내려오다 무심히 삽날을 보니 아주 반짝반짝해. 그래서 이런 깨우침 하나 얻었지.

'삽이나 괭이를 잘 간직하는 길은 깨끗이 닦아 기름을 칠해서 건조한 곳에 고이 보관해두는 게 아니다. 날마다 땀흘려 삽질하고 괭이로 흙을 파서 녹슬 틈을 주지 않는 게 가장 잘 간직하는 길이다.'

오다가 배가 출출해서 공동 식당을 들여다보았더니 아무도 없어. 오는 길에 호연이네 집에 들렀어. 호연이를 위해 아침밥을 짓고 있는 호연이 아버지에게 호연이 아침 식사는 공동 식당에서 저녁에 밥을 지어두고 국을 끓여놓았다가 데워서 먹고 가게 하는 게 어떠냐, 그래야 식구들하고도 친해지고 아침마다 밥 짓는 번거로움도 없지 않겠느냐고 했더니 호연이 아버지가 난감해하는 표정이야. 그럴 만하지. 자는 아이 아침마다 깨워 일으켜 밥 먹으러 가자고 하기가 번거롭기도 할 거야.

비가 많이 내려 걱정이 되어서 비아 엄마가 가꾸는 밭에도 가보았어. 이것 저것 알뜰하게 잘 가꾼 흔적이 보여. 그 동안 김진탁 군과 여러 차례 집을 비워 걱정을 했는데 둘러보니 풀농사를 짓지는 않았어. 옥수수, 수수, 미나리, 토마토, 오이, 참외, 밭벼, 고추, 홍화, 쪽, 호박 들이 그런 대로 잘 자라고 있어. 물이 많아서 물골을 넓혀주고, 깨밭이 물에 잠겨 있기에 도랑을 조금 손보았지. 산을 넘어 재실로 오는데 이번 비로 길이 깎여 밀차가 다니기 어렵게 되었어. 날이 들면 고쳐주어야겠더군. 비각 옆 고추밭에 들러 고추를 한 주머니 따서 집으로 왔어. 양계장 뒤 논으로 해서 둘러볼 것은 거의 다 둘러본 셈인데(지름밭골과 지서리 논 빼고), 그러노라고 옷이 속옷까지 흠뻑 젖었어. 집에 와 옷을 빨아 널고 방으로 들어왔어. 점심때쯤 경민이 부모가 경민이 아버지 회사 사람 셋을 데리고 올라왔어. 우리가 담은 술 가운데 솔잎주, 망초주, 씀바귀주, 소루쟁이주를 고루 맛보여주고 한참 담소하다가 술과 효소를 사가겠다기에 14만 원어치를 팔았어. 돈은 금란 씨가 현금으로 받고.

　점심은 보리빵으로 때우고(명미 씨가 빵을 곧잘 만들어.) 공동 식당에서 격포에 다녀온(최 선생, 오용태, 김희정, 한성민 군이 같이 다녀왔대.) 사람들과 술을 마시면서 이야기를 나누다 술기운이 많이 올라 방에 들어와 잠깐 쉬면서 김용택 시인의 어린 시절 기억을 그린 《옥이야 진메야》를 읽었어. 글도 좋고 내용도 좋아. 방에 군불을 때면서도 보았지.

　오후 네 시쯤 재실에 올라가 충북대생들(전준철, 한성민, 이윤미, 신지은, 이나영, 남기연, 최지웅, 이학동, 김수진, 송진섭이 농활을 왔어. 그 가운데 송 군은 군대 문제로 하루만 자고 돌아가고 한 군은 내 대신 최 선생과 호연이 아버지 접대하느라 식당에 남았어.)에게 변산 공동체의 성격과 앞으로 하고자 하는 일을 설명해주었어. 여섯 시쯤 다시 내려와 부침개를 먹는데 점심 겸 참으로 라면을 먹어서 그런지 배가 그득해.

　어제 경민이 어머니와 경민이 교육 문제를 두고 다툰 일이 있어 경민이네 집에 연락하고 갔어. 경민이 어머니와 다시 언성을 높여 다투기도 했지만(경민이 어머니는 내가 아이들 교육에는 관심이 없고 농사일에만 관심이 있다는 거야. 농사일이 좋은 선생이 되는 수업과정이라고 누누이 이야기해도 못 알아들어. 농사일 배워서 잘 가르치는 건 결국 아이들을 모두 농사꾼으로 만들자는 목적이 아니냐는 거지.) 결과는 좋았어. 서로 이해하는 폭이 넓어졌고…. 김남두 선생이 서울대 인문대 교수 여남은 명과 7월 9일에 오겠다는 연락이 온 것을 예로 들어 우리 공동체 아이들의 교육에 관심을 가진 외부 사람들도 많다, 만일에 우리 아이들 가운데 대학에 가고 싶다는 아이가 있다면 그런 교육을 시킬 가장 훌륭한 선생님들을 거저 모셔올 수도 있다고 이야기한 게 도움이 되었을까? 충북대 선생들이 경민이 집에 머물 때 맥주 두 박스를 사놓은 것이 남아 있어서 그걸 마시면서 이야기했는데 나중에는 졸음이 쏟아져 열한 시 조금 넘어 집으로 돌아왔어. 하루 종일 비가 줄기차게 내리는군.

97년 7월 31일

아이들은 뗏목을 띄우고

아침 다섯 시 반에 일어났어. 오늘은 아이들이 바닷가에서 뗏목을 만드는 날이야. 오후에 바닷가에 간다는데 혹시 계획에 변경이 있을지도 모르겠어. 아침은 여자 세 분과 지름밭골에서 먹었어. 커피물을 끓이고 있는데 최 선생이 왔어. 최 선생이 금란 씨한테 밥을 좀 지어달라는데, 금란 씨는 할 일도 있고 또 탐탁하게 여기지 않는 느낌도 들고 해서 내가 밥을 짓겠다고 했더니 소영 씨와 세란 씨가 나서서 쌀을 씻어왔어.

경민이 어머니 이야기가 다시 나왔어. 며칠 전에 길 가운데 경운기를 세워놓고 약을 치는 동네 사람에게 경운기를 좀 비켜달라고 했다가(애들 아버지 차 시간 때문에 약을 다 칠 때까지 기다릴 수가 없었다고 하더라고.) 그냥 기다리라는 말만 해서 기장 밭으로 차를 몰고 가면서 한마디 투덜거린 것이 온 동네에 퍼져서 경민이 엄마에 대한 적대감이 운산리 주민들 사이에 갑자기 팽배해 있는 것을 알고 있는데 최 선생이 관수 씨한테 들었다면서 그 일로 동네에서 회의를 해야 한다는 말이 나돈다는 거야.

그렇지 않아도 엊저녁에 그 이야기를 경민이 어머니한테 하면서 시골 분들이 자기가 가꾸는 농작물에 갖는 애착은 자기 자식에게 갖는 애착에 버금해서, 농작물에 누가 손실을 입힌다면 못 참아 한다. 돈으로 따지면 몇백 원어치 안 되는 손상이라도 마음으로는 엄청나게 큰 상처를 입은 것처럼 느끼니 각별히 조심할 필요가 있다고 일렀는데 아직은 경민이 어머니가 농사짓는 사람들 마음을 잘 헤아리지 못하는 것 같아. 나중에는 모두 나한테 화살이 돌아온다고 이야기해도 동네 사람들 욕만 해서 입을 다물고 말았어. 언젠가 다시 이야기해야 한다. 자꾸 이야기하면 알아듣는 날이 있겠지 하고….

최 선생이 오면서 개구리참외를 세 개 가져왔어. 연변에서 보낸 씨앗을 앞집 할머니 댁에 나누어드렸더니 거기에서 자라 열린 것인데 풍토 탓인지 단맛이 하나도 없고 단단한 맛도 없어서 한두 쪽 집다가 말았어. 토종이라고 해서 모두 좋은 것은 아니라는 생각이 들기도 해. 아니면 내 입맛이 그 동안 너무 단맛에 길들어 옛맛을 잊었을까?

재실 앞 녹두밭을 매고 있는데 박형진 씨와 조찬준 씨가 다른 손님들과 함께 왔어. 같이 점심으로 닭죽을 먹었지. 박형진 씨는 아이들 풍물 교사로 특별히 모신 분인데 정말 잘 가르치더군. 정간보에 대해서 알기 쉽게 설명해주면서. 나도 꽹과리를 어떻게 잡고 치는지를 처음 알았어.

아이들이 바닷가로 나간 뒤에 부엌에서 열심히 저녁거리 김밥을 만들고 계시던 어머니들이 일이 다 끝났는지 나더러 바닷가에 안 나가겠느냐고 해서 경민이 어머니 차로 바닷가에 갔는데 그 때가 다섯 시가 넘은 시각이야. 바닷가에서 김밥을 먹고 술도 마시고 했어.

참. 오전에 있었던 일 하나 빠뜨렸군. 삼성디자인연구소 사람들(조 군, 박 군)과 함께 오전에도 바닷가에 갔는데 그때 마침 우리 천막 옆에 원두막을 치고 조그만 배(에프알피 동력선인데 천백만 원 주고 샀다나 그래.)로 게나 바닷고기를 잡아다 고사포 해수욕장에 술안주거리로 파는 아저씨네 배가 들어왔어. 보았더니 게가 대부분인데 잡어들도 조금 보이더라고. 그 가운데 일부는 우럭 새끼야. 그래서 팔라고 했더니 열 대여섯 마리 되는데 만 원을 받아야겠지만 이웃이고 하니 오천 원만 받겠대. 그리고 그 아저씨와 동업하는 분(나이가 많으신데 일손이 모자라 선금 30만 원을 드리고 어제 모셔왔다는군. 젊은 사람들이 힘을 더 잘 쓰지만 얼마 못 견디고 작당을 해서 달아나 버린대. 선금을 150 ~ 200 만 원씩 주고 데려왔다가 그렇게 달아나버리면 큰 손해라는군.)이 뼈째로 회를 발라주시는 거야. 조 군이 소주 세 병을 사오고 해서 그 아저씨들과 함께 새끼 우럭회를 아주 잘 먹었어. 그러고 나서 고기잡이에 대해서 자꾸 물었더니 그물 세 개와 장정 두셋만 붙이면 숭어를 많이 잡을 수 있다고 해. 말이 나온 김에 그물값과 교통비로 오만 원을 드리면서 우리 식구들에게 고기 잡는 기술을 가르쳐달라고 했지. 오후에 갔더니 내일 부안 가서 그물을 사오겠다면서 모레는 고기를 잡을 수 있을 거라고 하더군.

아이들이 제법 큰 뗏목을 만들어 바다에 띄웠어. 그 뗏목에 아이들 몇이 타고 나머지 아이들이 끌고 다니는 모습이 그림 같아. 경민이 어머니는 '감동적'이라는 말을 쓰더군. 그런데 나중에 집에 돌아갈 시간인데 아무도 그 뗏목을 뭍에 올려놓으려는 생각이 없는 거야. 그냥 들어 옮기려고 했더니 끈이 부실하고 무거워서 안 되겠더라고. 하나하나 끈을 풀어 날라야겠다는 생각이 들어. 마침 낫이 있어서 비닐끈을 낫으로 끊고 아이들에게도 나무를 하나씩 들어 나르도록 해서 무사히 트럭에 실었어. 바닷가에 갈 때 경운기 타고 가겠다고 우겨서 미리 갔던 머리 굵은 아이들은 다시 경운기 타고 오라 하고 나머지 아이들은 모두 트럭에 태우고 집으로 돌아온 시간이 아홉 시쯤이었던가 그래.

배가 출출해서 남은 김밥을 먹고 막걸리를 마셨어. 내일은 아이들이 산에 가는 날이야. 아마 직소 폭포까지 갔다가 거기서 월명암 넘어 집으로 오는 길을 밟을 모양이야. 날마다 아이들이 내일 할 일의 일정을 저녁회의 때 정하니 나머지 사람들은 회의가 끝날 때까지 꼼짝없이 기다렸다가 그 회의 결과에 맞추어 부랴부랴 음식 장만하고 준비물 챙기고 그래야 해.

그래도 일은 산더미처럼

저녁 일곱 시 반이야. 이제 방에 들어왔어.

아침에는 참 일어나기 힘들었어. 허리 통증이 다시 시작되는 거야. 여섯 시 조금 못 되어 일어나서 겨우 어제 일기 못 쓴 것 대강 정리해놓고 다시 자리에 누웠어. 여덟 시 넘도록까지. 겨우 몸을 일으켜 우리 집 뒷밭 갈아놓은 데 풀을 괭이로 골라내는데 무척 힘이 들어. 아침을 먹고 경임 씨한테 등과 허리를 좀 주물러주고 밟아주라고 했어. 어제 아침에 하는 것 보니 우리 식구들 가운데는 제일 나아. 앞으로 안마와 지압을 가르치면 식구들에게 도움이 많이 될 거야.

오전에는 재실 뒷밭에 가서 콩과줄기 식물을 베었어. 포도나무 심어놓은 곳 옆에 망초대와 콩과식물이 엉클어져서 포도가 제대로 자라지 못해서 전부터 베어주어야겠다고 마음먹었는데 오늘 비로소 시간을 낸 거지. 오전에 효소거리를 밀차로 한 차 베어놓고 점심 먹고 잠깐 쉬다가 또 두 차분을 더 베었어. 베고 남은 그루터기는 다시 낫질을 해서 퇴비 만들 풀을 마련하고….

땀이 비오듯 해. 오늘은 딴 날보다 시원한 날인데도 그래. 다른 식구들은 쪽파를 심고 효소 담을 병 소독을 하고, 효소와 식초를 담느라고 모기가 극성을 부리는 효소실과 임시 냉암소에서 고행을 하고…고은영 씨와 함께 온 최교현 군, 부산에서 온 정권 군, 또 이성수 씨와 부인도 다 부지런히 일을 해. 그래도 일은 산더미야. 겨우 재실 앞쪽 밭만 다스렸지, 재실 뒤와 지름밭골 밭은 손을 쓰지 못하고 있으니까. 빨리 젊은 이들이 흙으로 돌아와서 묵정밭이 되어가는 밭을 되살려내야겠다는 생각이 점점 절실해져.

벼멸구를 털다가

아침에 일어나 재실에 올라갔어. 유 군이 논에 갔다와서 벼멸구 때문에 논에 강회와 경유 섞은 걸 뿌려주어야겠대. 피해가 늘고 있다고. 오늘 김희정 부부가 가는 날인데, 시간이 나면 같이 논에 가서 뿌려주고 대나무로 멸구를 털어주자고 했어.

유 군에게 머리를 깎았어. 나도 김희정 군도. 그리고 소쿠리를 들고 벌레 먹어 먼저 빨갛게 익어서 떨어진 감을 주웠어. 며칠 전에 소영 씨와 홍대 군이 한 번 돌면서 주웠다는데도 큰 소쿠리로 하나 가득이야. 감을 주우면서 비각 아래 고추밭을 보니 고자리라는 벌레가 극성을 부려 고추가 남아나지를 않을 것 같아. 추석 지나자마자 뽑아서 고추 염장이라도 해야겠다는 생각이 들어. 그리고 재실 아래쪽 당근밭도 바랭이로 뒤덮여 있어서 당장이라도 풀을 매주어야겠어. 보이는 게 일이니 참, 집짓는 일을 당분간 중단해야 할지 어쩔지….

논에 벼멸구가 극성을 부려. 전국에 걸쳐 벼멸구 약이 떨어져 비상이라는 소식을 얼마 전에 신문에서 본 것 같은데 드디어 우리 논도 멸구 피해를 입게 된 모양이야. 유 군이 도청리에서 유기농하는 농가에 전화를 걸어 멸구 없애는 방법을 묻고 있는 걸 보고 뒤늦게야 알았어. 생석회와 경유를 섞어 뿌려주고 대나무 가지로 벼포기를 털어주어야 한다는 조언을 받은 모양이야.

그 동안 집짓는 일에 매달리느라 논에 못 나가보았더니 문제가 생긴 것도 모르고 지낸 셈이 되었어. 그래서 간단히 오전 안에 끝낼 줄 알고 열두 시 반에 김제에서 떠나는 차표를 끊어놓았다는 김희정 군과 함께 유 군, 나, 호연이 아버지 네 사람이 생석회 다섯 포대, 경유 한 통을 차에 싣고 논으로 갔어. 가보았더니 군데군데 꽤 넓게 벼들이 무더기로 말라죽어 있어. 이것 큰일이다 싶어. 근처에서 일하던 노진호 어른 말에 따르면 벼멸구는 우리 나라에서는 월동을 하지 못해 자체로 번식하지 못하고 중국에서 비바람 따라 날아온다는 거야. 그리고 변산 지역에는 지난 몇 년 동안 멸구 피해가 없어서 모두들 안심하고 있었다는군. 그런데 마포에는 논 전체가 말라죽어버린 곳도 있다고 해. 김수원 씨도 피해를 많이 보았다고, 유 군이 말하는 것도 들었어.

생석회와 경유를 버무려 분무기에 넣고 유 군이 뿌리고 우리는 그 뒤를 따라가면서 대나무로 벼포기 사이를 털어 벼멸구를 밑으로 떨어뜨렸어. 기름막과 생석회 때문에 멸구가 죽게 하려는 거야. 유 군은 독한 생석회 가루가 눈으로 날아드는 바람에 고생을 막심하게 하고, 나도 대나무 가지로 털다가 풀이 너무 많은 곳이 있어서 엎드려 풀을 매고 있는데 느닷없이 눈이 찌르는 듯이 아파서 생석회덩이가 눈에 들어가 그런 줄 알고 도랑에 뛰어들어 눈을 흐르는 물에 담그고 떴다 감았다 해보아도 통증이 가시지 않아. 차를 끌고 가서 서울 갈 짐을 챙겨가지고 돌아온 김희정 부부와 금란 씨를 배웅하고 눈이 몹시 아픈데도 참고 댓가지로 벼포기 사이를 털면서 틈틈이 피와 풀을 맸어.

점심을 집에 와서 먹다가 눈에서 흐르는 눈물을 닦다 보니 좁쌀만한 잡초 씨앗이 까시래기와 함께 눈에서 나와. 그렇게 큰 것이 눈에 들어 있을 수 있다는 게 믿어지지 않을 지경이야. 아무튼 그게 나오고 난 뒤에는 오전 동안 그것이 눈동자를 상하게 해서 아픈 것을 참으면 심한 통증은 사라졌어.

오후에 참을 챙겨가지고 다시 논에 나갔어. 경민이 아버지도 오전에 잠깐 논에 나와 거들더니 오후에는 발 걷어붙이고 같이 나섰어. 고맙더라고. 유 군은 분무기로 생석회 가루를 뿜는데 바람이 불어 석회가루가 눈에 달려드는 바람에 따가워서 눈 가장자리까지 벌겋게 부풀어올랐어. 유 군은 일을 다 마치고서 자동차 바퀴 간다고 부안에 나가고 우리는 해질 무렵까지 벼포기를 털어 거의 절반쯤(천 평) 일을 끝냈어. 나중에는 힘들고 지겨워 못 하겠어. 허리 한 쪽이 결리고 눈도 아프지, 어제 그제 단식하다시피 하면서 배앓이를 하느라 기력이 쑥 빠져 쓰러질 지경이야. 그만 하자 하고 유 군 차가 오기를 기다리지 못하고 서해슈퍼에 가서 맥주 두 병을 사서 건빵을 안주 삼아 마시면서 차를 기다렸어.

그런데 유 군 차는 안 오고 경민이 엄마 차가 오더라고. 불러서 이야기를 들었더니 유 군 차는 우리가 걸어오는 동안에 논에 들렀다 없으니까 술도가에서 술 얻어먹고 있는 줄 알고 재실에 올라가고 경민이 엄마는 우리를 찾아 술도가로 가는 길이었어. 그 차를 타고 집에 돌아왔더니 오늘 내 방에 불을 때서 두부 두 판을 만들었대. 방이 절절 끓어. 저녁 먹을 생각도 없고 해서 방안에 들어와 앓아 누웠어.

97년 10월 11일

자연스러운 침묵 속에

지식교육, 표현교육, 노작교육 같은 것은 곁에 선생이 있어 가르쳐주는 것이지만 감성교육이나 수행, 또는 묵상을 통한 교육은 자기 스스로 하는 공부다. 자라는 환경이 중요하다. 맹자 어머니가 자식 교육을 위해서 삶터를 세 번이나 옮겼다. 이런 말들은 바로 스스로 하는 공부가 시켜서 하는 공부보다 더 중요하고, 또 스스로 하는 공부에는 환경이 아주 큰 영향을 미친다는 걸 뜻한다. 사회주의자들이 사회변혁을 통한 생산관계의 변화를 중요하게 여긴 것도, 루소가 자연으로 돌아가라 외친 것도, 노자가 무위자연을 강조한 것도, 모두 그 안에서 스스로 주체가 되어 일깨움을 얻는 가장 알맞은 환경(여기에는 사회 환경과 자연 환경

이 모두 포함된다.)이 무엇이냐에 대한 성찰에 바탕을 둔 것이다. 몸에
도 마음에도 때가 끼면 부지런히 씻고 닦아야 한다. 이 때 씻고 닦음에
게으르지 않는 주체의 노력도 필요하지만 때가 낄 겨를이 없는 인간관
계, 사회관계나 생명체들의 상호관계들로 드러나는 '환경'도 중요하다.

오늘날 제도 교육에서 가장 큰 문제는 제도 교육이라는 마법의 주문
에 걸린 부모나 교사가 아이들에게 스스로 공부할 시간을 주려는 뜻이
없다는 것이다. 교실과 책상머리에 묶어놓는 시간이 길면 길수록 자기
공부 시간은 그만큼 짧아진다. 그리고 흔히 '인성교육'이라고 부르는
자기 수행의 시간은 그에 비례하여 줄어든다.

농사짓는 일은 어찌 보면 하나의 수행이다. 들일을 하는 시간에 침묵
은 자연스러운 일상으로 자리잡는다. 이 자연스러운 침묵 속에 감각의
문이 열리고 자신의 내부에서 무슨 일이 일어나는지를 들여다볼 겨를이
주어진다. 옛 어른들은 입을 열어 가르치는 것을 마지못해서 하는 방편
으로 여기고 몸으로 보이는 일을 가르침의 큰 줄기로 삼았다. 입놀림은
가르침보다는 사귐에 더 쓸모가 있고, 이 사귐 속에 서로가 서로를 일깨
워주는 상호 교육의 마당이 자연스럽게 펼쳐졌다.

97년 11월 1일
어화둥둥 사랑일세

동대문에서 산 수지침 도구, 보리에서 챙겨준 솔 담배, 그밖에 자질
구레한 것들로 가득한 바랑을 매고 오후 두 시 차를 타고 변산에 왔어.
지서리에서 내려 걸어오는데 가슴에서 떠오르는 게 있어. 산 그림자와
별빛이 자극했을까.

기름(생산)

봄에는 콩을 심고
가을에는 목화를 거두네.
숲에도 들에도
바닷물, 개울 속에서도
먹을 것, 입을 것
저절로 자라 영그네.

내가 기른 것이 아니네.
어쩌다 한 둘 가꾸기는 하지만
그 어느 것도 내가
기르는 일 없네.
나 대신에 기르는 이들이 있네.

나 물었네.
여윈 몸, 여윈 가슴, 여윈 머리
채우고 감싸줄 이 없겠나
해와 달, 구름과 비
바람과 흙이 속삭이네.

나와 함께 놀자,
날마다 만나 저물도록 속삭이자,
내 안에서 손도 놀고 발도 놀고
가슴도 뛰놀고 머리도 움직이면
가끔은 구슬땀 흐르고

가끔은 속살까지 젖고
가끔은 온몸이 시리고
가끔은 허리가 뻐근하기도 하겠지.

그렇지만 이 만남 속에서
모든 게 절로 자라고 절로 이루어지니
두려워하지 말고
우리 함께 부지런히 놀자

그래서 나 놀았네.
손과 발 부지런히 놀렸네.
날마다 해와 달, 별과 구름,
바람과 비, 흙과 바닷물 속에서
뛰놀았네.
어느 새 내 몸 더워지고
내 광이 가득 찼네.

나눔(분배)

몸 놀리고, 손발 놀리는 사이
가슴 뛰놀고, 머리 따라 노는 사이
씨앗 하나 뿌린 땅에
백 개, 천 개의 열매가 영글었네.
놀이가 모두 일이 되었네.

내가 한 일이 아닐세

노는 사이에 해와 달, 구름과 비,
물과 흙이 나 대신 땀흘렸네.
광에 가득한 먹을 것, 입을 것
어떻게 나눌까 생각하네.

해, 달, 별, 구름, 비, 흙, 물에게
물었네.
지렁이와 뿌리혹박테리아에게도
물었네
어떻게 나누면 되지?

한 해 먹고 입을 것
더도 덜도 말고
다시 몸 놀릴 수 있을 만큼만 남기고
다 주어버리라 하네.
본디 내가 기른 것 아니니
내가 무슨 한 일 있다고
내 마음대로 나눌 길 없네.
그러나
차례가 있다고 속삭이네
몸 놀리는 사람 먼저,
우리와 나날이 만나 놀 사람
먼저라 하네.
그래도 남거든 나머지 사람들과도
나누라 하네.

씀(소비)

나물 먹고 물 마시네.
배부르고 등따숩네.
따뜻한 햇살, 서늘한 바람
앞바다에는 물결 출렁이고
뒷산에는 안개비 흐르는데
나 부드러운 흙의 속살에
등을 맞대네.

노네, 배를 북 삼아
노랫가락도 뽑고 춤도 추고
술 마시고 큰 소리도 치고 흰소리도 하네.
놀면서 놀리면서 쓰네.
먹고, 마시고, 입고, 때고,
몸도 쓰고 마음도 쓰고 머리도 쓰네.

쓰면서 자라네. 햇볕과 달빛 속에
자라네
비와 바람과 흙 속에서 자라네.
물 마시면서 자라고
따뜻한 솜옷으로 몸을 감싸면서
자라네.

쓴 만큼 되돌리네.
기운을 써서 땅을 일구고

마음을 써서 같이 사는 이웃 보살피네.
머리를 써서 햇살과 바람을 돕네.
똥과 오줌으로 되돌려
밭을 기름지게 하네.
쓰는 것과 기르는 것 갈라서지 않으니
마음껏 써도 마음에
걸림 없네.

쓰라고 속삭이네.
새벽별이 속삭이고
밤바다가 부추기네.
어여쁜 색시, 뼈마디 굵은 사내
서로 만나 허리 쓰고
기운 쓰면 엄마 뱃속에서
새 핏덩이 자라네.

하나(통일)

하나 되네. 하나일세.
하나로 흐르네.
흐르지 않으면 하나가 아닐세.
흐르는 별빛
흐르는 강물
흐르는 햇살
흐르는 바람
살을 파고드는

지렁이 두더지 보습 따라
땅의 부푼 가슴도 출렁이네.

낯익은 것 없네
모두가 새롭네.
나날이 새롭고 얼굴마다
새빛일세.
흘러 하나 되는 새로움으로
온 세상 탱탱하네.

기름과 나눔과 씀이 하나고
너와 내가 하나일세
해도 달도 하나고
바람과 비 또한 하나일세.
갈라섬 없네. 갈라서 맞섬 없네.

저 바다, 달빛 따라 흐르듯
누런 송아지, 풀밭 따라 흐르듯
흰 구름, 바람 따라 흐르듯
논이랑 밭이랑, 보습 따라 흐르듯
우리 몸, 우리 마음, 세월 따라 흐르듯
흐르네.

흐름의 두 끝 옹달샘과 바다로 보이나
끊임없이 흐르니, 끊어짐이 없으니
하나일세.

우리의 삶 또한 그러하리.
온 누리 저마다 그 한가운데 서 있으니
모두가 살아 숨쉬는 하나
그 하나로 흘러들고
그 하나에서 흘러나오네.

사랑 가득하네, 흘러 넘치네.
하나 되고 싶어 사랑하고
하나 되어 가득하니
사랑 넘쳐흐르네.
모두가 사랑일세.
어화둥둥 사랑일세.

97년 12월 3일
공동체와 개인

아침에 일어나니 여덟 시가 조금 안 됐어. 하늘은 맑은데 옅게 깔린
구름에서 눈발이 성글게 흩뿌려. 앞집에 가서 "산책 갑시다."하고 경임
씨 방문 앞에서 외쳤더니 소영 씨가 나와. 그래서 같이 산길을 조금 걸
었어. 아침밥 시간이 여덟 시라 멀리 가기는 그래. 마침 밤나무밭에 지
난 해 잘라놓은 나무가 눈에 띄기에 소영 씨와 함께 끌고 집으로 왔어.
아침을 먹고 끌고 온 나뭇가지를 대강 꺾어서 부엌에 들여주고 차를
마시고 나서 여연이 엄마 방에 가서 여연이 엄마와 한참 동안 이야기를
나누었어. 내일 여연이 데리러 전주에 간다고 해서 여연이는 데리고오

되 할머니 할아버지 마음이 다치지 않게 잘 말씀드리고 데려오라는 말이었지. 여연이 아버지와 관계를 정리하자는 긴 편지를 러시아로 보냈다고 하기에 그 문제를 가지고 또 이야기를 했어. 조금 더 시간이 지나기를 기다려서 결정을 하는 게 어떠냐고….

여기 들어와 살면서 마음에 정리되는 점들이 생긴다고, 전주에 머물렀으면 아마 집착했을지도 모르겠다고 하더군. 여자 일로 여연이 아버지한테 실망한 것 밖에도 서로 감성이 달라서 겉도는 측면이 있었대. 여연이 아버지는 도시 지향적이고 미술, 음악 같은 고급 문화에 기울어 있는데 자기는 시골에서 사는 것이 훨씬 더 마음이 편하다는 거야. 그래서 여연이 아버지와 전부터, 자기는 변산에서 여연이 키우고 살 테니 당신은 도시에서 살면서 주말이나 휴일에 가끔 들르는 게 어떠냐고 제안해서 동의를 얻었는데 갑작스레 그런 일이 생겨서 결단을 앞당기게 되었다는군.

눈이 엄청나게 많이 쌓였어. 십 센티가 훨씬 넘게 온 것 같아. 오늘도 바깥일은 할 수 없을 것 같군. 오후에 내부 모임을 갖기로 했어. 오전에는 보리어린이 동물도감 원고 교열을 보았어. 오후에 경민이 집에 잠깐 들렀어. 경민이 엄마가 불러서 갔는데 교육에 연관된 일에 자기를 빠뜨리다니 말이 되느냐고 얼굴을 붉히며 따지는 거야. 그 자리는 내부 모임의 자리고 밖에 있는 사람들이 낄 자리가 아니라고 했더니 나더러 그렇게 자꾸 안과 밖을 나누니 우리 식구들이 자기를 뜨악하게 대한다고 야단이야. 기분이 썩 좋지 않았지만 좋은 말로 자리를 마치고 박형진 군과 조찬준 군이 와 있다는 연락을 받고 집으로 와서 같이 막걸리를 마셨어. 박 군이 자꾸 모항으로 술을 마시러 가자고 하는데 거절했어. 뒤늦게 온 경민이 어머니도 미안한지 자꾸 가자는 걸 회의가 있다고 거절하고 내 방에 들어와 원고 교열을 보다 저녁때 회의를 했어.

경민이, 호연이를 비롯해서 정경식 씨 아들 태영이, 박형진 씨 딸 푸짐이…헤아려보니 올해 중학에 들어갔거나 내년에 들어갈 아이만 헤아려도 예닐곱이 넘어. 그래서 우선 이 아이들을 대상으로 겨울 학교를 열고 일과 놀이뿐만 아니라 영어, 수학, 그밖에 역사나 사회 같은 지식과 정보 교육도 한번 시험삼아 해보자고 뜻을 모았는데, 금란 씨가 자기는 어떤 것이든 지식교육 과목은 맡지 못하겠다는 거야. 지식 교육에 조금은 동의를 하지만 한 해 동안 지켜보겠다는 거지. 선희 씨도 같은 생각이야. 모두 적극적으로 나서도 시행착오가 많고 힘들 텐데 두 사람 태도가 이러니 모두 힘이 쭉 빠지는 모습이야. 그렇다면 나도 하고 싶지 않다고 여연이 엄마도 물러앉고….

금란 씨 태도를 두고 호된 비판을 했어. 조직이 결정하면 아무리 혼자 다른 생각을 갖고 있더라도 접어두고 따르는 법인데, 한 식구들이 모여서 같이 결정한 것을 나는 못 하겠다니 그렇게 자기 생각만 할 수 있냐고, 그랬더니 그런 조직은 싫대. 개인의 자유로운 생각과 결정을 존중하지 않는 게 무슨 미덕이냐고…. 세상에는 하고 싶지 않아도 해야 할 일이 있고, 하고 싶어도 하지 말아야 할 일이 있는 법이라고 여러 사람이 예를 들어가며 이야기하는데도 귀를 막고 들으려 하지 않아. 그렇다면 이 논의는 없는 것으로 치자. 안에서도 의견 일치도 이루지 못하는 터에 어떻게 바깥과 관련된 중요한 결정을 해서 그 일을 추진할 힘을 얻을 수 있겠느냐. 구성원들의 정서가 일치될 때까지 미루자. 겨울 학교보다 우리 구성원 내부 교육이 더 절실한 것 같다고 했더니, 부담을 지기 싫은지 이번에는 소극적 동의도 동의인데 왜 딴 사람들이 중심이 되어 하지 않고 만장일치가 아니라고 해서 못 한다는 결정을 내려서 자기를 나쁜 사람 만드는 거냐는 뜻으로 이야기해. 주위에서 여러 사람이 아무리 합리적으로 설득하려고 해도 안 들으려고 해. 그러면서 도리어 나를 원망하고 식구들을 원망하는 거야. 흑백 논리로 사람을 궁지에 몰아넣는다는 거지.

지식교육 하기 좋아하는 사람이 어디 있느냐. 그러나 지역 주민들은 우리가 하려는 교육을 잘 이해하지 못한다. 한문이나 영어나 수학 교육이라면 아이를 보내겠지만 놀이나 일을 통해서 아이를 바르게 키운다는 데는 보낼 생각이 없노라고 하는데 그 사람들과 함께 하기 위해서도 그리고 그런 과정을 통해서라도 아이들을 바로 키우기 위해서 어려운 결정을 하는 것인데 알 만한 사람이 자기는 빠지겠다니 말이 되느냐고 해도 소용이 없어. 그 때문에 금란 씨와 선희 씨, 김희정 군이 밤늦게 돌아간 뒤에도 새벽 다섯 시까지 술을 마시면서 이야기를 나누었어. 참 걱정이 돼.

5장. 우리 마을 이야기

생명을 살리는 농업
변산공동체학교 밑그림
그 밖에 궁금한 이야기들

생명을 살리는 농업

1. 우리 마을 풍경

내가 사는 마을은 전북 부안군 변산면 운산리이다. 운산리는 중산 마을과 운산 마을로 이루어져 있다. 운산은 산마을에 가깝고 중산은 들마을에 가깝다. 큰길 너머 변산 해수욕장이 있는 곳은 갯마을에 가깝다. 산지가 7할인 데다 삼면이 바다로 이루어져 있고 농업이 주업이었던 전통시대 우리 나라 지형이 고루 반영되어 있는 지역이라 할 수 있다.

어른 걸음으로 중산 마을은 면소재지에서 20분, 운산 마을은 30분 거리다. 버스가 다니지 않으므로 마을사람들은 면소재지나 부안 읍내를 나갈 때 걷거나 자전거를 타거나 오토바이나 트럭을 이용한다. 가끔 면소재지에 있는 택시를 타기도 한다.

원래 200여 가구가 살았다는데 지금은 60가구 남짓으로 가구 수가 줄었다. 여느 시골마을이나 마찬가지로 이농현상이 두드러져서 남아 있는 60가구 가운데 젊은이가 있는 집은 너덧 가구에 지나지 않는다. 한때 150명이나 되는 아이들이 길을 가득 메우며 변산초등학교를 다닌 적도 있다는데 지금은 다섯 아이만 다닌다. 예순이 넘은 어른들이 인구의 대부분을 차지하고 있다. 부모의 대를 이어 농사를 짓고 있는 젊은이는 사십대 한 명, 삼십대 후반 한 명, 이십대 한 명이다. 나머지는 모두 도

재실로 올라오는 길. 멀리 보이는 마을이 운산리.
서해안 바닷가이지만 산이 꽤 높다.

시로 삶터를 옮겼다.

밭농사와 논농사가 반반인데 논에는 벼를, 밭에는 담배, 고추, 양파, 쪽파, 대파 같은 환금작물을 주로 심는다. 콩, 참깨, 들깨, 고구마를 심은 땅도 보았으나 눈에 띄지 않을 정도다. 농협에서 수매하는 기장을 심은 밭은 더러 있으나 보리나 밀을 심은 밭은 우리 밭을 빼고는 없다. 논보리를 심은 곳은 딱 두 군데, 경지면적은 500평 미만이다.

크게 시설을 갖추어 닭과 돼지를 기르는 집이 한 집, 사슴을 기르는 집이 두 집인데, 정화시설을 갖추지 않아 시냇물과 상수원을 더럽힌다는 이유로 이웃 주민의 불평이 많다. 소와 개를 키우는 집은 여러 가구인데 모두 가두어놓고 사료를 먹여 키운다.

경운기가 들어가지 않는 산언덕 밭은 대부분이 묵어 있다. 개간했다가 다시 묵힌 밭은 전체 밭면적의 절반쯤 될 듯하다. 지난 이태 동안 쟁기로 밭을 가는 모습을 보지 못했다. 논과 밭을 경운기로 가는 모습도 보기 힘들다. 트랙터가 들어가지 못하는 다랑이논이나 밭이 아니면 모두 트랙터로 간다.

유기농법으로 농사를 짓는 집은 새로 이주해온 우리 공동체 식구들 빼고는 한 집도 없다. 농약과 화학비료와 제초제를 상용한다. 닭똥, 돼지똥, 소똥이 섞인 유기질비료를 곁들여 쓰는 집도 있지만, 이것은 항생제와 호르몬제가 섞인 사료를 먹여 키운 가축의 똥이라서 엄격한 뜻에서 유기질비료라고 보기 힘들다.

비닐을 깔지 않은 밭을 보기도 힘들다. 담배밭, 고추밭, 양파밭, 쪽파밭 어디에나 비닐이 깔려 있다. 동네 어른들 말에 따르면 비닐은 뛰어난 보습효과와 제초효과가 있다고 한다.

땔나무로 밥을 짓거나 방을 덥히는 집은 거의 없다. 여든 가까운 노인이 사는 집 한 집을 확인했을 뿐이다. 3~4년 전까지 연탄 보일러를 놓은 집이 여러 집 있었으나 지금은 집을 비워서 우리 식구가 임시로 들어가 사는 집말고는 연탄을 때는 집이 없어서 남아 있는 연탄을 우리에게 팔기도 하고 거저 가져다 때라고 하기도 한다. 채소농사는 김장배추와 무를 빼고는 따로 짓는 집이 많지 않다. 그래서 동네에 채소를 실은 차가 드나들면서 확성기로 "열무 사려, 오이, 당근, 쑥갓 있어요." 하고 외친다.

2. 분석에 들어가기 앞서서

알다시피 1995년 말 현재 우리 나라의 주곡 자급률은 30퍼센트가 안 된다. 그나마 90퍼센트에 이르는 쌀 자급률을 빼고 잡곡의 자급률만 따지면 5퍼센트를 조금 웃돌 뿐이다. 주곡의 자급이 없는 경제의 자립과 정치의 자주성은 취약하기 그지없다는 점에서뿐만 아니라 이러한 통계 수치는 우리 국민의 건강이 극도로 위협을 받고 있음을 나타내는 자료 가 된다는 점에서 여러 모로 우려할만한 사태를 담고 있다. 외국 농산물 이 경작과정에서뿐만 아니라 수송과정에서 변질되지 않도록 몸에 해로 운 약품을 쓰는 것에 대해서는 많은 사람들이 지적했으므로 여기에서는 더 길게 말하지 않아도 될 듯싶다. 문제는 그것뿐이 아니다. 영양을 고 르게 섭취해야 몸이 건강해진다는 것은 상식이다. 그런데 지금 같은 균 형을 잃은 주곡생산의 구성비로는 고른 영양을 섭취할 길이 없다. 실제 로 온 국민이 봄 여름 가을 겨울 할 것 없이 하루 세 끼 하얀 쌀밥만 먹 고 사는데, 이러한 편식 습관이 알게 모르게 우리의 건강을 해치리라는 것은 불 보듯이 환하다.

보리, 밀, 콩, 조, 수수, 옥수수, 감자, 고구마, 기장 같은 여러 가지 식품을 철에 맞게 섞어서 고루 먹어야 건강한 몸을 유지할 수 있다는 것 은 이른바 '건강식'을 권장하는 이들의 식단짜기 목록 같은 데서도 잘 드러난다.

3. 분석

죽어가는 땅, 죽어가는 마을

우리 마을 예에서 보았듯이 지금 농촌에서는 아이들의 울음소리를 들 을 길이 없다. 말하자면 노인으로 상징되는 과거만 있고, 젊은이로 상 징되는 현재도, 어린애로 상징되는 미래도 없다. 그나마 농촌 인구는 해마다 급속도로 줄어들어 노령화되고 부족한 지금의 농촌 일손으로는 '생명을 살리는 농업'을 할 수가 없다.

쉽게 이야기하자. '생명'이라는 말이 여러 가지 뜻을 담고 있기 때문에 잘못하면 이야기가 추상으로 흐르기 쉽다. 따라서 나는 사람을 중심에 놓고 이야기하고 싶다. 그리고 사람의 의식이나 정신이나 영성을 이야기하기에 앞서 몸을 먼저 이야기하고자 한다.

사람이 사는 곳은 어디나 다른 무엇이기에 앞서 '사람의 땅'이다. 사람 밖에 따로 무슨 보편의식이나 영이나 신 같은 것이 있어서 사람이 살지 않아도 여전히 자연이나 우주는 소중하다고 주장한다면 모를까. 보통사람에게 자연이 소중하고 우주가 신비롭고 생명이 귀한 것은 그것들이 모두 사람의 삶과 연관이 있기 때문이다. 그런데 우리 마을 예에서 보았듯이 농촌은 현재 죽음의 선고를 받은 땅이다. 앞으로 얼마 안 있어 농촌을 지키고 있는 노인들은 사라진다. 대를 이을 젊은이도 어린이도 없다. 이대로 놓아두면 지난 수천 년 동안 대를 물려 이어져왔던 마을 공동체는 흔적없이 사라지도록 운명지워져 있다.

어떤 사람은 이렇게 말할지도 모른다. 마을 공동체를 중심으로 한 소농경제가 자연경제의 수준에 머물러 있어 국가발전을 더디게 해왔으므로 마을 공동체가 해체되고, 소농 중심의 경작체계가 대단위 기업농 중심의 경작체계로 하루빨리 바뀌고, 사람 손이 중심이었던 원시 영농기술이 기계가 중심이 되는 현대식 영농기술로 전환되는 것이 바람직하지 않느냐고. 이 말은 반은 맞고 반은 맞지 않는 말이다. 대단위 기업농이 현대기술만을 이용하여 땅을 살리고 주곡을 비롯한 주요 농산물의 자급을 이룰 수 있다면 다 맞는 말일 수도 있다. 그러나 눈앞의 현실은 이 이론을 뒷받침해주지 못하고 있다. 조상 대대로 애써 한뼘한뼘 일구어왔던 비탈밭, 다랑이논들이 지난 십여 년 동안 반나마 찔레덤불과 칡넝쿨, 억새가 우거진 황무지로 바뀌어버린 것은 우리 마을 경우만이 아니다. 그리고 그 결과는 주곡 자급률을 30퍼센트 이하로, 잡곡 자급률을 5퍼센트 남짓으로 떨어뜨린 것으로 나타났다.

주곡 자급체계가 무너질 때 국민 전체의 생명을 위협하는 긴급한 상황은 나라 안의 기근이나 전쟁 같은 직접 요인으로만 벌어지지 않는다. 공업발전을 앞당겨 수출을 많이 해서 나라 밖에서 모자라는 곡식을 사들이면 되지 않느냐는 생각은 너무나 순진하다. 경제 쪽에서만 따지면 이른바 '비교 생산비 우위설'이 맞을지도 모른다. 그러나 국제교역에서 식량수급을 결정하는 요인은 경제만이 아니다. 정치, 군사, 이념, 심지어는 종교에 이르기까지 경제 밖의 여러 요인들이 농산물의 수출입에 개입한다. 지난날 주요 곡물수출국이었던 동남아 여러 나라들이 저마다 '공업입국'을 부르짖고 나서는 바람에 중국을 비롯하여 여러 나라가 차례로 식량수출국에서 수입국으로 바뀌고 있는 추세다. 앞으로도 식량수출국으로 남을 나라는 손꼽을 정도다. 머지않아 유럽의 몇 나라, 그리고 캐나다와 미국, 오스트레일리아만이 식량수출국의 명맥을 이어갈지 모른다. 그런데 이 나라들의 식량공급도 안정되어 있다고 보기 힘들다. 게다가 이 나라들의 국내사정이나 국제관계의 변화로 언제 무슨 사정으로 식량수출이 줄거나 중단될지 아무도 예측할 수 없다. 국제식량기구는 현재 전세계의 비축식량이 두 달 분도 안 된다고, 그리고 앞으로 식량사정도 날이 갈수록 어려워질 전망이라고 경고하고 있다. 이처럼 불안정한 나라밖 식량공급망만 믿고 우리 농촌공동체의 해체를 수수방관하거나 부추기는 일은 이른바 '생명을 살리는 농업'을 주춧돌부터 뒤흔드는 결과를 빚기 십상이다.

수천 년 동안 이 땅에서 소농경제는 자급경제의 기틀이었다. 역사적으로 많은 땅을 제 몫으로 하여 토지를 대단위로 겸병하려는 토호들의 발호를 막고 '경자유전'의 원칙에 따라 될 수 있으면 많은 사람들에게 땅을 나누어주고자 했던 국가정책은 그럴 만한 이유가 있었기 때문에 시행된 것이다. 우리나라처럼 산지가 많고 그에 따라 인력이나 축력에 의존하지 않으면 경작하기 어려운 땅이 많은 곳에서는 현대기술을 이용한 대단위 기업농이나 조방농법은 한계가 있다(유럽에서도 가장 선진국의 하나로 꼽히는 스위스 같은 나라에서 인력과 축력의 효과를 극대화하는 방향으로 농업기술을 개발하고 있는 것은 좋은 참고가 되리라 믿는다).

형편이 이러한데 외세만 따르는 책상물림 농업정책 결정자들은 덮어놓고 농촌인구를 전체 인구의 10퍼센트로, 더 나아가서는 5퍼센트로 줄여야 한다고 외치고 있다. 그리고 죽어 가는 마을 공동체를 되살릴 어떤 뾰족한 처방도 내놓지 못하고 있다. 우리 마을뿐만 아니라 전체 농민이 벼농사를 뺀 다른 주곡농사를 내팽개치고 투기성이 강한 환금작물에만 집착하는 까닭은 한마디로 밀, 보리, 콩, 옥수수, 감자, 조 같은 주곡을 밭에 심어보았댔자 '돈이 안 되기 때문'이다. 주곡 중심으로 농사를 지어 생활할 수 있고, 자식을 교육시킬 수 있다면 어느 누가 주곡생산을 꺼리랴. 나라의 농업정책이 바로 서려면 주곡을 생산하는 농민이 잘사는 길을 찾아주어야 한다.

다시 우리 마을 이야기로 돌아가자.

우리 마을에서 하는 밭농사는 환금작물이 중심이라는 말을 앞에서 한 적이 있는데, 그 가운데 담배를 빼면 모두 투기작물이다. 대표적인 것이 마늘, 쪽파, 대파, 양파, 고추이다. 작년과 올해(1995, 1996년) 이태동안 관찰한 바에 따르면 마늘 농사는 겨우겨우 영농비를 건진 수준이었고, 쪽파와 대파는 이태 거듭 밭에서 썩히거나 뽑아서 길에 던질 수밖에 없는 지경에 이를 만큼 손해를 보았다. 양파는 지난 해에 망하고 올해는 돈이 되었다 한다. 고추는 지난 해에는 값이 좋았다. 그러나 올해 들어 온 동네가 비닐하우스 바닥에 전열판을 깔고 모종을 길러 비닐로 이중 멀칭을 하고 새로 보급된 굵은 철사로 된 하우스대를 사서 꽂아 여느 해보다 열심히 고추를 길렀는데 처음에는 제법 값이 좋던 고추가 나중에는 마른 고추 한 근에 1,500원에도 사자는 사람이 없어 수만 근

변산 마을에서 주로 심는 환금작물 가운데 한 가지인 담배.

이 마을에 쌓이는 현상이 일어났다.

이 모든 환금작물의 씨앗은 종묘상이나 농협을 통해 구한다. 그리고 씨를 심거나 모종을 하기 전에 밭에 제초제를 뿌리고, 수시로 농약과 화학비료를 뿌리는데, 특히 대파와 고추는 농약으로 목욕을 시키다시피 한다. 나는 고추밭에 열다섯 번에서 스무 번까지 농약을 뿌리는 사람도 보았다. 그 결과 우리 마을 밭은 산자락에 있는 묵은 밭을 빼고는 토양 미생물도 지렁이도 살지 않는 죽은 땅이 되어버렸고, 비만 내리면 표토가 깎여나가 자갈이 점점 많아지고, 또 며칠만 가물어도 지표면이 돌처럼 단단히 굳어지는 박토가 되어버렸다. 또 농약이나 제초제 성분뿐만 아니라 화학비료 가운데 많은 양이 빗물에 쓸려 도랑을 타고 흘러 내려가 바닷물에 섞여 변산 앞바다도 언제 부영양화로 적조현상이 일어날지 가늠할 수 없는 지경에 이르렀다.

늘어가는 영농비와 생활비

씨앗값에서 농산물의 포장값에 이르기까지 돈이 없으면 농사를 지을
길이 없어진 것이 오늘 우리 농촌현실이다. 트랙터, 콤바인 사용료, 경
운기, 관리기 구입대금, 종자, 농약, 제초제, 화학비료, 공장에서 생산
된 유기질비료값, 비닐, 상자, 콤바인포대값, 농업용수 사용료 따위로
농민들 손가락 사이로 크고 작은 돈들이 쉴새없이 새나간다. 이러한 영
농비들은 내가 어렸을 적만 해도 한 푼도 들지 않던 것들이었다. 농촌
일손의 부족, 다수확품종의 선택, 투기영농의 확산, 농촌 생활양식의
변화, 잘못된 농업정책이 복합작용을 하여 이런 현상이 빚어진 것이다.
요즈음 농민들은 다만 논과 밭에 제초제를 뿌릴 뿐만 아니라 논둑이나
밭둑, 심지어는 길섶에까지 마구잡이로 제초제를 뿌린다. 이른 아침에
논둑, 밭둑, 길섶의 풀을 베어 가축사료로 쓰거나 퇴비를 만드는 농민
을 찾기 힘들다. 풀밭에 매어놓은 소도 볼 수 없다. 우리 마을은 반쯤
산간 지역인데도 지난 해와 올해 들어 소가 끄는 쟁기로 땅을 가는 모습
을 한 번도 본 적이 없다. 지난 해 거둔 씨앗을 갈무리해놓았다가 이듬
해 다시 쓰는 농가도 거의 없다. 대부분의 씨앗을 종묘상에서 사다 쓰는
데, 이 씨앗들은 유전공학과 약품 처리로 한 해만 농사가 잘 되고, 다음
해 그 종자를 집에서 거두어 다시 뿌리면 소출이 급격하게 떨어지도록
되어 있는 이른바 개량종 씨앗들이다.

문제는 이렇게 많은 영농비를 들여 농사를 지은 결과가 그만큼 많은
농가소득으로 자연스럽게 이어지지 못한다는 데 있다. 그리고 이러한
농사방법의 '개량(?)'이 땅을 살리고 농민들의 건강을 지키며, 그렇게
해서 생산된 농작물이 소비자의 건강까지도 증진시키느냐 하면 그 어느
것도 아니라는 데에 더 큰 문제가 있다.

늘어나는 것은 영농비만이 아니다. 생활비도 해가 다르게 늘어난다.
생활양식의 변화 탓이다. 주거환경을 예로 들어보자. 옛날 농가주택에

향수를 느끼는 사람이라면 자연스럽게 초가지붕, 가마솥이 걸린 아궁이와 부엌 한쪽에 가득 쌓인 땔감, 안채에서 멀찍이 떨어져 있는 뒷간과 잿간, 닭장, 돼지우리, 외양간, 장독대, 처마 끝에 매달린 종자용 곡식 모가지들을 떠올릴 것이다. 그러나 적어도 우리 마을에 그런 농가주택은 없다. 초가지붕을 벗겨내고 슬레이트나 시멘트 기와를 얹은 지붕에 입식으로 개량되어 가스렌지 위에 압력밥솥이 놓여 있는 부엌, 연탄 보일러로 고쳤다가 최근에 다시 기름 보일러로 바꾸어 마루와 방을 고루 덥히는 난방시설, 전기모터를 돌려 물을 끌어올려 빨래도 하고 몸도 씻는 욕탕, 수세식변기, 한 걸음 더 나아가 도시의 단독주택과 같은 모습에 같은 기능을 하는 새로운 개량주택이 보급되어 넓은 유리문을 단 거실까지 갖춘 집들이 늘어나고 있다. 같은 마을 안에 수천 마리의 닭, 수백 마리의 돼지를 기르는 축산농가가 있고, 비육우를 사료 먹여 많이는 열 마리가 넘게, 적게는 서너 마리를 키우는 집이 있으니, 닭도 돼지도 기를 필요를 못 느낀다. 논밭을 가는 데 쟁기에 의존하지 않아도 되니 외양간이 따로 없어도 된다. 집안의 입식 부엌에서 음식을 요리하다보니 장독대의 기능도 최소한으로 축소되었다. 퇴비와 인분을 이용해서, 또 집에서 기르는 닭똥이나 돼지똥이나 소똥을 이용해서 농사지을 생각을 하지 않으니, 또 화장실이 수세식으로 바뀌니 집 밖에 따로 잿간이나 두엄터나 변소가 있을 필요도 느끼지 못한다.

이러한 생활양식의 변화는 그에 따르는 현금지출을 반대급부로 요구한다. 보일러 설치비, 세탁기 구입비, 온수기 설치비, 가스값, 기름값, 높아지는 전기요금, 육류와 생선이 점점 더 자주 놓이는 밥상 때문에 지출되는 식료품비, 연성세제, 화장지, 석유, 식용유 따위에 들어가는 크고 작은 비용, 이 모든 현금수요를 메우기 위해서 환금작물 중심으로 투기영농을 하는데, 투기에는 위험이 따르는 법이어서 애써 키운 농작물을 어떤 때는 모두 뽑아 던져버리는 경우도 생기고, 어떤 때는 씨앗값도 못 건지는 경우도 생긴다. 여기에 자식들을 중학교 때부터 유학을 보내야 하는 사정이 겹치면 현금 수요는 더 커진다. 이렇게 해서 빚이 쌓여 수백만 원에서 수천만 원에 이르는 빚더미에 올라앉은 농가가 대부분인데, 이 빚을 갚기 위해서도 투기영농에 매달릴 수밖에 없는 실정이다.

생활양식의 변화에 따르는 의식의 변화

상품경제 논리가 일상생활에서 정신과 문화의 영역에 이르기까지 철두철미 지배하는 도시의 생활양식이 농촌에까지 스며들면서 농민들의 의식도 차츰 바뀌게 되었다. 이제 대대로 물려온 농토를 자식들 대에까지 물려주겠다는 생각을 갖고 있는 농민이 우리 마을에는 없다. 어떻게 해서든지 도시에 뿌리내리고 제 앞가림을 하면서 사는 자식들을 보는 것이 농촌에 사는 늙은 부모들의 자연스러운 소망으로 자리잡았다. 땅이 장래 자식들 삶의 방편이 된다는 생각이 없으니 땅을 온전하게 보전하여 후손에게 물려주겠다는 마음이 생길 리가 없다. 해오던 농사일이고 나이가 들어 도시에 나가도 마땅히 할 일이 없으니 죽을 때까지 농사를 짓되, 자기 죽으면 그만이라는 생각이 지배적이다.

투기 바람이 불면 농사지을 땅을 새로 마련해야 하는 우리 같은 사람들에게는 걱정이 태산이지만 우리 마을 어른들은 내심으로 반긴다. 지니고 있는 땅을 비싼 값으로 팔아 도시에 사는 자녀들의 생활을 안정시킬 길이 열린다고 믿기 때문이다. 땅이 살아있고 살아있지 않고는 중요하지 않다. 그 땅에서 곡식이나 채소가 얼마나 잘 되느냐도 큰 관심사가 아니다. 투기바람이 불어 주변 땅값이 오르면 아무리 박토라도 덩달아 값이 오르게 마련이고, 그 땅을 사는 사람들도 어차피 농사에 관심이 있어서 사는 것이 아니라 그 땅을 되팔 때 생기게 될 초과이윤이 목적이라는 것을 잘 알기 때문이다.

나이가 들면서 농사일이 힘에 부치면 농토를 돈이나 쌀로 값을 매겨

세를 준다. 선뜻 팔지 않는 까닭은 앞으로도 값이 더 오를 것이라고 예상하기 때문이다. 싼값으로 세를 얻은 사람들 중에는 전문으로 투기영농을 하는 사람들이 많다. 이 사람들은 세를 낸 땅에 환금작물을 심는다. 고추나 양파나 마늘이나 배추, 무처럼 '돈이 되는' 농작물을 대량으로 재배하는데, 제 손으로 하는 일은 돈을 들여 세를 얻고, 그 해에 높은 소득이 예상되는 작물을 선택하여 돈을 주고 일손을 사서 심고 가꾸고 수확하도록 하고 유통을 책임지는 정도가 고작이다. 투기영농을 대단위로 하는 사람들은 제 손에 흙을 묻히지 않는다. 농사를 처음부터 끝까지 돈으로 짓는다. 그러다 보니, 비닐이 깔린 밭을 세내어 그 비닐을 걷지도 않고 트랙터로 갈아엎는 일도 예사로 한다. 우리가 새로 구입한 땅도 땅주인이 이런 투기영농꾼에게 세를 주었던 것인데 전주인에게 돈을 주고 올해까지 경작권을 얻은 이 투기영농꾼이 비닐을 깔아 마늘을 거두고 난 뒤에 양파모종을 심는다고 그 비닐을 걷지도 않고 트랙터로 갈아버려 대판 싸움이 벌어졌다. 주인이 보는 앞에서 그럴진대 도시사람들이 투기 목적으로 사놓은 땅이나 주인의 눈에 보이지 않는 땅을 이 사람들이 어떻게 다루리라는 것은 굳이 말할 필요도 없다.

이렇듯 농촌주민의 자녀들인 젊은이나 어린애들은 몸도 마음도 이미 농촌을 떠났고, 아직 농토를 지키고 있는 과거세대인 노인들은 몸은 아직 농촌에 머물러 있지만 마음은 농토를 버린 지 이미 오래다.

4. 생명을 살리는 농업

기초가 튼튼하지 않으면 아무리 좋은 재료를 써서 튼튼하게 지은 집도 곧 허물어지게 마련이다. 살림도 마찬가지다. 기초살림이 부실하면 한때 흥청대던 살림도 곧 거덜이 난다. 나라 단위로 볼 때 기초살림은

'산살림'이거나 '들살림'이거나 '갯살림'이다. 세계 어느 나라든 마찬가지다. 그런데 우리 나라는 산지가 70퍼센트이고 삼면이 바다로 둘러싸인 데다가 오랜 세월 농사를 근본으로 삼아온 나라여서 이 세 살림이 아울러 튼튼해져야 기초가 단단해진다. 이 기초상식을 무시한 채로 공업화 일변도로 나라살림을 꾸려온 결과 30년도 안 되어 이제 산도, 들도, 바다도 오염될 대로 되어 죽어가거나 버림 받은 땅으로 방치되고 있다.

우리가 이 마을에 처음 들어와 경운기도 들어가지 않는 계곡이나 산자락에 있는 땅을 구하고 거기에 보리, 밀, 콩 같은 주곡을 심고 제초제와 농약과 화학비료는 물론이고 유기질비료까지 항생제와 호르몬제가 섞인 사료를 먹여 키운 가축의 분뇨가 섞인 것이라 하여 쓰지 않는 것을 보고 동네 어른들은 걱정도 하고 웃기도 했다. 그 중에는 "저 사람들 몇 해 못 버티고 다시 떠날 거여." 하고 손가락질하는 분도 있었다. 아직 군불을 때거나 연탄 보일러로 방을 덥히는 빈 집을 골라 살면서 산에서 나무를 하고, 또 토담집을 짓고 구들을 놓아 난방을 하겠다고 내변산 수몰지구에 가서 구들돌들을 모아오는 모습을 보고는 세상 거꾸로 사는 사람들이라고도 했다. 농사를 짓는지 풀밭을 가꾸는지 모를 정도로 풀이 무성한 우리 밭을 보고 제초제를 뿌리지 않는다고 야단치지 않는 분이 없었다.

그러나 60년대 이전의 농촌 생활양식을 모범으로 삼아 거기서부터 출발하자는 데는 우리 나름대로 뜻이 있었다. 농사짓는 일에 환상을 갖지 않는 것이 중요했다. 대학 마치고 조교생활을 하다가 농촌으로 들어간 제자 부부가 2년 동안 투기영농을 하다가 5천만 원의 빚을 지고 결국 손 털고 나올 수밖에 없었던 경험이 좋은 교훈이 되었다. 지금도 텔레비전을 보면 농촌현실을 왜곡하여 농촌에 들어가 살면 마치 떼돈을 벌 길이 있는 것처럼 환상을 심어주는 프로그램이 종종 방영되고 있다. 이를테면 제주도 어느 지방에서는 비파를 심어 목돈을 만지고, 경상북도 어느 지방에서는 수박에 당도를 높여 높은 소득을 올리고, 경기도 어느 지역에서는 꽃을 길러 도시 봉급 생활자가 꿈도 꿀 수 없는 큰돈을 벌었다는 식이다. 이런 프로그램에 현혹되어 처음부터 투기영농에 잘못 발을 들여놓은 귀농 희망자들 가운데 성공하는 예는 백에 하나도 없다.

얼마 전에 우리가 구한 산비탈밭은 그야말로 망초밭이었다. 망초라는 풀에는 유래가 있다. 초나라가 망할 때 온 산과 들에 하얀 망초꽃이 피어 초나라가 망하는 전조를 보였다고 '망초'라 불렀다 한다. 처음 그 말을 들었을 때는 "아하, 나라가 망하려면 그런 징조도 나타나나 보다." 하고 단순하게 생각했다. 그러나 우리가 구한 묵은 땅이 망초밭인 것을 보고, 또 묵혀놓은 밭에는 한결같이 맨 처음에 망초떼가 기승을 부린다는 사실을 발견하고 그것이 우연한 자연의 이변이 아니라는 것을 깨달았다. 중국의 초한(楚漢)전쟁은 십 년 가까이 끈 전쟁이었다. 전쟁이 일어나면 논과 밭을 일구던 젊은이들이 하루 아침에 전쟁터에 끌려가 평소에 낫과 괭이를 들었던 손에 창과 칼을 들고 싸워야 한다. 전쟁이 오래 계속되면 농사지을 힘이 있는 장정들은 차례로 끌려나가 싸움터에서 목숨을 잃을 수밖에 없다. 그렇게 되면 자연히 그 젊은이들이 일구던 밭들은 묵정밭이 된다. 곡식을 심지 않은 땅에 맨 먼저 들어서는 풀이 망초다. 곡식이 자라던 땅에 망초꽃이 하얗게 피는데, 그리고 농업생산을 기초로 해서 나라살림을 꾸려갈 수밖에 없는 시대에 애써 가꾸던 땅들이 농사지을 젊은이들이 없어 황무지가 되는데 어찌 나라가 망하지 않을 수 있겠는가. 이것이 먼 옛날 다른 나라 이야기였으면 좋겠다. 그러나 이 땅에 해마다 망초밭이 늘어나는 것을 보면서 왠지 모르게 불길한 예감이 드는 까닭은 지나치게 예민해서일까?

경운기가 들어가지 않는 산비탈의 망초밭을 산 것은 값도 값이려니와 그 땅을 다시 살아있는 인간의 땅으로 바꾸는 일이 '들살림'과 '산살림'

을 아울러 잘하는 길이라고 보았기 때문이기도 하다. 이 망초밭을 괭이로 일구고 씨앗을 뿌렸다. 더덕씨도 뿌리고, 참깨와 메밀도 뿌렸다. 그러나 뿌린 씨앗이 자라기도 전에 온 밭을 먼저 덮는 풀들이 문제였다.

지난 해에는 그야말로 풀이 원수였다. 그러나 올 삼월 마늘밭에 난 '잡초'들을 뽑던지다가, 밭에 나는 풀들이 모두 제초제를 써서 말려 죽이거나 김을 매어 없애야 할 적이 아니라는 것을 깨쳤다. 우리가 마늘밭에서 뽑아 내던져버린 '잡초'가 사실은 봄나물이자 몸에 좋은 약초였다는 사실을 우연히 발견한 것이다. 그 뒤로는 우리 밭에 자라는 풀들을 유심히 관찰하기 시작했다. 약초도감과 식물도감, 한의학서적, 동의학백과사전 같은 구할 수 있는 책들은 다 구해서 풀의 성분들을 연구해나갔다. 그 결과 밭에서 자라는 대부분의 풀들이 약초라는 사실을 알아냈다. 지난 해 농촌의 빈집과 함께 버림받은 항아리들을 500개쯤 구해 효소식품도 담고 감식초도 담은 경험을 살려서 밭에 나는 풀들을 뽑거나 베어서 효소를 담기 시작했다. 민들레, 씀바귀, 쑥, 억새, 엉겅퀴, 조뱅이, 살갈퀴, 명아주, 쇠비름, 바랭이, 망초, 칡 무엇이든 눈에 띄는 대로 황설탕에 절여 40여 종의 풀들로 효소를 담고, 거기에서 나온 건더기에는 술을 부어 숙성시켰다. 그야말로 풀농사를 지은 셈이다.

올해는 논에 우렁이를 넣어 김 한 번 매지 않고 벼를 거두어들일 수 있었다. 다른 집에서는 모두 콤바인을 써서 베어 자동으로 탈곡까지 하는데, 우리는 변산 일대에서 유일하게 낫으로 벼를 베어 논둑에 말렸다가 지금 아무도 쓰지 않는 탈곡기(경운기와 피대줄로 연결하여 탈곡하는 기계)를 얻어다가 벼를 털었다. 지난 겨울에 심은 밀과 보리는 김을 매주지 않아도 저절로 자랐다. 다른 풀들이 올라오기 전인 겨울에 싹트고 자라기 때문에 따로 김을 맬 필요가 없었다. 콩밭과 그 밖에 다른 채소를 심은 밭에는 풀들이 무성해 김을 매주어야 했으나 그 풀 가운데 일부는 발효식품으로 만들었으니 풀과 싸우기만 한 것은 아니었다.

농사를 짓다보니, 전통방법으로 유기농을 제대로 하려면 토종 씨앗을 구해야 한다는 생각이 절실해졌다. 토종 씨앗을 구해 밭에 뿌리면 개량종에 견주어 소출은 적지만 소출이 안정된다. 그리고 영농비에서 수월찮은 몫을 차지하는 씨앗값을 절약할 수 있다. 그리고 이 토종 씨앗들은 오랜 세월을 두고 다른 풀들과 같이 사는 길을 터득해왔기 때문에 따로 농약이나 제초제를 뿌려 보호해줄 필요가 없다. 화학비료를 쓰지 않아도 된다는 이점이 있다. 이것 또한 영농비를 줄이는 길이요, 땅을 살리는 길이기도 하다. 토종 씨앗을 구하려니 뭍에서는 구할 길이 없다 한다. 자급자족을 하는 외딴섬에나 아직 남아있을지 모른다는 이야기를 들었다. 가까운 일본 같은 데서는 강인한 토종 씨앗에서 새로운 품종을 얻으려고 일부러 재래종 씨앗들을 보호하는 정책을 펴고 있다는데, 우리 나라는 토종 씨앗을 구하려 해도 구할 길이 없으니 참 큰일이다 싶었다. 그렇다고 농사일을 제쳐두고 외딴섬을 찾아갈 형편도 안 되었다. 중국 연변에 사는 아는 사람에게 부탁하여 북간도 지방에 보존되어 있는 토종 씨앗들을 보내달라고 부탁하여 올해는 스무 종 가까이 얻었다.

영농비가 따로 필요 없는 농사, 생활비가 최소한으로 드는 생활양식, 자연이 큰 스승이 되고 마을 어른들이 작은 선생이 되어 아이들에게 삶에 필요한 정보를 실천을 통하여 얻게 하는 교육, 자급경제의 터전에서 꽃피는 '기르는 문화', 이것만이 기초 생활공동체가 길게 살아남는 길이요, 마침내는 땅도 살리고 그 땅에서 자라는 모든 생명체들과 사람이 더불어 사는 길이라는 생각이 얼핏 보기에 30년 전으로 퇴보하는(?) 농사법, 생활양식을 고집하게 하는 동기이다.

다 아는 이야기이지만 자연에는 쓰레기가 없다. 자연에 쓰레기가 없다는 것은 자연에는 낭비가 없다는 말과 같다. 낭비에는 여러 측면이 있다. 상품경제 사회에서 낭비는 곧 돈을 헤프게 쓰는 것, 곧 금전의 낭비로 나타나지만, 그 속을 들여다보면 자연력의 낭비고 인간노동력의 낭비다. 그리고 크게 보면 이 모든 낭비는 생명력의 낭비, 곧 인간과 자연을 죽이는 일을 뜻한다.

자연을 닮은 삶의 양식은 낭비 없는 삶의 양식, 곧 인간과 자연을 살리는, 다시 말해 '생명을 살리는' 삶의 양식이라 할 수 있다. 낭비는 크게 보아 '없어도 될 것', 더 나아가서 없을 것(없어야 할 것)이 있기 때문에 그것을 없애는 과정에서 생기는 것이다. 오늘날 우리 나라 온 산하를 뒤덮는 쓰레기는, 따지고보면 낭비의 산물이요, 낭비가 어느 정도 이루어지고 있는가를 보여주는 좋은 지표다. 오늘날 인류 전체가 쓰레기 공해로 몸살을 앓고 있는 것은 상품경제 사회가 없어도 될 것, 없을 것을 얼마나 많이 생산해냈는가, 그리고 그 과정에서 인간노동력과 자연력으로 대표되는 생명력을 얼마나 많이 낭비했는가를 보여주는 징표라고 할 수 있다.

없을 것이 넘쳐나서 무더기로 버려지는 세상은 다른 한편으로 있을 것(있어야 할 것)이 그만큼 없는 세상이고, 또 거기서 오는 결핍감이 욕구불만으로 쌓이는 세상이기도 하다. 삶의 활력이 쓸데없는 쓰레기를 만드는데 소진되는 만큼 생명력의 응결이라 할 수 있는 자기정체성은 그만큼 사라지고, 자기소외가 심화될수록 욕구불만과 무력감은 그에 비례하여 커진다. '풍요 속의 빈곤'이라 함은 이를 두고 하는 말이다.

그렇다면 인류의 생존만이 아니라 생명계 전체를 위기에 빠뜨리고 있는 이 죽음의 위협은 어디에서 비롯한 것일까?

우리는 이 위협의 한 실마리를 인류문화와 생활양식의 문명사적 전환에서 찾아볼 수 있다. 역사 속에서 오랜 세월을 두고 싹트고 숨어서 자라온 것이기는 하지만, 그리고 너그럽게 생각하면 전체 인류를 일깨워 삶의 질을 한 계단 더 높이기 위한 시련으로 볼 수도 있지만, 과거와 다른 새로운 문화, 새로운 생활양식이 인류역사의 전면에 두드러진 것은 지난 200년 사이의 일이다.

편의에 따라 우리는 지난 수만 년 동안 인류의 역사를 지배했던 문화를 자연경제에 바탕을 둔 '기르는 문화'로, 또 그 문화를 가꾸어온 생활양식을 '공동체적 생활양식'으로 보고, 지난 200년 사이에 형성되어온 문화를 상품경제에 바탕을 둔 '만드는 문화'로, 또 그 문화를 형성시킨 생활양식을 '자본주의적 생활양식'으로 이름짓자. 물론 그 사이에 일부 국가에서 '사회주의적 생활양식'이 시도된 적도 있고, 아직도 그런 생활양식을 유지하고 있는 나라도 있으나 큰 흐름에서는 벗어나 있으므로 논외로 치기로 하자.

'기르는 문화'의 숨은 주체는 자연이다. 순환하면서 스스로 성장하는 자연이 대지의 품 안에서 '기르는 문화'의 드러난 주체인 '기르는 사람', 농사꾼을 키워냈다. 이런 자연경제의 바탕 위에 '공동체적 생활양식'이 뿌리를 내렸다. 아다시피 자연경제에서 중심가치는 사용가치다. 사람들은 그 자체가 자연력의 일부인 공동 노동력을 기울여 자연의 힘을 '쓸모 있는 것'을 기르고 만드는 데로 돌렸다. 살아가는 데 직접 간접으로 요긴하게 쓰이지 않는 것은 어떤 것도 만들어내지 않았다. 따라서 인간노동력도 자연력도 쓸모 없이 낭비되거나 탕진되는 일이 없었다. 도성이나 관아에 궁궐이나 관청을 지어놓고 인간의 노동력과 자연력을 착취하여 낭비하고 탕진하는 지배계급이 기생하고 있었지만 그 기생충들도 자연경제의 틀을 벗어나 살 수는 없었다. 시대에 따라 지역에 따라 다양한 문화가 꽃피고, 헤아릴 수 없이 많은 기술과 과학의 성과가 축적되었지만, 그 어느 것도 사용가치가 없는 것, 공동체적 생활양식을 뒷받침하지 않는 것은 없었다. 그리고 이 '기르는 문화'의 중심축은 농사꾼이 이루고 있었다. '농자천하지대본'(農者天下之大本)이라는 말은 이렇게 해서 생겨났다.

이와는 달리 '만드는 문화'의 숨은 주체는 자본이다. 끊임없는 확대재생산을 통해서만 자기의 명맥을 유지할 수 있는 자본은 대도시라는 자연과 격리된 인공의 섬 위에서 '만드는 문화'의 드러난 주체인 '만드는 사람', 자본가를 만들어냈다. 그리고 상품경제의 틀 안에 '자본주의적 생활양식', 개인주의적 생활양식을 빚어냈다. 아다시피 상품경제의 중심가치는 사용가치가 아니라 교환가치다. 자본은 자기증식을 위하여 교환가치가 있는 것이라면 무엇이든지 만들어낸다. 사용가치가 전혀 없는 것도, 인간의 건강한 삶에 쓸모가 없을 뿐만 아니라 도리어 해로운 것도, 돈만 된다면, 다시 말해 이윤창출을 통한 자기증식이 가능한 것이라면 무엇이든 가리지 않고 만들어내고 누구에게든지 판다. 따라서 인간노동력도 자연력도 자본증식을 위해서라면 얼마든지 낭비되고 탕진된다. '만드는 문화'에서 살아 있는 인간노동력과 자연력은 죽은 노동, 죽은 자연의 최종 응결체인 자본으로 전환되어 그 일부는 고정자본이 되고 다른 일부는 유동자본이 된다. 도시를 가득 채운 고층빌딩의 숲은 죽은 노동력과 자연력의 비석이요, 은행과 증권거래소에 가득 쌓인 화폐와 유가증권은 산 노동력과 자연력을 추상화된 임금노동과 원료로 바꾸어 '상품'으로 고정시킬 응고제이다.

'만드는 문화'는 인간과 자연까지도 상품화하여 시장으로 끌어내고 '공동체사회'를 해체시켜 '이익사회'로 바꾸어낸다. '만드는 문화'의 중심축은 소수의 자본가, 그 가운데에서도 손가락으로 꼽을 '재벌'들이고, '다국적기업'들이다. 이 인격화한 자본은 현재에도 온 세계를 상품시장으로 바꾸고 있는 중이다. '우루과이라운드'와 세계무역기구(WTO) 체제는 이렇게 해서 만들어졌다.

'기르는 문화'에서 묵은 것, 오래된 것이 좋은 것이라면 '만드는 문화'에서는 새 것, 최신의 것이 가장 좋은 것이다. '기르는 문화'가 인간의 욕망을 순환하면서 성장하는 자연의 리듬에 맞추어 조절하는 기능을 한다면 '만드는 문화'는 자본의 무한증식 욕구에 따라 인간의 욕망을 끊임없이 확대시키고 분화시킨다.

어떤 상품이 사용가치가 있는 것이든 없는 것이든, 인간사회와 생태계에 이로운 것이든 해로운 것이든, '만드는 문화'의 숨은 주체인 자본은 확대재생산을 통한 자기증식(이것이 자본의 생명이다)을 위해 끊임없이 더 빨리, 더 많이 만들어내야 하는데, 그러려면 상품의 구매자가 어떤 물건을 사서 그 상품이 사용가치가 없다는 것을 빨리 발견하여 버리면 버릴수록, 그리고 그 상품의 수명이 단축되어 쉽게 낡아 못쓰게 되면 될수록 좋다. 상품에 어느 정도 내구성이 있어서 내다버리는 데 저항감이 있으면 이 저항감을 없앨 심리적 동기를 유발하는 것도 필요하다. 그래서 '만드는 문화'는 끊임없이 '새 것은 좋은 것'이라는 신화를 만들어내고, 이 신화가 깨지지 않도록 온갖 수단을 다 동원한다. '패션쇼' '첨단상품 전시회' '아이디어 제품' '유행가' '금주의 가요 톱텐' '신도시 개발' 대통령의 입을 빌려, 국회의사록을 통해, 경제장관 회의석상에서, 텔레비전의 영상과 신문의 기사를 이용해, 광고와 방문판매원의 발까지 동원해 자본은 자기 명맥을 유지하려고 필사의 힘을 다한다.

그 결과는 지금 우리가 보는 대로다. '만드는 문화'와 '자본주의적 생활양식'이 인류와 생명계 전체에 지속가능한 미래를 보장하리라고 믿는 사람은 점점 줄어들고 있다. 과학기술의 남용이 불러온 이 위기상황을 과학기술의 힘으로 극복할 수 있다고 낙관하던 사람들도 이제 점점 더 비관적 전망을 하는 쪽으로 돌아서고 있다. '만드는 문화'와 '자본주의적 생활양식'을 강화하는 쪽으로 체제화된 제도교육의 기능에 대한 회의도 전세계에 걸쳐 확산되고 있다.

교환가치가 유일한 가치 척도가 된 상품경제 사회가 만들어낸 상품들이 인간노동력과 자연력에 치명적인 훼손을 입히면서 지구 전체를 쓰레기장으로 바꾸고 있는 현실을 두고 개탄하는 사람은 많지만 어떻게 해야 이 막다른 골목에서 벗어날 수 있을지에 대해서 바른 처방을 제시하는 사람은 거의 없다.

나는 이 위기에서 벗어날 유일한 길은 가치관의 문명사적인 대전환에 있다고 본다. 교환가치가 중심인 '만드는 문화' 대신에 다시 사용가치가 중심인 '기르는 문화' 쪽으로 가치의 중심이 이동하고, 현대 문화와 생활양식의 숨은 주체 노릇을 해온 자본을 몰아내고 자연을 주체의 자리에 다시 세워야 한다고 본다. '만드는 문화'에 사형선고를 내리자는 말은 아니다. 주체가 누구냐에 따라 '만드는 문화'는 공동체적 생활양식에 알맞게 변용될 수 있다.

내가 산과 들과 바다가 어우러진 곳에 내려와 농사짓고 사는 것은 전 인류의 기초살림이기도 한 산살림, 들살림, 갯살림을 튼튼히 꾸려 그 기초 위에 '기르는 문화'와 '만드는 문화'가 균형 있게 다시 세워져야 한다고 믿기 때문이다. 이러한 뜻과 의지가 농업에 반영되면 어쩌면 그것이 넓은 뜻에서 '생명을 살리는 농업'이 될지도 모르겠다.

변산공동체학교 밑그림

1. 목적

다른 대부분의 생명체와는 달리 사람은 본능에 의존해서만 삶의 문제를 해결할 수는 없다. 양육과 교육은 사람이 사람답게 살아가는 데 꼭 필요한 일이다.

자녀의 양육은 일정한 기간 동안 먹이고 재우고 입혀 목숨을 유지시키는 것을 넘어서서 바람직한 사회화 과정까지 포함하는 것이므로 경쟁보다 상호의존과 협력이 가능한 공동체에서 이루어져야 한다. 그리고 교육은 마치 식물의 씨앗이 땅에 묻혀 알맞은 땅 속의 자양과 수분과 미생물의 도움을 얻어 싹트고 햇볕과 공기를 맞아 자라고 열매를 맺듯이 평생을 통하여 사회와 자연환경이 조화로운 균형을 이루는 곳에서만 제대로 이루어질 수 있다.

변산공동체학교는 자녀의 양육과 주민들의 평생교육을 통하여 모든 사람이 사람의 모습을 지니고 사람답게 살기 위해 삶터를 만들려는 사람들이 모여 이루는 교육과 양육의 마당이자 삶의 현장이다.

2. 공동체학교의 구성

공동체학교는 공동체를 이루는 '일하는 사람들'과 이 사람들 사이에서 태어나는 아이들로 이루어진다. 어른들에게는 '공동체'를 건설하는 일이, 아이들에게는 그 안에서 사람답게 자랄 '교육'이 우선한다. 따라서 크게 보아 변산의 자연환경과 그 안에서 이루어지는 마을이 모두 교육의 마당이지만 작게 보아 '공동체'는 그 안에 사는 어른들이 지향해야 할 목표이고, '학교'는 그 안에서 자랄 아이들을 제대로 사회화시키는 것을 목표로 삼는다.

이 목표를 달성하려면,

첫째, 공동체 주민들이 공동체를 이루려는 뚜렷한 목적의식을 지녀야한다. 이 목적의식은 초기 구성원들의 자발성에 바탕을 둘 수도 있고 교육을 통한 가치관의 전환을 통하여 길러질 수도 있다. 따라서 공동체학교의 초기 구성원들은 착하고 성실하고 부지런하면서도 마음이 넉넉하고 슬기로운 사람들을 중심으로 이루어져야 한다.

둘째, 이 공동체 주민들에게 공동의 삶터가 필요하다. 함께 살 집과 함께 일할 일터와 다 같이 교육을 하고 교육을 받을, 넓은 뜻의 학교가 있어야 한다. 이 공동의 삶터를 마련하기 위해서 돈이 있는 사람은 돈을, 재주가 있는 사람은 재주를, 일할 힘이 있는 사람은 그 힘을 아끼지 말아야 한다. 이렇게 마련된 삶터는 공동의 소유다.

3. 공동체 구성원의 자격

공동체 구성원은 스스로 판단해서 변산에서 살려고 이주해온 사람들과 이미 자리잡고 사는 마을 주민들 가운데 굳은 공동체 의식을 가진 사람들과 그 자녀들로 이루어진다. 처음에는 저마다 독립된 살림을 이루고 살다가 차츰 공동생활의 마당을 넓혀간다. 구성원의 가입과 탈퇴는 자발성에 기초를 두되, 공동체와 학교에 큰 피해를 끼치는 사람은 공동체 주민의 자격에서 마을 주민의 자격으로 자격요건을 바꾸는 것이 공동체 주민의 합의에 따라 이루어질 수 있다.

공동체에서 탈퇴하고자 하는 사람에게는 그 사람이 기여한 몫을 공동체 자산에서 나누어줄 수 있다. 다만 공동체의 삶터를 이루는 일터와 시설과 그 밖의 고정자산은 분배의 대상이 되지 않는다. 탈퇴자의 기여분을 결정할 권한은 공동체 운영위원회에 있다.

4. 공동체의 자산

공동체의 자산은 구성원들이 공동체에 스스로 내놓는 여러 형태의 물질자산과 구성원들이 일해서 마련한 유형 무형의 자산으로 이루어진다.

공동체의 자산은 공동자산으로 아무도 이것을 제 몫으로 주장할 수 없다. 공동체가 해체되는 경우에 이 자산은 국가에 귀속하거나 공동체를 이루려는 뜻있는 사람의 집단에 증여한다.

이 자산이 공동의 것이라는 것을 분명히 할 법인 설립이 이루어져야 하고, 이 법인을 공동체의 공익위원회가 관리를 맡는다.

5. 공동체 사업

공동체의 유지를 위하여, 또 발전을 위하여 여러 가지 사업을 공동체 구성원들의 합의로 벌일 수 있다. 이 사업은 산과 들과 바다에서 나는 것을 가공하는 것이 중심이 되고, 공동체 내부의 필요에 따라 개발된 기

술들을 포함한다. (태양열 집열판, 풍차, 조력발전기, 여러 형태의 개량된 기계나 기구 따위)

사업의 주체는 공동체 구성원이 될 수도 있고, 공동체의 뜻을 이해하는 마을 주민이나 마을 밖 사람이 될 수도 있다. 공동체 구성원과 또 공동체학교와 연관해서 이루어지는 사업의 주체가 공동체의 성원이 아닐 때는 사업자는 일정한 지분을 공동체 몫으로 내놓아야 한다.

공동체에서 생산되는 모든 것은 엄격한 품질 검사를 통과해야 한다. 농산물의 경우에 제초제, 농약, 화학비료, 방부제 같은 인체나 주변 생명 공동체에 해로운 인공물질이 전혀 들어 있지 않아야 한다. 수산물이나 공산품의 경우에도 같은 기준이 적용된다.

공동체 사업에 포함되는 모든 일은 반드시 공익에 봉사하는 것이어야 한다. 목적 사업과 수익 사업은 일치해야 한다.

모든 공동체 생산물은 일정한 과정을 거쳐서 공동체가 자체로 마련하는 동력으로 만든 것이어야 한다. 따라서 수제품이 중심이 되어야 한다.

6. 공동 설비

공동체는 공동 식당, 공동 옷장, 공동 경작지, 공동 어장, 공동 임야, 공동 놀이터, 공동 작업장, 공동 사업장, 공동체학교 같은 모든 설비를 주민들의 손으로 갖추어야 한다. 우선 순위는 공동체 회의에서 결정한다.

공동주택이 필요한 경우에 필요를 느끼는 사람들이 집의 형태를 합의로 결정하고 공동체에 재원을 요청할 수 있다.

공동체 성원은 적어도 하루에 한 번은 '밥상 공동체'의 일원으로서 공동 식당에서 함께 밥을 먹어야 한다.

속옷을 뺀 나머지 옷은 공동 옷장에서 마음에 드는 대로 골라 입을 수 있다. 다만 입고 난 뒤에 원래 상태로 공동 옷장에 되돌려놓아야 한다.

7. 공동체의 생산물

공동체에서 생산하는 것은

첫째, 공동체 생활에 필요한 기초물품,

둘째, 공동체 형성을 돕는 눈에 보이거나 눈에 보이지 않는 사람들의 기초 생활에 필요한 물품(이를테면 옷, 신발, 농기구, 배, 목공기구 같은 초기 공동체에서 생산할 수는 없지만 공동체 생활에 필요한 것들을 만들어내는 분과 그밖에 공동체 주민들의 건전한 문화 생활에 요구되는 것들을 제공하는 분들에게 드릴 몫),

셋째, 그 밖에 이웃이나 나라나 인류의 삶의 질을 높이는 데 기여할 것들로 국한한다.

다만 둘째와 셋째는 지나치게 확대 해석하거나 축소 해석할 수 있으므로 생산위원회에서 생산을 결정할 때 반드시 공동체 운영위원회와 공익위원회의 심의를 거쳐야 한다.

8. 공동체학교

공동체와 공동체를 둘러싸고 있는 자연환경 전체가 학교다. 학교의 기본 설비는 여러 종류의 작업장이며 일터가 놀이터이자 교실이다. 산과 들, 마당, 그 밖의 공동체 공공설비가 모두 학교의 운동장이다. 기초교육, 중등교육, 고등교육, 연구를 위한 설비를 따로 둘 수 있다.

모든 구성원과 구성원의 자녀가 동시에 학생이면서 교사다. 연령 차이에 따르는 학년 구별을 하지 않는다. 다만 제도 교육 기관에서 교육을 받는(어쩔 수 없이) 초기 구성원들 자녀의 경우에 방과후에 따로 교육이 이루어져야 한다.

그 밖에 궁금한 이야기들

변산 공동체에 대해 궁금한 것들을 보리 편집부에서 따로 정리해서 윤 선생님에게 물어보았다. 1997년 12월 상황이다. 변산 공동체는 아직 공식 명칭을 갖고 있지 않으므로 여기서는 임의로 '변산 공동체'라 부르기로 한다.

지금 변산 공동체에서 한 식구로 생활하는 사람이 모두 몇 명입니까? 또 언제부터 같이 살기 시작했는지요?

남자 어른이 여섯, 여자 어른이 여섯, 그리고 아이들이 둘 있어요. 이곳에 들어와 결혼해서 사는 가정이 둘인데 한 집은 얼마 전에 아들을 낳았어요. 식구들 가운데 가장 먼저 들어온 사람이 95년 7월에 왔으니까 이제 2년 좀 넘었지요. 그 동안 몇 사람이 들어왔다 나가고 했어요. 올해 여름부터 같이 살게 된 식구가 두 사람이고 앞으로도 식구들은 꾸준히 늘지 싶어요.

변산 공동체에 들어오려면 어떤 과정이 필요합니까?

이곳에 들어오는 사람들 조건이라면 무엇보다 부지런하고 성실해야 해요. 초기 구성원이라면 또 마음이 착하고 넉넉하고 슬기로운 사람이라야 할 것 같아요. 여기가 다른 종교 공동체나 이념 공동체와 달리 생산 공동체인 만큼 부지런하고 성실한 것이 생산 활동을 하는 데 일차 조건이 된다고 봐요.

그리고 저마다 서로 다른 삶의 배경을 가진 사람들이 모여서 함께 삶의 터전을 가꿔나가는데 넉넉한 마음이 없으면 구심력보다는 원심력이 커서 공동체를 이루기가 힘들어요. 초기 구성원들의 이런 단단한 결속 없이는 공동체를 이뤄나갈 수가 없다고 봐요. 이 사람들이 어느 정도 공동체의 기반을 다져놓으면 그 다음에 들어오는 사람들 경우는 그렇게 조건을 까다롭게 하지 않아도 괜찮지 않을까 싶어요.

들어오고 싶어하는 사람이 홀몸인 경우는 그다지 어려운 점이 없지만 가족 전체가 이주하려고 할 때는 생각해야 될 문제가 몇 가지 있어요. 여기서 나오는 생산물로 한 가족이 생계를 해결하고 자녀들 교육도 시킬 수 있는 기반을 마련해줘야 하는데 아직은 우리 공동체가 그럴 여력이 안 되요. 그리고 같이 살다가 만약 서로 뜻이 안 맞아서 나가게 될 때 가족 경우에는 또 다른 곳에서 생계를 꾸린다는 것이 큰 모험이고 공동체 식구들 처지에서도 부담이 크니까 섣불리 결정할 수 있는 문제가 아니에요. 그래서 오고 싶다는 사람에게는 먼저 긴 편지를 써보내라 그래요.

요즘 시골 사람들 어떻게든 도시로 나가려고 그러는데 무슨 생각으로 들어오려고 그러는지, 혹시 낭만적인 생각이나 환상을 갖고 그러는 거는 아닌지, 만에 하나 그런 거라면 여기서 살다보면 곧 그것이 깨질 텐데 그때는 그 사람들도 힘들고 다른 공동체 식구들에게도 영향이 미치니까 그런 거는 조심해야지. 그러니까 편지에 자세한 이야기를 써보내라 그래요. 그러면 그 편지를 공동체 식구들이 돌려 읽고 가치관이라든지 그런 게 서로 맞고 같이 살 수 있을 것 같다고 판단되면 일단 그 가족을 초청을 해요. 그래서 한 일 주일쯤 같이 일도 하고 생활을 하면서 서로 맞는지 알아보는 기간을 가져요. 그 사람들도 여기에 대해서 말로만 들었지 체험한 적은 없으니까. 그렇게 해서 같이 살 수 있겠다 싶으면 최소한 일 년, 왜냐면 농사일이라는 게 한 해가 주기니까 한 해는 살아 봐야 한다고 말해요.

새벽의 집이나 다른 공동체 경우를 보면 일 년 단위로 공동체 식구들이 서약을 한다든지 계약을 하기도 하는데 변산에서는 그런 형식이 있는지요?

우리는 그런 형식절차 같은 거는 없어요. 그냥 말로 하는거지. 형식이 있어도 사실 마음이 떠나면 몸도 떠나기 마련이니까 그런 게 필요할까 싶은데, 글쎄 앞으로 그런 형식이나 규정이 필요할지 어떨지 모르겠어요.

변산 공동체는 아직 아무런 법적인 실체, 이를테면 사단법인이라든가 조합 같은 틀을 갖고 있지 않은데 그런 것이 필요하다고 보지는 않는지요?

지금은 그냥 자율적인 사람들의 모임이에요. 초기 구성원들이 들어온 지 삼 년이 되어 완전한 공동체 식구가 되겠다고 하면 그때 가서 그런 틀을 마련할 필요가 있겠지만 아직은 그럴 단계가 아니라고 봐요.

변산 공동체에 들어오는 사람이 집이나 농토를 마련하려고 할 때 소유 문제는 어떻게 되는지요? 공동체 자산과 개인 자산을 별도로 나누는지…

아직은 모든 자산이 공동체 소유로 되어 있는데 새로 공동체에 들어오는 가족이 구입하는 농토나 집은 일단 그 가족 소유로 해야 할 것 같아요. 지금 생각에는 삼 년쯤은 그렇게 살다가 그 후에 뜻이 확고하다든가 그러면 공동체 소유로 할 수도 있겠지요. 형식은 법인이든 협동조합이든 공동의 자산으로 해서 살다가 만약에 다시 나가야 할 형편이 되면 공동체에서 보상을 해 주든지, 그럴 수 있는 여력이 안 되면 그 지분을 매각하든지 해서 되돌려주는 식으로 해야 할 것 같아요.

공동체 생활, 농사라든가 살림은 어떤 식으로 꾸려가고 있는지요?

처음에 한 일 년 동안은 개인 생활이 별로 없이 모든 일을 같이 하면서 밥도 같이 먹는 식으로 살았어요. 그러니까 갈등이 생겨나서 그 뒤 반 년 정도는 뿔뿔이 나뉘어 생활을 해봤어요. 이쪽 저쪽 극단의 실험을 다 해본 셈인데 다 아니라는 판단이 되어 지금은 공동 생활과 개인 생활을 적절히 나누어서 하고 있는 셈이에요. 식사도 공동 울력이 있을 때는 같이 하지만 그렇지 않을 때는 각자 집에서 먹어요. 그래도 저녁 한 끼는 공동 식당에서 다 같이 먹는 것을 원칙으로 하고 있어요. 농사일도 공동으로 다 같이 하는 일이 있고 또 개인이 자기 책임으로 하는 일이 있어요. 땅도 공동경작지이기는 하지만 관리 책임을 각자 나누어서 제 집에서 가까운 데를 맡아 누구는 고구마, 누구는 고추농사를 하는 식으로 해서 공동 울력이 필요한 일은 함께 일을 하지만 그렇지 않을 때는 저마다 자기 맡은 일을 알아서 해나가고 있어요. 또 농사일 말고 효소 담기라든가 염색이라든가 그런 일을 책임지고 하는 사람도 있고….

변산 공동체의 전체 경제는 어떻게 꾸려가는지 궁금한데요.

아직 전체 살림이 자급자족 단계는 아니지만 먹을 양식은 농사지어서 넉넉히 해결하고 있어요. 그래도 식비가 들기는 들지요. 막걸리도 사마셔야 하고… 그 밖에 생활비도 적지 않게 들어요. 옷은 거의 안 사입지만(도시 사람들 입던 헌 옷을 가져다 입기도 하니까) 신발이라든지 그런 생필품을 사는 데도 적지 않게 돈이 들어요. 지난 해에는 우리가 만든 효소랑 염장 고추 같은 걸 팔아서 몇백만 원을 벌기도 했는데, 앞으로 그렇게 해서 조금씩 자급자족 구조를 갖추려고 해요. 그 밖에 큰 돈이 드는 일, 이를테면 농지를 장만한다든가 관정을 뚫는다든가 또 항아리를 사모은다든가 하는 데 드는 돈은 아직까지는 제 개인이 그 동안 맺어온 인연으로 마련하고 있어요.

공동체 식구들의 생활비나 용돈은 어떤 식으로 분배하는지요?

여기서는 분배 같은 거 하지 않고 그냥 필요한 것이 있으면 그때그때 갖다 쓰는 식으로 하고 있지요. 그 전에는 금란 씨가 회계를 다 맡아서 봤는데 그러니까 불편한 점이 많다고 해서 요즘은 집집마다 가족 단위로 일정한 돈을 주고서 필요한 것이 있을 때면 마음대로 꺼내 쓰고 장부에다 기록해두는 식으로 하고 있어요.

그럴 경우에 아주 개인적인 필요에서 뭘 사려고 할 때는 좀 난처할 것 같은데요. 이를테면 갑자기 콜라를 마시고 싶다든가 할 때 선뜻 마음을 내기가 어려울 것 같아요.

그럴 경우가 있을 거예요. 하지만 아직은 우리가 자급자족 구조가 안 되어 있는 만큼 누구 한 사람의 필요를 위해서 공동 경비를 쓰는 일은 없도록 원칙을 세우고 있어요. 그래도 다 같이 그 가치를 인정하는 경우에는 어떤 개인을 위해서 공동경비를 쓸 수도 있겠지요. 예를 들면 희정 씨랑 선희 씨가 여기서 만나 서로 사귀는데 가끔 읍내 나가서 영화도 보고 음식도 사먹고 그러려면 용돈이 필요할 거다 싶어서 용돈을 따로 주겠다고 했더니 자기들은 시간이 나면 산이나 바닷가에 가고 그러니까 데이트하는 데 돈이 안 든다고 필요없다 그랬어요. 시간을 내주는 것만으로도 충분하다면서.

사실 공동체라는 것이 큰 가족 같은 건데 가족끼리 꼭 필요한 돈을 달라고 하는데 거리낌이 있다든지 또 주는데 거리낌이 있다든지 그래서는 안 된다고 봐요. 아직은 공동체 훈련이 충분히 안 되어서 그렇게 자기 속사정을 다 얘기 못하는 경우는 있는 것 같은데….

한 가족이라는 느낌을 가지려면 식구 수가 열 명이 넘으면 힘들지 않나 싶습니다. 공동체가 앞으로 더 커지면 구성원들이 다 가족 같은 느낌을 갖기는 어렵지 않겠습니까?

그렇지요. 그런 때가 되면 큰 공동체 안에 몇 가족이 작은 공동체를 이루어서 그들끼리 같이 울력을 한다든지 소규모로 밥상 공동체를 이룬다든지 그런 식으로 해야겠지요. 집단 수용소처럼 규율에 따라 움직이는 그런 거는 공동체가 아니라고 봐요.

변산 마을 주민들과 공동체 식구들의 관계는 어떤지요?

마을 주민과 우리는 농사 체계가 서로 아주 다르니까 울력을 같이 한다든가 하는 일은 없어요. 마을에 젊은이들이 없으니까 가끔 우리 식구가 마을 주민들 일을 해주러 나가는 경우는 있지만 공동으로 뭘 같이 하는 그런 관계는 아직 없어요. 우리는 항생제가 섞인 유기질 비료도 쓰지 않고 철저한 유기농을 고집하고 있는데 마을 사람들은 한결같이 화학영농을 하고 있어요. 하지만 마을 사람들이 왜 그렇게 농사를 지을 수밖에 없는지를 우리가 아니까 우리 방식을 주장하지는 않아요. 마을 사람들도 우리가 농사일에 서투르긴 하지만 아침 일찍부터 부지런히 일하는 것을 보면서 한편으로 걱정은 하면서도 인정을 하는 편이에요. 그렇게 서로 존중하는 마음이 있으니까 관계를 풀어가는 데 어려움은 없는 것 같아요. 그래도 언젠가는 마을 주민과 함께 일을 해나가야 한다는 생각은 확고해요. 다만 그 시기를 언제쯤으로 보고 있냐 하면 우리가 우리 식으로 농사를 지어서 소득이 안정되고 주민들에게도 지금 같은 환금작물 농사보다 더 안정된 생활을 보장할 수 있게 되면 조금씩 설득을 할 수 있을 것 같아요. 그러면서 같이 사는 길을 찾아볼 수 있겠지요.

공동체 식구로 들어오지 않고 주변에 자리잡고서 마을 주민으로 살 수도 있다고 들었는데 그럴 경우 공동체와 어떻게 관계를 맺고 있는지요?

그냥 마을 주민으로 들어와서 살겠다는 사람은 우리가 어떻게 할 수가 없어요. 거주 이전의 자유가 있고 형편이 되는 사람은 원하는 대로 들어와 살 수가 있어요. 하지만 우리는 무엇보다 기초 생산 공동체를 지향하는데 새로 주민으로 들어와 사는 사람이 농사가 주업이 아닌 경우에는 생활 방식이 서로 달라 함께 어울리기가 쉽지 않을 거예요. 공동체가 뿌리를 튼튼하게 내리고나면 다양한 사람들을 다 아우를 수 있겠지만 그 전에는 갈등 관계를 빚기가 쉬울 거예요. 저쪽에서는 소외된다고 느낄 수도 있고.

사실 마을 사람들하고 유대 관계도 중요하지만 우리 공동체 이념에 동조해서 여기 와서 살고자 하는 사람들하고 관계는 더 중요하다고 할수 있어요. 그러니까 일정한 시기까지는 공동체 식구, 공동체 주민, 마을 주민, 그런 식으로 관계가 형성될 수 있겠지요. 공동체 주민의 경우에 그 나름으로 특별한 기능, 이를테면 경민이 어머니는 술을 잘 빚는데, 그런 기능의 분화가 이루어져서 서로 협력 관계를 맺게 되면 바람직하겠지요. 우리 역량이 커져서 외부에 개방을 하게 될 때는 저마다 한몫을 할 거구. 그때까지 호흡을 맞춰가는 과정이 필요하겠지요.

식구들 사이에 생각이나 생활방식이 서로 달라 어려운 점은 없는지?

사람 사는 세상에서 일어날 수 있는 문제는 여기서도 다 일어난다고 봐야 해요. 다만 다른 곳에서는 그런 갈등 관계를 개선하지 않고도 살아갈 수 있는 길이 있는데 여기서는 관계를 잘 풀지 않고는 지낼 수가 없어요. 그러니까 사고 방식이라든지 일하는 방식이라든지 그런 것을 서로 조화시키기 위해 끊임없이 애를 써야지요. 우리가 저녁마다 공동 식당에서 같이 밥을 먹고 또 막걸리를 마시면서 이야기를 나누는 것도 그런 시간을 더 많이 갖기 위한 거라고 볼 수 있어요.

실험학교와 공동체가 둘이 아니라지만 그래도 어떤 형식으로든 학교체제는 갖추어야 하지 않을까 생각하는데 그 시기를 언제쯤으로 보시는지요?

재실 뒤뜰에서. 왼쪽부터 경민이, 호연이, 비아, 재혁이.
"할아버지, 머리 언제 감았어요?" "글쎄…"

동네에 변산초등학교가 있는데 글쓰기연구회 선생님 한 분이 지금 이 학교로 전근을 와서 아이들을 가르치고 있어요. 초등학교는 전체적으로 열린 학교로 바꿔어가는 추세고, 공동체 구성원들 자녀가 상당수 그 학교를 다니게 되면 그 부모들이 힘을 모아 학교를 바람직한 방향으로 이끌어갈 수 있을 거라고 봐요. 학교가 채워줄 수 없는 부분은 공동체가 메꾸면 될 거고… 그렇게 되면 초등학교 경우는 별 문제가 없다고 봐요. 그 아이들이 자라서 여기 변산중학교를 다닌다, 그러면 중학교 교육도 바꿔낼 수 있다고 봐요. 물론 과도기에는 우리의 힘이 그렇게 크지 못하니까 따로 공동체 안에 중등교육 과정을 마련할 필요가 있겠지요. 지금 그 일로 의논을 많이 하고 있어요.

중학교에 진학하지 않고 스스로 배우는 아이가 있다고 들었는데 어떻게 지내고 있는 지요?

지지난 해에 서울에서 내려온 경민이라는 아인데, 사실 나는 그 아이 부모더러 변산중학교에 보내라고 그랬어요. 하지만 부모님은 자신들이 옛날에 받았던 교육이 그대로 이어지고 있는 그런 학교에 아이를 보내는 게 싫고 아이도 원하지 않는데 굳이 보내고 싶지 않다면서 안 보내고 있어요.

경민이는 아침이면 여기로 와서 오후 세 시쯤까지 같이 일도 하고 비아(다섯 살박이 공동체 식구)나 여기 찾아온 손님들 아이랑 놀기도 하면서 지내다 집으로 돌아가요. 동생은 변산초등학교에 다니는 5학년 남자앤데 누나가 학교를 안 다니니까 자기도 안 다니고 싶다 그런다는데 학교에서 돌아오면 누나랑 같이 책도 읽고 동네 아이들이랑 놀기도 하고 그런다지요. 제도권 중학교에서 배우는 것들을 못 배우니까 부모님으로서는 걱정도 되나 봐요. 그래서 경민이 어머니는 우리더러 왜 학교를 안 만드냐고 그래요. 우리는 아직 그럴 여유가 없는데 자꾸만 그러니까 가끔 갈등이 생기지요.

지난 여름과 겨울방학에 열었던 계절학교는 어떤 학교였는지요?

지난 이태 동안 여름과 겨울에 계절학교라는 걸 열었는데 준비도 거의 못한 채로 전국 각지에서 온 글쓰기연구회 선생님들 아이 스무 명쯤하고 동네 아이들 몇이 함께 어울려서 했어요. 그리고 지난 해 겨울에는 가까운 변산 마을 아이들을 모아서 서당이란 걸 열었어요.

작년에 한 여름 계절학교는 지름밭골이라는, 우리가 숲속 학교 터라고 생각하고 있는 산속에서 열었어요. 마을 상수원인 저수지 위쪽이라 샴푸나 비누 같은 거 일체 쓰지 않고 옷도 흐르는 계곡물에 그냥 빨아 입고 그러면서 일 주일을 지냈어요. 밥도 자기들끼리 해먹었는데 날마다 한 끼는 이런저런 풀들을 뜯어서 쌈을 싸먹어보기도 하고, 자기들 손으로 뗏목을 만들어서 타고 놀기도 하고, 또 지금은 길이 없어졌지만 옛날에 마을 사람들이 나무하러 다니던 길 따라 새로 길을 내면서 산을 올라가기도 하고 그랬어요. 가까운 바닷가에 나가서 게를 잡기도 하고 또 애들이 풍물을 금방 배워서 자기들끼리 공연을 하고 그랬어요. 지난 여름에는 마을에 있는 재실에서 아이들이 스스로 프로그램을 만들어가면서 여러 가지 활동을 했는데 흙반죽을 해서 그릇 같은 걸 만들어 마지막 날에 바닷가에서 모닥불 피워놓고 구워보기도 하고 그랬어요.

겨울에 열었던 서당은 옛날 서당 같은 거예요?

비슷한 거라고 할 수 있지만 회초리 들고 있는 훈장 선생이 없는 서당인 셈이지요. 재실 빈방에서 스무 명 남짓 되는 아이들하고 3주 동안 했어요. 월요일부터 목요일까지 오후 2시에서 5시까지 계몽편이라는 한문책을 가지고 한문 공부도 하면서 붓글씨도 익히고 한문에 얽힌 이야기도 해주고 그랬어요. 또 공동체 식구들이 돌아가면서 옛이야기 보따리 책에서 옛이야기를 하나씩 뽑아 들려주기도 했고. 아이들은 글을 배운다기보다 옛이야기 듣고 간식도 나눠먹고 뛰노는 재미로 오는 거고. 시골 동네에는 놀 친구들이 별로 없는데 여러 동네에서 모인 친구들 하고 같이 놀 수 있으니까 더 좋아했던 것 같아요.

계절학교에 오는 아이들을 글쓰기연구회 선생님들 아이들만 대상으로 하지 말고 공개모집할 생각은 없는지요?

여름에는 아이들을 보내고 싶어하는 사람들이 많은데 아직 우리가 그럴만큼 준비가 안 되어 있어요. 프로그램도 그렇고. 아직 계절학교 준비에 매달릴 만큼 여유가 없으니까 당분간은 변산 공동체랑 유기적인 관계를 맺고 있는 글쓰기연구회 선생님들 아이들만 받을 생각이에요.

아이들한테 참가비나 수업료는 어떻게 받았습니까?

작년 여름에는 아이들 부모들이 같이 와서 일 주일 동안 일을 했으니까 그게 참가비라면 참가비겠고 올 여름에는 아이들 식비 조로 8박 9일에 5만 원씩을 받았어요. 작년 겨울에 서당을 할 때는 아이들더러 자기 집에서 정성들여 농사지은 것을 조금씩 한 됫박씩이라도 가져오면 되겠다 그랬는데 실제로 가져오는 아이들은 없었어요. 대신에 하루에 한 집씩 돌아가면서 간식거리를 준비해와서 나눠먹었는데….

앞으로도 참가비는 일괄적으로 얼마씩 돈을 받는 그런 식이 아니라 농사지은 것을 조금 나눠준다든지 아니면 다른 기술이 있으면 그것으로 봉사를 한다든지, 또 돈을 내는 경우에도 저마다 형편에 따라 좀 많이 내는 사람은 많이 내고 적게 내는 사람은 적게 낼 수 있도록 해야 할 것 같아요.

이 대담이 있고 난 뒤 1998년 3월 1일부터 변산공동체학교는 지역 주민의 아이들 가운데 제도권 중학교에 가지 않은 아이들 다섯 명과 함께 중등 교육 과정을 시작했다. 그 이야기를 윤 선생님에게 부탁해서 대담 후기로 덧붙인다.

올해 삼 월 우리 공동체 학교에 아이 다섯이 왔다. 경민이는 지난 해부터 중학교에 들어가는 대신 우리 일터로 '등교'를 하던 아이이고, 푸짐이는 지난 해 변산서중학교에 다니다가 학교와 선생님들이 마음에 안 든다며 그만둔 아이다. 호연이는, 서울에서 사진관을 하다가 지난 해 귀농학교에서 교육을 받고 우리와 함께 한 해 동안 농사를 지어온 분의 아들인데, 올해 변산초등학교를 졸업했다. 정현이는, 도청리에서 태어나 줄곧 거기에서 자라 유기농으로 농사를 지으면서 농민운동을 해온 분의 아들인데, 올해 격포초등학교를 나왔다. 일준이는 부모가 서울에서 살다가 전남 해남으로 이사를 한 뒤에 다시 진서면 내소사 근처 마을로 와서 밭을 사고 집을 지어 살고 있는데, 한 해 동안 변산중학교를 다녔던 아이다.

이 아이들을 맞아 월요일에서 금요일까지 가르치기로 우리 식구들이 마음을 모으기까지는 우여곡절이 많았다. 제도 교육 기관에서 아이들을 가르치는 것과 비슷하게 가르치는 데는 큰 어려움이 없을 것 같았다. 식구들 가운데는 대학에 다니면서 여러 해 동안 아이들을 가르쳐본 경험이 있는 사람도 몇 있고, 아이들 교육에 큰 관심을 가져온 사람도 여럿 있었다. 그러나 제도 교육 과정이 아이들에게 한 생명체로서 제힘으로 살 길을 열어주지 못할 뿐만 아니라 사람으로서 이웃과 더불어 자유롭고 평등한 공동체를 이루며 살 길을 일러주는 데에도 크게 미치지 못한다는 데에 뜻을 같이 한 터라 그 길로 접어들 수는 없었다.

그렇다면 아이들에게 무엇을 어떻게 가르쳐야 할까? 우리가 옳다고 생각하는 교육을 할 수 있는 교사 교육이 우리 안에서 충분히 이루어졌다고 볼 수 있을까? 우리도 아직 제힘으로 살 길을 찾지 못하고 이 작은 공동체 안에도 여전히 식구들 사이에 크고 작은 갈등이 벌어지고 있는 터에 아이들을 맞는다? 그럴 수는 없다는 의견이 더 많았다. 그러나 실제로 제도 교육 기관에서 교육받기 싫어하는 아이들이 있고, 또 거기에 보내기 망설이는 부모들이 있었다. 그리고 우리 공동체 안에서 자라는 어린아이들이 중학교에 갈 나이가 되었을 때 맡아서 가르쳐야 할 젊은 선생들을 하루 바삐 길러내야 할 필요도 있었다.

여러모로 모자라는 데가 많지만 현실을 인정하고 아이들을 맡아 가르치자고 설득하는 데 앞장을 설 수밖에 없었다. 아마 내 나이 탓도 있겠지. 앞으로 살아갈 날이 얼마 안 남은 쉰 중반 나이의 초조감도 이렇게 서둘게 한 중요한 심리동기를 이루고 있으리라.

어쨌거나 모자람은 가르치면서 메꾸어가기로 하고 학교(무허가 학교인 셈이다.) 문을 열고 부안 김씨 재실을 임시 교실로 삼아 오전에는 국어, 수학, 영어, 한문, 철학, 자연학, 사회학, 인문학, 예술을 가르치고, 오후에는 기초 살림(씨뿌리고 기르는 일에서부터 옷감에 천연물감 들이기, 효소 만들기, 나무로 책걸상과 가구 만들기, 산과 들과 바닷가의 생태를 관찰하기…) 교육을 하고 있다.

우리 식구들이 아이들을 처음 맞을 때 아이들에게 어떤 일이 있더라도 화를 내지 말자고 약속했기 때문에, 아직은 수업 시간에도 틈만 나면 떠들고 장난하는 아이들과 날마다 전쟁을 치르면서 힘겨운 교육을 하고 있다. 그러나 시간이 지나면 이 장난꾸러기 아이들이 의젓해지는 날이 오겠지. 그날이 너무 빨리 와버리면 도리어 옛날을 그리워하게 되지 않을까….

글쓴이 **윤구병** 선생님은

1943년에 전라남도 함평에서 태어났다.
서울대학교 철학과 대학원을 졸업한 뒤에 〈뿌리 깊은 나무〉의
초대 편집장을 지냈다. 충북대학교 철학 교수로 있으면서
어린이를 위한 책 〈어린이 마을〉〈달팽이 과학동화〉
〈개똥이 그림책〉 들을 기획했다.
1996년부터 철학 교수를 그만두고 농사꾼으로 살면서
변산공동체학교를 열어 아이들과 함께 지내고 있다.
계절 그림책 《우리 순이 어디 가니》《바빠요 바빠》《심심해서 그랬어》
《우리끼리 가자》의 글을 썼다. 또한 《조그마한 내 꿈 하나》《있음과 없음》
《꼭 같은 것보다 다 다른 것이 더 좋아》《실험 학교 이야기》《모래알의 사랑》
《변산공동체학교 어제, 오늘 그리고 내일》과 같은 책이 있다.

잡초는 없다

1998년 5월 15일 1판 1쇄 펴냄 | 2021년 4월 13일 1판 20쇄 펴냄
글쓴이 윤구병 | **사진** 노익상
편집 남우희, 신옥희, 현병호 | **제작** 심준엽
영업 안명선, 양병희, 원숙영, 조현정 | **잡지 영업** 정영지 | **새사업팀** 조서연
경영 지원 신종호, 임혜정, 한선희 | **인쇄와 제본** (주)천일문화사
펴낸이 유문숙 | **펴낸 곳** (주)도서출판 보리 | **출판 등록** 1991년 8월 6일 제 9-279호
주소 (10881)경기도 파주시 직지길 492 | **전화** (031)955-3535 | **전송** (031)955-3533
누리집 www.boribook.com | **전자우편** bori@boribook.com

값 9,000원 | ISBN 89-85494-77-5 03810